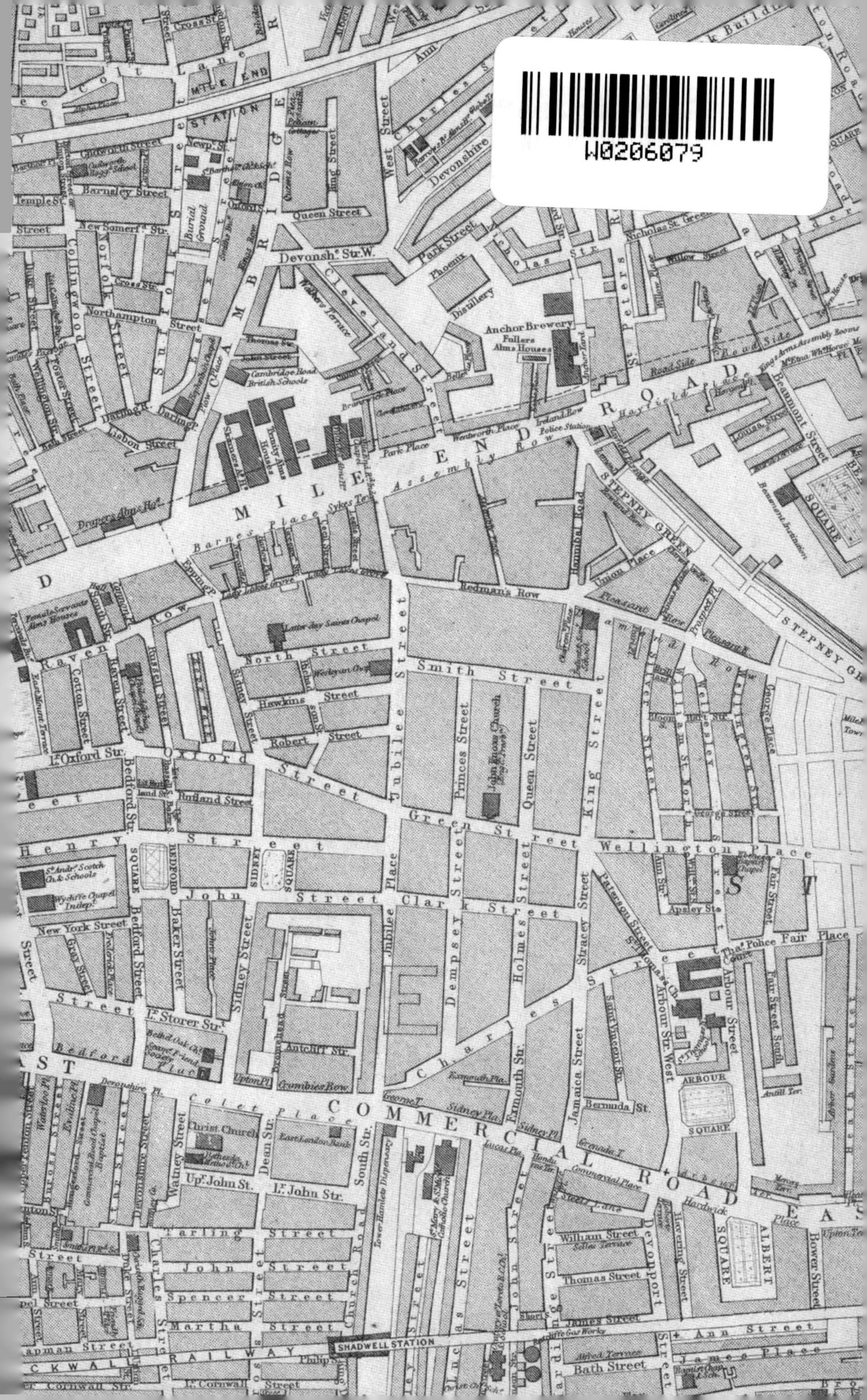

MILE END STATION
Devonshire St.
Queen Street
Devonsh. Str. W.
Cleveland Street
Walker's Terrace
Phoenix Distillery
Anchor Brewery
Fullers Alms Houses
Park Street
Nicholas St.
St. Peters St.
Cambridge Road British Schools
Trinity Alms Houses
Wentworth Place
Police Station
Ireland Row
MILE END ROAD
Assembly Row
Barnes Place
Sykes Ter.
Redman's Row
STEPNEY GREEN
Union Place
Beaumont Street
Beaumont Institution
BEAUMONT SQUARE
Draper's Alms Hos.
Lisbon Street
Northampton Street
Collingwood Street
Barnsley Street
Temple St.
New Somerset Str.
Female Servants Alms Houses
Latter day Saints Chapel
North Street
Smith Street
Wesleyan Chap.
Hawkins Street
Robert Street
Sidney Street
Russell Street
Raven Row
Cotton Street
Oxford Street
Lr. Oxford Str.
Rutland Street
Jubilee Street
Princes Street
Queen Street
King Street
Green Street
Henry Street
Wellington Place
BEDFORD SQUARE
SIDNEY SQUARE
St. Andrew's Scotch Ch. & Schools
Wycliffe Chapel Indep.
John Street
Clark Street
New York Street
Bedford Street
Baker Street
Dempsey Street
Holmes Street
Stepney Street
Paterson Street
Charles Street
Lr. Storer Str.
Bedford Place
Antcliff Str.
Upton Pl.
Coombes Row
Exmouth Pla.
Exmouth Str.
Sidney Pla.
Jamaica Street
Bermuda St.
St. Vincent St.
Arbour Str. West
ARBOUR SQUARE
Arbour Street
Fair Street
Fair Place
Antill Ter.
Colet Place
COMMERCIAL ROAD EAST
Christ Church
Watney Street
Dean Str.
East London Bank
Upr. John St.
Lr. John Str.
South St.
Church Road
Tower Hamlets Dispensary
Commercial Place
Sutton Street
Havering Street
ALBERT SQUARE
Hardwick Place
Bower Street
William Street
Thomas Street
Devonport Street
Tarling Street
John Street
Spencer Street
Martha Street
James Street
Chapman Street
Cornwall Str.
RAILWAY
SHADWELL STATION
Ann Street
James Place
Bath Street
Alfred Terrace
Devonshire Street
Charles Street
Grosvenor Street

I delitti di Whitechapel

GUIDO SGARDOLI
MASSIMO POLIDORO

I DELITTI DI WHITECHAPEL

IL MISTERO DI JACK LO SQUARTATORE

DeA

Testo: Guido Sgardoli e Massimo Polidoro
Pubblicato in accordo con Grandi & Associati, Milano

Redazione: via Inverigo, 2 – 20151 Milano

Coordinamento editoriale: Valentina Deiana

Foto: © Alamy Images, Getty Images

L'editore rimane disponibile ad assolvere i propri impegni
nei confronti dei titolari di eventuali diritti.

www.deagostinilibri.it

Stampa: PUNTOWEB S.r.l., Ariccia - 2022

Smettiamo di cercare i mostri sotto al letto
quando ci rendiamo conto che sono dentro di noi.

Man for the field and woman for the hearth:
Man for the sword and for the needle she:
Man with the head and woman with the heart:
Man to command and woman to obey:
All else confusion.[1]

Alfred Tennyson, *The Princess*

1 *L'uomo per il campo e la donna per il focolare: / L'uomo per la spada e lei per l'ago: / L'uomo con la testa e la donna con il cuore: / L'uomo per il comando e la donna per l'obbedienza: / Il resto è confusione.*

DISPACCIO DI POLIZIA

A TUTTI I RESIDENTI

Nelle mattine di venerdì 31 agosto, sabato 8 e domenica 30 settembre 1888, a Whitechapel sono stati rinvenuti i cadaveri di alcune donne. Si sospetta che l'autore degli omicidi sia un abitante del quartiere. Qualora foste a conoscenza di elementi legati al caso, siete invitati a recarvi immediatamente nella stazione di polizia più vicina per chiarimenti.

Polizia metropolitana,
30 settembre 1888

Wolverhampton.
Sabato, 29 settembre 1888

La donna aveva bussato a lungo, incurante della pioggia che la infradiciava, sotto un cielo livido e basso.

Ma Sybil non aveva aperto.

L'aveva sentita chiamare il suo nome e mettere le mani a coppa ai lati degli occhi per sbirciare all'interno, attraverso lo spesso vetro incassato nella porzione superiore della porta.

Ma non aveva aperto.

Minuti lunghi come ore, finché, proprio quando stava per decidersi a lasciarla entrare, la mano di zia Elizabeth le aveva serrato il braccio, in silenzio.

Non aprire, sussurrava quella stretta. *Lasciala dov'è.*

Poi la donna aveva smesso di bussare. Aveva dato le spalle alla casa e si era allontanata.

«Bene» aveva sentenziato zia Elizabeth tornando alla poltrona accanto al caminetto.

Sybil non aveva risposto. Era rimasta per un tempo indefinito lì dove stava, alla finestra del salottino, nascosta dalle pesanti tende di tessuto, scure come drappi funebri, le mani gelate, il viso in fiamme, a osservare lo spazio vuoto fino a poco prima occupato dalla donna. Avvertiva dentro di sé qualcosa di indistinto, un vago strappo, la consapevolezza di avere sbagliato e al contempo di aver fatto la cosa giusta. Era possibile? Non sapeva definire quel che provava, una combinazione sconnessa di rabbia e senso di colpa. Poi le era tornato in mente quando, a sette anni, lei e i suoi fratelli avevano accompagnato la madre in una strada di Londra a vendere stracci. La donna aveva detto di aspettarla nell'androne di un palazzo e di non allontanarsi, e i bambini avevano obbedito. Poi si era fatto buio e aveva cominciato a piovere forte, ma nessuno era tornato a prenderli.

I bambini erano stati portati in un orfanotrofio e ci era voluta una settimana intera per rintracciare la donna e obbligarla a riprendersi i suoi figli.

Ce n'erano stati altri di episodi simili nell'infanzia di Sybil Conway.

No, ripensandoci non provava nessun senso colpa. Solo rabbia.

Probabilmente la donna voleva chiederle soldi. Altri soldi.

O forse voleva solo parlare. Domandare scusa.

Sybil non poté mai scoprirlo, poiché, poche ore dopo, la donna – *quella donna* – fu rinvenuta cadavere in una piazzetta dell'East End di Londra.

Si chiamava Catherine Eddowes.

Ed era sua madre.

Londra.
Lunedì, 8 ottobre 1888

Una settimana più tardi, Sybil ripensava a Catherine Eddowes, in piedi sotto la pioggia, di fronte al civico 50 di Bilston Street, a Wolverhampton.

Pensava che se le avesse aperto forse non sarebbe morta.

Ci rimuginava da giorni, senza dimenticare l'immagine di sua madre che bussava alla porta, con i vestiti fradici e quel ridicolo cappellino floscio di paglia e velluto che le faceva probabilmente pensare di avere un aspetto rispettabile. Ci pensava in quel grigio pomeriggio d'autunno, mentre la bara di olmo che conteneva i resti di sua madre veniva calata nella fossa dell'Ilford Cemetery a Newham, Londra.

Nel cimitero c'era più gente di quanto la reputazione di una donna come Catherine Eddowes ne avrebbe richiamata se la morte fosse avvenuta per malattia o per un accidente. Ma quelle erano circostanze molto particolari. Sconvolgevano. Facevano notizia. Davano da chiacchierare.

Catherine Eddowes era stata assassinata otto giorni prima, il 30 settembre, tra l'1.30 e l'1.45 del mattino. Il suo corpo era stato ritrovato da un agente in Mitre Square, a Whitechapel, mutilato.

La polizia non aveva idea di chi fosse l'assassino, brancolava nel buio, senza sospetti, senza piste da seguire, con la sola certezza che quella morte era da collegarsi ad altre tre, avvenute nell'arco dell'ultimo mese.

La madre di Sybil non era che l'ultimo nome su una lista di donne dei bassifondi, uccise di notte.

La stampa aveva chiamato il responsabile Jack lo Squartatore, ma chi fosse veramente questo Jack nessuno aveva la benché minima idea.

Sybil e zia Elizabeth erano giunte a Londra la mattina stessa del funerale, con il treno delle 12.12, e dopo una breve sosta a Bermondsey, a casa della figlia di zia Elizabeth, Harriet, avevano raggiunto Newham a bordo di una carrozza.

La funzione era stata breve, officiata da un diacono che non sapeva nulla di Catherine, e che aveva usato parole fredde come l'involucro che ora copriva il corpo della donna. Neanche per un momento negli occhi di Sybil c'erano state lacrime. Non alla cerimonia, non quando la polizia era venuta a casa e aveva descritto i particolari dell'aggressione, qualcosa che aveva a che fare con la chirurgia. O meglio, *la macelleria*.

Sybil non aveva visto il corpo, ma ciò non aveva impedito alla sua immaginazione di provocarle incubi notturni incredibilmente reali dove la trasfigurazione straziata e sanguinante della madre bussava alla porta della sua camera da letto.

Nonostante la vita dissoluta, l'alcol e il bisogno cronico di denaro, Catherine Eddowes era stata pur sempre sua madre.

Forse non aveva saputo amarla come dovrebbe fare una madre – né Sybil, né i suoi fratelli, e nemmeno il marito – e un giorno, stanca di tutto e di tutti, l'aveva scaricata da zia

Elizabeth, come un oggetto usato. Ma era comunque sua madre.

Sesta di dodici figli, Catherine Eddowes era rimasta orfana di entrambi i genitori durante l'infanzia ed era cresciuta separata dai suoi fratelli in un istituto di Londra. Grazie al fratello del padre, William, e a sua moglie Elizabeth, a sedici anni aveva ottenuto un posto come stampatrice di stagno presso la Old Hall Work di Wolverhampton, una grande fabbrica che dava lavoro a centinaia di persone. Sybil non aveva idea di quali fossero state le aspirazioni di sua madre. Sapeva però che aveva sempre avuto un carattere ribelle e ostinato, a causa del quale si era spesso trovata in contrasto con gli zii: zia Elizabeth stessa l'aveva sempre mal tollerata per quella che definiva «una certa disdicevole propensione all'allegria e alle ore piccole».

Un giorno ci fu un furto alla Old Hall Work, un portabiglietti da visita in argento trafugato da uno degli uffici, e Catherine ne venne incolpata. Suo zio andò su tutte le furie sentendosi tradito della fiducia che aveva riposto in lei. La ragazza, allora, scappò di casa rifugiandosi a Birmingham da uno zio che faceva il calzolaio. Fu lì che conobbe Thomas Conway, un irlandese molto più vecchio di lei, un ex militare che aveva prestato servizio in India e che era stato precocemente congedato dall'esercito per ragioni di salute. Quando incontrò la madre di Sybil, Thomas Conway viveva grazie a una piccola pensione che arrotondava vendendo porta a porta opuscoli sulle vite di personaggi famosi. Era analfabeta, ma con l'aiuto di Catherine, che era istruita, cominciò a comporre le cosiddette ballate *da forca*, canzoni popolari che raccontavano di crimini efferati e che si concludevano spesso con l'impiccagione del colpevole. Poi, i dettagli della sua vita si erano fatti vaghi.

Sybil sapeva che aveva sviluppato una certa dipendenza dall'alcol e che, oltre ai suoi fratelli, aveva avuto un quarto figlio da un altro uomo. Da allora, Thomas, con le buone ma più spesso con le cattive, le aveva fatto capire che non voleva più saperne e lei, Catherine, anziché piangere lo insultava, sputandogli in faccia la verità, che era un vecchio e che le faceva pena, che era stata con lui solo perché le servivano i soldi, che lo aveva sempre trovato stupido e ignorante e che sarebbe stata lei ad andarsene, non lui a cacciarla.

E così aveva fatto.

Un giorno, senza degnare di un'occhiata i suoi bambini, era uscita di casa e non era più tornata.

Sybil non aveva mai smesso di domandarsi perché.

Martedì, 9 ottobre 1888

Il mattino seguente il funerale, Sybil sedeva al tavolo della colazione in compagnia di zia Elizabeth. A ospitarle, però, non era il noto salottino in stile regency di Bilston Street a Wolverhampton, bensì il modesto appartamento della figlia di Elizabeth, Harriet, una giovane donna magra con occhi tristi e una voce flebile.

Mentre era intenta a spalmare della conserva di arance (fatta dalla stessa Harriet) su una fetta di pane tostato, Sybil sentì bussare alla porta.

Charles Robinson, il marito di Harriet, sollevò la testa dal piatto. Era un irlandese alto e robusto, dai capelli rossi. Gli mancavano due dita della mano sinistra, perse il mese precedente in un incidente di lavoro mentre tagliava a fette una carcassa di manzo.

I colpi alla porta si ripeterono.

Charles sbuffò e si alzò per andare ad aprire.

Tornò dopo poco più di un minuto seguito da due uomini. «Questi *gentiluomini*» disse facendo intendere che li considerava tutto fuorché gentiluomini «vorrebbero parlare con voi.»

«A che proposito?» volle sapere zia Elizabeth posando coltello e forchetta.

«Siete Elizabeth Cadman, vedova di William Eddowes?» domandò uno dei due uomini.

«Chi lo vuole sapere?»

«Scotland Yard» rispose l'altro.

Zia Elizabeth stirò le labbra sottili in un sorriso. «Sono in arresto?»

La battuta fece sollevare gli occhi al cielo a Charles, ma scivolò addosso agli agenti senza lasciare traccia sulle loro facce grigie. «Voi e vostra nipote...» iniziò il primo.

«Pronipote» lo corresse zia Elizabeth.

«Voi e vostra pronipote, Sybil Conway, siete convocate per rendere una testimonianza presso la stazione di polizia di Bishopsgate.»

Il cuore di Sybil aveva iniziato a battere più velocemente. «Che genere di testimonianza?»

«Catherine Eddowes era vostra nipote?» domandò l'altro.

I due uomini si somigliavano, non tanto nei lineamenti, che erano abbastanza differenti, quanto nelle espressioni, incolori, negli abiti (redingote nere fruste e bombette) e nella postura, che aveva un che di marziale.

«Credo lo sappiate già. A che pro, dunque, chiederlo?»

Charles era visibilmente a disagio. «Elizabeth, vi prego» disse mentre i suoi occhi passavano dai poliziotti alla tavola. E intanto massaggiava la mano guantata che nascondeva la sua amputazione.

«Catherine era la figlia del fratello di mio marito» concesse zia Elizabeth. «Madre di questa ragazza» aggiunse voltando appena il capo in direzione di Sybil. «Ma non la vedevamo da anni.»

«Sappiamo che la mattina del 29 settembre si recò a Wolverhampton» la informò il secondo agente. «E pensiamo che possa essere venuta a cercare voi o la signorina.»

«Non l'abbiamo vista» ribatté zia Elizabeth.

Il cuore di Sybil batté un colpo a vuoto.

Sua zia stava mentendo.

«Siete entrambe convocate per domattina alle ore 10» concluse l'uomo estraendo un foglio da una tasca interna e depositandolo sul tavolo. «Buona giornata.» E toccandosi rispettosamente la tesa del cappello i due agenti guadagnarono l'uscita.

«Cos'è questa storia?» volle sapere Charles non appena la porta si fu richiusa.

«Nessuna storia» rispose zia Elizabeth riprendendo la colazione da dove l'aveva interrotta e ignorando la citazione. «La vita di Catherine, era un guazzabuglio vergognoso e da tempo Sybil e io avevamo deciso di non averci nulla a che fare.»

Sybil respirò a fondo, aspettando che il martellare frenetico del suo cuore si calmasse. Non riusciva a smettere di pensare che forse, se l'avessero accolta in casa, le cose per sua madre sarebbero andate in maniera diversa.

Più tardi, quello stesso giorno, zia Elizabeth prese Sybil in disparte per non essere udita da sua figlia o dal genero. «Si può sapere che hai?» chiese seccata.

«Niente» rispose Sybil sollevando le spalle.

«Non mi piace quel gesto» replicò la zia. «Non è femminile.» Poi, come se stesse ripetendo una parte da recitare, aggiunse: «Noi non l'abbiamo vista. È chiaro?»

«E invece era lì, fuori dalla porta, sotto la pioggia...» L'immagine le provocò un vuoto al centro del torace, come un risucchio d'aria, e l'ultima parola le si strozzò in gola.

«Noi quel giorno non l'abbiamo vista» ribadì zia Elizabeth con maggior fermezza.

«Perché mentire?»

«Abbassa la voce. Non voglio dare altri pensieri a Harriet e a suo marito. Ne hanno già abbastanza.»

Sybil annuì. Si riferiva al fatto che la figlia minore di Harriet, Nellie, di soli due anni, era gravemente malata, e Charles, a causa dell'incidente, aveva perso il lavoro di macellatore al mercato di Smithfield.

«Ma perché non dire la verità?» chiese nuovamente Sybil, stavolta in un sussurro.

«Meglio non immischiarci. E comunque, che lo diciamo o no, non cambia nulla. Tua madre è stata uccisa per la vita che aveva scelto di fare. Se vuoi, in un certo senso, se l'è voluta.»

Parole dure e fredde come l'acciaio, anche per un tipo come

Elizabeth Cadman. Aveva ospitato e cresciuto Catherine al pari di una figlia per dieci anni, ma quando la ragazza si era dimostrata a tal punto ingrata da fuggire di casa, il suo cuore si era spezzato.

E poi l'alcol, l'abbandono dei figli, la vita dissoluta, la prostituzione... tutto questo aveva finito per escludere Catherine Eddowes dalla famiglia. Le poche volte che si era presentata da loro era stato per chiedere soldi.

«È inutile che fai quella faccia» ribatté la zia con noncuranza. «Tua madre non ci ha procurato altro che fastidi. E ce ne avrebbe procurati ancora, se l'avessimo fatta entrare. Bada che anche così, da morta, potrebbe procurarcene. Per questa ragione è più saggio non dire nulla. Lascia che se la veda qualcun altro.»

«Qualcun altro chi?»

«Quel poco di buono con cui stava, quel Kelly. Per esempio. Non mi stupirei se l'avesse uccisa lui.»

John Kelly era l'uomo che aveva condiviso gli ultimi anni della vita di Catherine Eddowes. Lavorava ai mercati generali, ma qualcuno sosteneva che fosse il suo protettore.

Sybil non l'aveva mai incontrato e non sapeva che genere di persona fosse. Tuttavia la frase della zia le diede ulteriormente da riflettere. Si chiese che cosa ne pensasse Scotland Yard a proposito di John Kelly.

Mercoledì, 10 ottobre 1888

La stazione di polizia di Bishopsgate era un severo edificio di quattro piani con due solenni torrette ai lati situato in Wormwood Street, sulla sponda nord del Tamigi.

Le due donne la raggiunsero in carrozza: a parere di zia Elizabeth, il costo della corsa fu così esorbitante che, una volta giunta a destinazione, decretò subito che il ritorno l'avrebbero fatto a piedi.

Sybil, che era stata a Londra soltanto in poche occasioni, si trovò di fronte una città che non conosceva per nulla. Frastornante. Una città in cui regnavano frenesia, caos e smoderatezza.

Le strade erano affollate da una calca di umanità che procedeva su e giù senza apparente motivo.

Ovunque escrementi di cavallo, in tale quantità che i passanti erano costretti a zigzagare per non calpestarli.

Carrozze trainate da animali nervosi si mescolavano ai mezzi pubblici e ai carretti stipati e spinti a mano da commercianti, uomini di fatica o ambulanti, che gridavano, berciavano, salutavano e imprecavano con lo stesso tono cordiale.

E poi, bancarelle, botteghe a cielo aperto, lustrascarpe, musicanti, imbonitori, facchini, truffatori, ragazzini scalzi, uomini con cilindro e bastone, lavandaie e nobildonne. Tutto confuso in un amalgama indistinto di movimento e rumore. Un gigantesco, brulicante formicaio sempre in attività, giorno e notte.

Sybil osservava gli sgargianti manifesti sulle facciate degli edifici, che reclamizzavano spettacoli teatrali, miracolosi medicamenti o locali alla moda.

I palazzi, enormi, imponenti, austeri, si alternavano a case fatiscenti e sovrappopolate, dalle cui porte si affacciavano bambini sporchi o donne invecchiate dal troppo lavoro e dalle privazioni.

«Vite a buon mercato spese nell'attesa di qualcosa che non si realizzerà mai» sentenziò zia Elizabeth, con la consueta indifferenza.

Sybil rimuginava su sua madre.

Non poteva fare a meno di immaginarla come una di quelle donne che intravedeva dal finestrino della carrozza, come uno di quei visi spenti e disingannati. Catherine Eddowes, pensava Sybil, non aveva vissuto la sua esistenza, ma ne era *stata vissuta*, di più, ne era stata sciupata, consumata, logorata, fino a spegnersi pietosamente e in solitudine. Eppure nemmeno in quel momento sentiva di provare dolore. Soltanto commiserazione.

«Sei pallida» notò zia Elizabeth quando furono dinanzi al grande portone della stazione di polizia. «Stai male?»

«No.» In realtà avvertiva le gambe malferme e la testa girare.

Zia Elizabeth la prese per le braccia voltandola verso di sé. «Sei preoccupata perché dovrai mentire? È questo?»

Anche, avrebbe voluto rispondere Sybil. Invece fece un cenno vago con il capo.

«È la cosa migliore» ribadì zia Elizabeth con incrollabile certezza. «Fidati di me.»

Le due donne vennero prima fatte accomodare in uno stretto corridoio, su scomode panche di legno addossate alle pareti, poi introdotte in un piccolo ufficio mal illuminato dove trovarono ad attenderle un uomo dai lineamenti gentili e l'aspetto pulito.

«Sono l'ispettore Collard» si presentò alzandosi dalla sedia in segno di rispetto. «Prego, prendete posto» disse poi indicando le due poltroncine posizionate di fronte alla scrivania. «Sono spiacente di recarvi disturbo, ma voi capirete che le indagini...»

«Noi non abbiamo nulla a che vedere con le vostre indagini» ribatté stizzita zia Elizabeth rimanendo in piedi.

«Ne sono sicuro» riconobbe l'ispettore. «Si tratta solo di una formalità. Pochi minuti. Prego, sedete.» L'uomo, oltre ai lineamenti, aveva gentili anche i modi.

Entrò un agente, munito di tutto l'occorrente per scrivere, e prese posto presso un minuscolo tavolo posizionato sotto la finestra. Strinse la penna tra le dita e rimase impassibile, in attesa di iniziare la trascrizione di quanto sarebbe stato detto.

«Potete dichiarare il vostro nome, cognome e il grado di parentela con la signorina Catherine Eddowes?» domandò l'ispettore Collard, distogliendo l'attenzione delle donne dal nuovo entrato.

«*Signora* Eddowes» specificò zia Elizabeth.

«Mi spiace correggervi» ribatté Collard. «Catherine Eddowes non risulta essere mai stata sposata e, di conseguenza, nemmeno divorziata.»

Sybil trasalì, zia Elizabeth, sbalordita, chiese delucidazioni.

Risultò così che Catherine Eddowes e Thomas Conway non erano mai convolati a nozze, decisione dettata dal fatto che l'uomo, se si fosse sposato, avrebbe perso parte della sua pensione da militare in congedo. E dunque Sybil, per la legge, risultava la figlia illegittima di Thomas Conway e, per la stessa legge, non aveva nemmeno diritto di portarne il cognome.

«Capisco che possiate esserne turbata» disse l'ispettore rivolgendosi alla ragazza. «Ma questo non cambia le cose.»

«Quali cose?» intervenne zia Elizabeth.

«Il fatto che voi siate figlia di quell'uomo» rispose Collard rivolgendosi direttamente a Sybil. «Avete sue notizie?» continuò.

Sybil scosse il capo.

«Dovreste rispondere sì o no» disse l'ispettore. «È per la deposizione» spiegò poi indicando l'agente sotto la finestra.

«No.»

«Quando l'avete visto l'ultima volta?»

«Non ricordo... Qualche anno fa.»

«E non avete notizie nemmeno dei vostri fratelli?» Abbassò gli occhi su un foglio che giaceva sulla scrivania. «...Thomas e Alfred.»

«So che per un periodo hanno vissuto con nostro padre. Ma non ho idea di dove.»

«Capisco. Posso chiedervi perché non siete andata a vivere con vostro padre dopo che vostra madre lasciò la famiglia?»

«Oh, insomma!» sbottò zia Elizabeth. «Che c'entrano tutte queste domande con l'omicidio di mia nipote? Si può sapere?

Perché non andate a cercare Thomas Conway e glielo chiedete direttamente?»

«Lo stiamo cercando, signora. Proprio come abbiamo cercato voi» rispose paziente l'ispettore.

«Magari è stato lui» insisté zia Elizabeth. «Non correva buon sangue tra lui e Kate.»

«Lo appureremo. Nel frattempo stiamo tentando di ricostruire gli ultimi giorni di sua nipote. E per farlo abbiamo bisogno di ogni informazione utile.»

«Sybil non è andata con suo padre semplicemente perché lui non l'ha voluta» disse con freddezza zia Elizabeth. «Ecco come stanno le cose.»

Era la verità. Una verità della quale Sybil era a conoscenza e che faceva male più di qualsiasi altra delusione.

Lei era stata la prima zavorra di cui Thomas Conway si era sbarazzato dopo che la moglie gli aveva dato il ben servito. La stessa cosa era capitata poco tempo dopo anche ai suoi fratelli.

«Mi dispiace» disse l'ispettore in un tono che appariva sincero. Poi prese un profondo respiro, come se si accingesse a un compito ingrato. «Sappiamo che Catherine Eddowes si recò a Wolverhampton nella giornata di sabato 29 settembre» continuò spulciando una pila di carte. «Leggo testualmente... *Mi disse che sarebbe andata a Wolverhampton per vedere sua figlia, promettendo di tornare entro sera.*»

«Chi l'ha detto?» volle sapere zia Elizabeth.

«Il suo convivente, il signor John Kelly.»

«Ah!»

«Che significa "Ah"?»

«Che quel poco di buono potrebbe aver inventato questa

storia per distogliere l'attenzione da lui!» esclamò zia Elizabeth con un luccichio di trionfo negli occhi.

«Conoscete il signor Kelly?» domandò l'ispettore.

«Dio non voglia! So solo che si... intratteneva con mia nipote, se capite cosa intendo dire.»

«Certamente. Tuttavia il signor Kelly, all'ora della morte della signorina Eddowes, occupava un letto da quattro pence in una pensione per indigenti in Flower e Dean Street, circondato da non meno di una trentina di testimoni.»

«Cosa sarebbe questo posto?» chiese Sybil.

«Un ricovero, signorina. Un pubblico dormitorio. Vostra madre ci viveva stabilmente.»

Un altro piccolo schianto in fondo al cuore di Sybil.

Catherine Eddowes arrancava, trascinandosi tra vicoli oscuri, bettole frequentate da individui poco raccomandabili e dormitori pubblici, aggrappandosi a una bottiglia, facendo la questua e svendendo il proprio corpo per denaro, quel denaro la cui mancanza l'aveva portata a bussare alla porta della figlia, senza vergogna, umiliandosi per l'ennesima volta.

«Dunque» riprese l'ispettore «dalle nostre ricerche emerge che quel sabato mattina, la signorina Eddowes, dopo aver lasciato il dormitorio e il signor Kelly, impegnò un paio di stivali per ottenere il denaro, mezza corona, con cui acquistare un biglietto di andata e ritorno dalla stazione di Paddington a Wolverhampton.» Alzò lo sguardo dai suoi appunti e fissò negli occhi le due donne, prima una poi l'altra. «Incontraste la vittima quel giorno?»

«No, signore» rispose prontamente zia Elizabeth.

«Non venne a trovarvi come annunciato al signor Kelly?»

«Non che io sappia» disse ancora l'anziana donna. «L'ultima volta che l'abbiamo vista è stato all'incirca due anni fa.»

L'ispettore fissava Sybil. «Concordate con la versione di vostra zia?» chiese.

«Sì.»

«Un paio di testimoni sostengono che una donna che corrisponde alla descrizione di Catherine Eddowes bussò a lungo alla porta di una casa in Bilston Street. La vostra casa» disse infine scandendo le parole.

«Allora dev'essere stato mentre eravamo in visita» mentì zia Elizabeth.

«In visita?»

«Se era intorno alle 16 allora tutto si spiega. Siamo andate a bere il tè da una mia vecchia amica.»

«Voi e la signorina Sybil?»

«Certo. Chi altri?»

«Voi confermate?» chiese l'ispettore che, nel frattempo, non aveva tolto gli occhi di dosso alla ragazza.

«Certo che conferma! Eravamo insieme!»

«Se non vi dispiace, l'ho chiesto a lei» replicò l'ispettore.

«Eravamo in visita da una vecchia amica della zia» ripeté Sybil come un pappagallo ammaestrato.

«Madeleine King» aggiunse zia Elizabeth, annotandosi mentalmente di inviare quanto prima all'amica un telegramma per avvertirla di confermare la sua dichiarazione.

Collard annuì. «Sia messo a verbale. Dunque» proseguì «questa è la ricostruzione delle ultime ore di vita della signorina Eddowes. Per quanto possa apparire spiacevole, è necessario che ascoltiate quanto ho da dire.

Potreste essere a conoscenza di qualche particolare che...»

«Ma se vi ho appena detto che non la vedevamo da anni!» proruppe zia Elizabeth.

«Zia» intervenne Sybil. «Per favore.»

«Noi non siamo a conoscenza di alcun particolare» insisté la donna. «Kate non faceva più parte della nostra vita.»

«Zia, voglio sapere.» Sybil era determinata. Aveva il diritto di conoscere i fatti. E sapeva anche che non si sarebbe perdonata se fosse stato altrimenti.

Così zia Elizabeth, scuotendo il capo come sempre, si sistemò la gonna sulle gambe e si accinse suo malgrado ad ascoltare.

«Tornata a Londra nel tardo pomeriggio» raccontò l'ispettore Collard «la signorina Eddowes girovagò per la città fino alle 20.30, ora in cui l'agente Louis Robinson, richiamato da alcune persone, la vide stesa a terra di fronte a un magazzino di mobili in Aldgate High Street. Era ubriaca. Farfugliava, cantava e imprecava. Nessuno, tra i presenti, fu in grado di riconoscerla. Dopo qualche vano tentativo di farla rialzare, l'agente Robinson fischiò per richiamare l'attenzione di un collega, il quale giunse immediatamente da una strada vicina. I due agenti condussero la donna in questa stessa stazione di polizia e il sergente Byfield, che quella sera era di turno, la sistemò in una cella finché non fosse stata in grado di reggersi in piedi.

«Intorno a mezzanotte, la signorina Eddowes cominciò a riprendersi. All'1 meno 10, reputandola abbastanza sobria, il sergente Byfield decise di liberarla. Venne registrata come Catherine Kelly. Dopodiché la videro girare a sinistra, nuovamente verso Aldgate High, nella direzione opposta a quella che avrebbe dovuto prendere per tornare in Flower e Dean Street, dove il signor Kelly l'attendeva.

«Quarantacinque minuti più tardi, l'agente di ronda Watkins la trovò in Mitre Square, morta.»

Seguì una lunga pausa di silenzio.

Zia Elizabeth teneva lo sguardo basso, rivolto alle mani che stringevano la borsetta. Sybil, invece, osservava il muro alle spalle dell'ispettore su cui era appeso un ritratto della regina Vittoria, quanto di più lontano ci potesse essere da sua madre in quel momento. Ma in un istante, all'immagine della donna più potente del mondo si sostituì quella di Catherine Eddowes, stesa in una pozza di sangue nell'oscurità della notte londinese.

«Vi sentite bene?» chiese l'ispettore.

«Ne ha ancora per molto?» lo interrogò zia Elizabeth.

«Abbiamo una testimonianza» concluse Collard. «Tre uomini che uscivano da un club dicono di averla vista in compagnia di uno sconosciuto pochi minuti prima che l'agente Watkins ne rinvenisse il corpo. Di questo sospetto possediamo una sommaria descrizione e stiamo procedendo nelle indagini. C'è però un antefatto inquietante.»

«Mia nipote Sybil è sufficientemente provata per oggi...»

L'uomo non le badò. «Qualche giorno prima della sua tragica morte, parlando con il gestore della pensione dove era solita trascorrere le notti, il signor Wilkinson, la signorina Eddowes disse che era pronta a incassare la ricompensa per la cattura dell'assassino di Whitechapel.» Collard fece una pausa e alzò gli occhi verso Sybil e zia Elizabeth. «Se Catherine fosse venuta a Wolverhampton e voi le aveste parlato, forse avrebbe potuto confidarsi...»

«Vi abbiamo già detto che non l'abbiamo incontrata!» ringhiò zia Elizabeth scattando in piedi. «E ora, che lo permettiate o meno, io e mia nipote ce ne andiamo. Sybil?»

Sybil annuì e si alzò.

La stanza era diventata piccola e soffocante e le forme cominciavano a perdere i contorni. Aveva bisogno d'aria.

Anche l'ispettore si alzò. «D'accordo» concesse. «Per il momento è tutto. Se avrò bisogno di ulteriori informazioni ve lo farò sapere.»

«Sei stata brava» sussurrò zia Elizabeth quando furono nuovamente in strada, sole.

Sybil le dedicò un sorriso che somigliava più a una smorfia, e annuì. Quel che più di ogni altra cosa la lasciava sconcertata era la possibilità che sua madre conoscesse l'identità dell'assassino di Whitechapel e che, forse, fosse stata uccisa prima di poterlo confidare a qualcuno o proprio per quella ragione.

Ma se la conosceva perché non rivelarlo alla polizia? Forse sperava di ottenere dall'omicida del denaro per il suo silenzio?

Il pensiero che fosse stata lei stessa a condannare a morte sua madre non aprendole la porta di casa la tormentava.

«Non abbiamo mentito» se ne uscì zia Elizabeth.

«Certo che abbiamo mentito!» esclamò Sybil furiosa. «E se avesse avuto da dirci una cosa importante?»

«L'ispettore ha chiesto se avevamo incontrato Kate. Noi l'abbiamo vista, fuori, in strada, ma non l'abbiamo incontrata. Quindi non abbiamo mentito. Ecco come la vedo io.»

«Abbiamo mentito» ribadì Sybil. «Ma il problema non è nemmeno questo.»

Zia Elizabeth spalancò gli occhi stupita. «E quale sarebbe, allora, il *problema*?»

«Il problema è che avremmo dovuto farla entrare e chiederle perché era venuta a trovarci.»

«Tua madre non era venuta a trovarci, ma a chiedere qualcosa, come sempre. E poi ormai quel che è fatto è fatto. Non possiamo tornare indietro.»

«No, non possiamo...»

Stavano attraversando il London Bridge, trafficato e grigio. Sybil osservò le acque scure e poco invitanti del Tamigi, e per la prima volta realizzò compiutamente che sua madre non c'era più.

Non ci sarebbero più state visite improvvise a Wolverhampton o improbabili ravvedimenti.

Finché Sybil sapeva che sua madre era in vita, che, qualunque cosa stesse facendo calcava ancora le strade del mondo, si sentiva diversa, si sentiva ancora una figlia. *Quella donna* era lì, da qualche parte, a condurre la sua discutibile esistenza, ma anche se Sybil non la vedeva né aveva sue notizie, era consapevole della sua esistenza. Ora tutto questo era finito. Lei non era più una figlia. Non era più niente.

Tornate a casa, trovarono Harriet in procinto di preparare lo spuntino di mezzogiorno: pane con burro e cetrioli, *scones* salati serviti con panna acida e tè.

«Com'è andata?» chiese, quasi che le due donne fossero appena rientrate da un giro in barca sul fiume.

«È andata» rispose laconica sua madre.

«Ti do una mano» si offrì Sybil.

«Charles è fuori per lavoro» annunciò Harriet con forzata vivacità.

«È stato assunto?» s'informò zia Elizabeth.

«Non ancora, ma sono certa che presto troverà un buon posto.»

«Con una mano monca?»

«Mamma, ti prego.»

La piccola Nellie dormiva nel suo lettino, posizionato accanto al camino per tenerla al caldo, e a ogni respiro emetteva un rauco soffio, mentre il fratello Joseph, di sette anni, giocava seduto sul tappeto del salotto con la miniatura di una bottega da macellaio. FERNLEY FAMILY recitava l'insegna. Osservandola, Sybil avvertì un brivido correrle giù per la schiena.

C'erano piccoli polli di legno sanguinanti (colorati di rosso) e altri pezzi di animali appesi ai ganci in vetrina. Suppose che il gioco avesse a che fare con il precedente lavoro del cugino Charles, ma riportò i suoi pensieri ai delitti di Whitechapel. E tutt'a un tratto scoprì che le era passata la fame.

Giovedì, 11 ottobre 1888

«È senz'altro una buona idea» sentenziò zia Elizabeth con l'usuale espressione di granitica certezza.

L'idea era quella di effettuare un picnic a Hyde Park, tutti insieme, bambini compresi, e il fatto che l'avesse concepita la stessa Elizabeth la rendeva ai suoi occhi inappuntabile.

L'irremovibile fermezza dell'anziana donna era riuscita a vincere anche la ritrosia di Harriet, preoccupata, come sempre, per la salute della piccola Nellie.

«L'aria le farà bene» si era sentita dire. «Quella bambina sta troppo in casa. Forse è per questo che sta male.»

Approfittarono così di una splendida giornata che pareva aver sbalzato d'improvviso Londra in piena primavera, mentre il grigiore dell'autunno inglese doveva essersi attardato da qualche altra parte, su al nord.

«Servirà a risollevare i nostri umori» aveva continuato zia Elizabeth «e a distrarci un po'.»

Alla piccola comitiva si unì anche Charles, dichiarando che per un giorno la ricerca del nuovo lavoro poteva aspettare.

Furono preparati sandwich alla carne e al prosciutto, formaggio e noci, e zia Elizabeth si offrì, strada facendo, di comprare dei dolcetti alla frutta.

Nonostante le buone intenzioni, la giornata di svago si trasformò in un dramma quando il piccolo Joseph cadde nel Serpentine Lake, lo specchio d'acqua che divide in due il parco.

Charles, infuriato oltre misura, si mise a inveire e a percuotere il ragazzino, zuppo e spaventato, e solo l'intervento della suocera impedì che la situazione degenerasse.

Sybil rimase impressionata dalla furia di Charles e dalle sue parole: continuava a ripetere quanto il figlio fosse *stupido*.

A quel punto la scampagnata fu bruscamente interrotta per riportare a casa Joseph.

Harriet era mortificata, più per il comportamento del marito che per l'incidente, e zia e nipote dovettero adoperarsi per confortarla e consolare Joseph. Una volta tornato a casa e indossati abiti asciutti, il piccolo non ci mise molto a dimenticare tutto, anche grazie ai dolcetti alla frutta acquistati da nonna Elizabeth e a una interminabile ma divertente partita a Tiddlywinks con Sybil.

Se non altro ancora una volta zia Elizabeth aveva avuto ragione: malgrado l'incidente, la gita a Hyde Park aveva saputo di distogliere Sybil dai suoi pensieri.

Quella stessa sera, nella stanza guardaroba attrezzata per ospitare due brande che zia e nipote dividevano, Elizabeth comunicò di non voler gravare ulteriormente su Harriet e Charles e di voler tornare a Wolverhampton entro qualche giorno.

Sybil apprese la decisione con animo combattuto.

Ora che si trovava a Londra, desiderava rimanere più a lungo. Sentiva di doverlo a sua madre. Un'occasione che non andava sprecata.

Non credeva al destino o al fato o a quel genere di cose, ma qualcosa le diceva che doveva provare a conoscere Catherine Eddowes, provare a capirla, cercare risposte.

A volte le risposte si evitavano per pigrizia. Più spesso per timore della verità.

Ma Sybil aveva sedici anni, era una donna. La verità non le faceva paura. Non più.

Venerdì, 12 ottobre 1888

Charles Robinson leggeva il «Daily Telegraph» alla ricerca di posti di lavoro.

D'un tratto allungò il quotidiano in direzione della giovane cugina, intenta a sorseggiare distrattamente una tazza di tè.

Il titolo dell'articolo recitava:

**CASO EDDOWES
PROCEDIMENTO CONCLUSO**

«Io esco» disse spostando la sedia all'indietro e alzandosi di scatto.

Sybil rimase seduta a leggere il giornale, mentre la piccola Nellie tossiva e zia Elizabeth si dava da fare intorno a Harriet e la bambina per darle una mano.

Ieri, alla Corte del medico legale, Golden-lane, Mr. S.F. Langham, medico legale per la City di Londra, ha concluso l'inchiesta in merito alla morte di Catherine Eddowes, trovata assassinata e mutilata a Mitre Square, Aldgate, la mattina presto di domenica 30 settembre.
Mr. Crawford, procuratore legale della City, ha assistito il caso per conto della polizia. L'ispettore Collard e il

Soprintendente Forster hanno rappresentato gli agenti impegnati nell'indagine.

Al termine della raccolta di tutte le testimonianze, la giuria si è espressa concludendo il procedimento con un verdetto di omicidio volontario contro ignoti.

Tra l'elenco dei nomi figuravano anche Elizabeth Cadman e Sybil Conway.

Sybil si domandò cosa significasse esattamente "procedimento concluso". Le indagini non procedevano comunque? E i tre testimoni di cui aveva parlato l'ispettore Collard?

Si chiese se non fosse il caso di tornare alla stazione di polizia per sincerarsi che la ricerca dell'assassino andasse avanti.

A quel punto la sua attenzione fu sviata dalla tosse di Nellie, così violenta da far diventare cianotica la bambina.

«Oddio!» sentì Harriet che gridava.

Sybil lasciò il giornale e si precipitò a vedere.

Nellie aveva gli occhi rovesciati all'indietro e il respiro, tra uno spasmo e l'altro, usciva a fischi e rantoli. Nessuno, in realtà, sapeva che fare, neppure l'imperturbabile zia Elizabeth.

Joseph, nel frattempo, saltellava intorno alla stanza come se sua madre e le altre donne stessero giocando anziché angosciarsi per quanto stava accadendo.

«Smettila!» urlò zia Elizabeth esasperata, con un tono così acuto e perentorio che il bambino rimase immobile, come pietrificato. Dopodiché il piccolo girò sui tacchi e piangendo infilò la porta della sua cameretta.

Qualche minuto più tardi, la tosse di Nellie diede finalmente segno di calmarsi e il respiro si fece abbastanza regolare. Anche il colore sulle sue guance tornò quello di sempre. Tuttavia la bambina appariva stanca, prostrata, come se avesse sostenuto uno sforzo enorme, al di sopra della sue possibilità.

«Queste crisi si presentano con frequenza irregolare» spiegò Harriet, provata anch'essa ma rinfrancata dallo scampato pericolo. «A volte sta bene per giorni, altre volte passa ore intere in questo stato. Oppure vomita e ha la febbre alta. I dottori stentano a comprendere cos'ha. Hanno dato differenti interpretazioni, eppure nessuna cura sembra funzionare.»

«Forse dovresti rivolgerti a uno specialista» suggerì sua madre.

«Non possiamo permettercelo» rispose Harriet senza staccare gli occhi dalla figlia. «Questa casa ci costa sei scellini e otto pence a settimana. Il cibo altri venti scellini. E poi ci sono la legna, il carbone, le candele, il sapone...»

«Va bene, va bene. Ora calmati. Pensiamo alla bambina, vuoi?»

Sybil rimase a lungo a guardare la cugina che, sospirando, cullava tra le braccia la piccola Nellie, ora addormentata dopo la grande paura. L'amore di una madre era qualcosa che non si poteva spiegare a parole e per quanto zia Elizabeth fosse dura e determinata, era pur sempre una madre e, dentro di sé, doveva soffrire per le pene di sua figlia Harriet.

Inevitabilmente, quella considerazione portò Sybil a ripensare a quando, con sprezzo, sua madre aveva abbandonato la famiglia. Si era mai pentita?

Il resto della giornata, Sybil lo trascorse a casa, mentre zia Elizabeth coglieva l'occasione della sua presenza a Londra per far visita a una conoscente originaria di Wolverhampton.

Scovate in un mobiletto alcune copie del «Daily Telegraph» risalenti agli ultimi quindici giorni, Sybil ne approfittò per raccogliere informazioni sulla vicenda che aveva coinvolto sua madre.

Venne a sapere, per esempio, che quella notte, meno di un'ora prima e a circa un miglio di distanza da Mitre Square, era stato compiuto un altro omicidio, un'altra donna, in quello che i giornalisti avevano subito definito con cinismo il "doppio evento", quasi si trattasse di una gara sportiva o una corsa di cavalli.

Scoprì inoltre che dal marciapiede accanto al corpo senza vita di sua madre erano stati raccolti tre bottoncini neri, di quelli usati per decorare gli stivaletti femminili, un bottone di metallo e la ricevuta di un banco di pegni.

Sybil si spiegava tutto, tranne la presenza del bottone di metallo.

Non c'erano bottoni di metallo sugli abiti indossati da Catherine Eddowes. E il fatto che potesse appartenere all'assassino, anche se era solo un bottone, le dava i brividi.

C'erano poi le testimonianze dei tre uomini usciti dal club, i quali asserivano di aver visto una donna con i vestiti *simili* a quelli della vittima parlare con un individuo di corporatura media e carnagione chiara all'angolo tra Duke Street e Church Passage, un sottopassaggio che immette in Mitre Square. Non poterono però vedere in volto né l'uomo, che indossava un berretto di panno con visiera, né la donna, che dava loro le spalle.

Questo accadde circa cinque minuti prima che l'agente Watkins rinvenisse il cadavere di Catherine Eddowes.

Sybil rifletté che l'assassino doveva essere stato incredibilmente abile. La polizia, infatti, dichiarava di aver istituito un cordone di controllo attorno all'area di entrambi gli omicidi, e di aver proceduto a una perquisizione sistematica casa per casa... per quanto fosse possibile in un quartiere affollato come Whitechapel.

Sybil si concentrò sui tre testimoni.

Il signor Dalston lavorava nel commercio di sigarette, il signor Harris era commerciante di mobili e il signor Levy macellaio.

Le loro dichiarazioni sembravano concordi nell'indicare che l'uomo e la donna avevano un atteggiamento tranquillo, quasi amichevole.

Passò a un articolo del 1° ottobre.

Si pensa ora che l'autore di questa serie di oltraggiosi crimini non sia un anatomista scientifico, come era stato suggerito inizialmente. L'opinione della polizia è che sia un uomo armato di un'arma affilata e spaventosa, che brandisce con braccio forte e che, a giudicare dall'orientamento dei tagli alla gola, utilizzi la mano destra. Egli è senz'altro posseduto da una furia maniacale contro la categoria delle passeggiatrici. Nessun anatomista sarebbe in grado di tagliare con la rapidità e la ferocia che devono essere state impiegate nel mutilare la povera creatura trovata nell'angolo di Mitre Square.

Sybil dovette fare una pausa.

L'articolo parlava di sua madre.

E nonostante tutto, nonostante l'estraneità che aveva

provato per lei, non le era facile leggere certe cose. Si alzò, andò nel cucinino a prendere un bicchiere d'acqua registrando distrattamente il pianto della bambina nella stanza accanto e tornò al tavolo.

Anche l'opinione medica è quasi unanime nel considerare l'assassino come una persona non qualificata, forse un semplice ma diabolico macellaio. Molti dei poliziotti più esperti, infatti, dopo aver visto i cadaveri delle vittime, affermano che l'assassino sarà scoperto essere un volgare squartatore di maiali o l'operaio di un mattatoio.

«Sybil, ti dispiace occuparti di Jo?» le chiese Harriet facendola trasalire. «Devo cambiare Nellie.»

«Come? Ma certo.» Richiuse il giornale e si voltò. Vide la donna scivolare come un'ombra nella cameretta dei bambini e pensò che Harriet era davvero come un'ombra, una donna eterea, priva di sostanza e, probabilmente, di carattere. Charles la dominava, sia fisicamente che psicologicamente, così come doveva averla dominata sua madre, zia Elizabeth, quando Harriet era una bambina.

Dalla stanza dei bambini sgattaiolò fuori Joseph, che raggiunse subito Sybil. «Che cosa fai?» le chiese.

«Leggo questi giornali» rispose la ragazza prendendolo in braccio e mostrandogli la pila di quotidiani che aveva sul tavolo. «Tu sai leggere?»

Joseph scosse la testa.

«Non vai a scuola?»

«No.»

«Non è portato» disse dall'altra camera la tenue voce di Harriet.

«Come hai detto?»

«Non è portato» ripeté la donna affacciandosi sulla soglia.

«Come sarebbe?»

«Fatica a imparare.» E prima di sparire nuovamente per occuparsi di Nellie, dedicò al figlio uno sguardo sfuggente nel quale Sybil rinvenne una sorta di compassione.

Sybil mise a terra il ragazzino. L'aveva osservato spesso, in quei giorni, e, anche se non era un'esperta, a suo parere Joseph non sembrava affatto diverso dagli altri bambini della sua età. Aveva uno sguardo sveglio, occhi neri e vivaci, e buona manualità. Talvolta faceva i capricci, ma poteva dipendere dal fatto che le attenzioni di sua madre erano tutte per la sorellina. Un meccanismo abbastanza comune.

Pensò poi che dietro alla banale scusa che Joseph non era portato, ci fosse una ragione economica. Tuttavia esistevano le Charity Schools, le scuole di carità, come la Dowgate di Wolverhampton, frequentata in tempi diversi sia da Sybil che da sua madre.

Si sedette sul tappeto di fronte al camino insieme a Joseph e giocarono per un po' alla bottega del macellaio, in quel periodo lo svago preferito dal piccolo. Smisero presto, però, perché Sybil proprio non riusciva a guardare i prosciutti e le carcasse sanguinolente senza associarli in qualche modo a quanto era capitato a sua madre, e in più di un'occasione fu costretta a distogliere lo sguardo.

«Non ti piace giocare al macellaio?» volle sapere Joseph un po' deluso dallo scarso entusiasmo della cugina.

«Perché non disegniamo?» propose lei alzandosi in piedi. «Potrei anche insegnarti a leggere. Non ti piacerebbe imparare?»

Il bambino assunse un'espressione triste. Evidentemente non considerava la lettura e il disegno attività divertenti.

«Allora facciamo un altro gioco» disse Sybil avendo un'illuminazione. Andò nella stanza dei bambini e, sotto lo sguardo sorpreso di Harriet (che stava sottoponendo Nellie a un bagno di vapore a base di olio di eucalipto e cipolla), raccolse a casaccio alcuni giocattoli di piccole dimensioni: un cavallino, delle palline di legno e una trottola. Poi tornò nel salotto e li dispose sul tavolo, dove poco prima era intenta a leggere i giornali. «Vieni» lo invitò. «Siediti!»

Improvvisò così una piccola e semplice lezione di aritmetica. Utilizzando gli oggetti e unendoli a gruppi di due o tre, cercò di spiegare a Joseph le basi del calcolo. Il bambino, da principio, parve interessato, ma dopo un po' cominciò ad annoiarsi.

«Te l'ho detto» intervenne Harriet tornando nella sala principale con la bambina in braccio. «Perdi tempo. Jo non è portato per la scuola.»

Sybil rimase a guardare con evidente delusione il piccolo scendere dalla sedia e dirigersi nuovamente in direzione della macelleria Fernley.

«Preparo una tazza di tè» annunciò Harriet.

Sybil annuì guardandosi intorno e cercando qualcosa da fare. Gli occhi le si posarono sulla pila di quotidiani che aveva abbandonato poco prima di dedicarsi a Joseph. Una pagina in particolare del «Daily Telegraph» del 2 ottobre attrasse la sua attenzione.

Un articolo che le era sfuggito.

In quella data, infatti, era stata pubblicata la prima lettera inviata dall'assassino alla Central New Agency di Londra, la più importante agenzia di stampa londinese.

Poco più sotto era stato riprodotto il testo di una seconda lettera. Entrambe erano state scritte con inchiostro rosso da Jack lo Squartatore.

Sybil sapeva di queste lettere, ma era la prima volta si trovava di fronte al contenuto integrale, parola per parola.

Contenevano gli sproloqui di un megalomane, che sfidava le forze dell'ordine a prenderlo. Nella prima delle due affermava che avrebbe tagliato un orecchio a una delle vittime, dettaglio che in effetti faceva parte delle atrocità commesse sul corpo di Catherine Eddowes. Nella seconda faceva invece riferimento al "doppio evento", ovvero ai due omicidi quasi contemporanei compiuti nella notte tra il 29 e il 30 settembre.

«Che cosa stai cercando?» le chiese Harriet portando il vassoio con le tazze e la teiera.

«Niente di particolare» rispose Sybil.

«Non credi che ti possa nuocere?» disse la donna indicando con un cenno del capo la pagina del «Daily Telegraph» rimasta aperta.

Sybil richiuse il giornale con un gesto stizzoso. «Nuocere?»

«Be', non credo ti faccia bene rivangare le cose. Ti pare?»

«Voglio solo capire.»

«Capire cosa? Quello è un pazzo furioso, un matto che dovrebbe stare in un manicomio. Che c'è da capire? Non ne vale la pena.»

Sybil rimase in silenzio.

Harriet, in fondo, era il genere di donna che preferiva non combattere. Ma Sybil si sentiva diversa. *Era* diversa. Non ci stava a lasciar perdere. Lei voleva sapere, voleva la verità.

In quell'esatto istante la faccia indolente di Harriet la fece decidere che sì, sarebbe tornata alla stazione di polizia, dall'ispettore Collard. Voleva essere aggiornata sulle indagini. Era la figlia di Catherine Eddowes e ne aveva il diritto.

E poi c'era un'altra faccenda, più complicata ancora.

Spulciando tra gli articoli, aveva appreso che il riconoscimento del corpo di sua madre era stato compiuto dall'uomo al quale si accompagnava, John Kelly, e dalla sorella maggiore, Eliza Gold, che Sybil doveva aver visto qualche volta da bambina.

Il signor Kelly, stando alle parole dell'ispettore, non aveva fissa dimora, se non la pensione nella quale spesso si recava a dormire, mentre Eliza Gold (*zia Eliza*) abitava proprio a Whitechapel, in Thrawl Street.

E se Sybil fosse andata a trovarla? Poteva sembrare un'idea assurda, una pessima idea, ma anch'essa rischiava di andare a far parte di quelle occasioni mancate che Sybil non voleva più lasciarsi sfuggire.

Mentre era intenta a fare queste considerazioni, il cugino Charles rientrò in casa. Sembrava di pessimo umore e forse aveva bevuto.

Non appena vide la catasta di giornali sul tavolo, la sua espressione corrucciata si fece fortemente irritata. «Dove li hai trovati?» domandò brusco.

«In quel mobile...» rispose la ragazza sentendosi colpevole di un non ben chiaro misfatto.

«Chi ti ha detto di andare a ficcare il naso? Eh?» ringhiò l'uomo abbrancando tutte le copie. «Si può sapere? Non è casa tua, questa!»

«Scusa. Non credevo che...»

Senza ascoltarla, Charles andò verso il camino e vi gettò dentro tutti i giornali. «Questa non è casa tua» ripeté senza guardarla. Quindi sparì in camera da letto sbattendosi la porta alle spalle.

Harriet non fece una piega. Nemmeno i bambini parevano aver fatto caso alla reazione esagerata del padre. Sybil, invece, era esterrefatta.

Dopo qualche istante, Harriet mormorò a occhi bassi: «È perché non trova lavoro. E l'incidente alla mano, capisci? Tutto questo lo rende irascibile...»

Quella sera, a cena, alla presenza della suocera, Charles bofonchiò qualche parola di scusa. Sybil si mostrò comprensiva e, anzi, si scusò a sua volta per aver messo il naso dove non avrebbe dovuto o almeno senza chiedere il permesso. E la questione fu chiusa.

Nel camino il pacco di giornali era andato del tutto in fumo; rimanevano brandelli anneriti che il calore aveva sollevato e depositato ai margini del focolare.

Quando più tardi si ritirarono per la notte, nel silenzio della camera, dopo che le lampade erano state spente, zia Elizabeth le sussurrò: «Non è casa nostra. Non puoi fare tutto quello che ti viene in mente. E poi non devi tormentarti. Non ne vale la pena».

Si riferiva alla spasmodica ricerca di informazioni da parte della nipote. Era la seconda volta, quel giorno, che le veniva detta una cosa simile.

Ma chi poteva decidere per lei se valeva o non valeva la pena? Sybil evitò di rispondere. Restò immobile, sotto le coperte, fingendo semplicemente di dormire.

Sabato, 13 ottobre 1888

«È una sciocchezza» sibilò zia Elizabeth irrigidendosi. «Un'idiozia bella e buona.»

«Perché?»

«Perché non hai alcun rapporto con quella donna. E lei non ha alcun rapporto con te. Mi pare evidente.» Zia Elizabeth fece una smorfia: la sua ulcera ricominciava a farsi sentire e lei era molto abile nell'usarla a proprio vantaggio.

Il sole del primo mattino aveva colto Sybil già sveglia dopo una notte di incubi.

Ombre che attendevano celate da oscuri sottopassi, occhi come tizzoni che spiavano nel buio, scintillare di coltelli lunghi come spade, e sangue, che gocciava dalle pareti e dalle sue stesse mani.

Aveva atteso a lungo che la zia si destasse, cercando di mettere ordine tra i pensieri mentre lo sguardo indugiava sulla lama di luce e pulviscolo che tagliava in diagonale la piccola stanza.

Nel vortice di ragionamenti nel quale era impaludata, una sola certezza: la volontà di non tornare a casa prima di aver parlato con zia Eliza Gold. Nulla di quanto zia Elizabeth avrebbe potuto dire sull'argomento l'avrebbe fatta desistere. Neppure la sua ulcera.

«Non m'importa» rispose. «Non voglio mancarti di rispetto, zia, ma siamo a Londra e non me ne andrò senza aver parlato con la sorella di mia madre.»

Zia Elizabeth, che la conosceva meglio di chiunque altro e che sapeva che la ragazza aveva ereditato dalla madre la cocciutaggine, sospirò: «Spero solo che tu non abbia a pentirtene».

Sybil preferiva ammettere di aver fatto un errore piuttosto che rimpiangere di non averci provato. Ma non lo disse per non concedere a sua zia alcuna vittoria.

Quando, a colazione, Sybil informò la famiglia che aveva intenzione di recarsi a Whitechapel, Harriet la guardò con tanto d'occhi.

«Porteresti mia madre in quel… in quel…» non riuscì a trovare una parola adatta per descrivere un luogo che lei evidentemente considerava abbandonato da Dio.

Zia Elizabeth aprì la bocca per dire qualcosa, ma fu Charles a intervenire: «Posso accompagnarla io».

Sybil non se l'aspettava. Non dopo il battibecco del giorno precedente. Forse era il suo modo per per chiedere scusa.

Non riusciva a inquadrarlo per bene, Charles.

A volte appariva scorbutico, ai limiti della maleducazione, oppure assente e del tutto disinteressato a quanto avveniva intorno a lui. Altre volte, invece, seppur di rado, si dimostrava vivace e bendisposto. Come quella mattina.

A Sybil ricordava il protagonista di quel terrificante racconto pubblicato poco tempo prima, *Lo strano caso del dottor Jekyll e Mr. Hyde*, che aveva avuto un grande successo.

Ma ovviamente stava esagerando. Non c'era nessun doppio nel povero cugino Charles, nessun mostro celato nella sua mente.

A ogni modo fu stabilito che Charles e Sybil sarebbero andati a Whitechapel l'indomani mattina, domenica. E subito Sybil si sentì eccitata.

Anche un po' spaventata.

Non perché avesse paura di Whitechapel. Era l'idea di scoprire la verità che stava iniziando a spaventarla.

Domenica, 14 ottobre 1888

Il cugino Charles era a conoscenza di moltissimi fatti e storie su Londra, alcuni particolarmente suggestivi.

Ascoltandolo parlare, Sybil pensò che avrebbe potuto scriverci un libro oppure guadagnare qualche scellino in veste di guida turistica. Quando glielo disse lui scoppiò a ridere, come se avesse fatto una battuta di spirito.

Sybil si stupì di quanto fosse cambiato l'umore di Charles nel volgere di sola mezza giornata.

Ora appariva brillante, loquace, gesticolava e, talvolta, salutava qualcuno lungo la via, dando a vedere di essere popolare e apprezzato. Disse che conosceva bene la zona per averci vissuto da giovane, ma che non ci sarebbe tornato per nulla al mondo.

Whitechapel era un quartiere povero e degradato, un dedalo di cortili e viuzze che si intersecavano come una rete sanguigna, immerso costantemente nella penombra.

Edifici addossati gli uni agli altri che impedivano alla luce di penetrare per scaldarli, condannando i loro abitanti a un ininterrotto grigiore. Condizioni igieniche precarie piene di spifferi, topi e pericoli.

«La gente veniva in città dalle campagne» spiegò Charles «dove faceva la fame. Così servivano nuove case a buon mercato.»

Il tono con il quale chiamava *slum* i bassifondi possedeva una sfumatura dispregiativa, quasi che lui, andandosene, ritenesse di aver innalzato il suo stato sociale, diventando migliore di chi invece ci era rimasto.

Man mano che si addentravano nel quartiere, Sybil comprendeva come quella Londra buia fosse diventata il regno di malviventi e, forse, la tana di Jack lo Squartatore.

Giunsero chiacchierando in Thrawl Street, a Spitalfields, il cuore nero della Londra povera.

Per strada, tra rifiuti disseminati ovunque e pozze di liquame, dei bambini ridevano e gridavano dando la caccia a un ratto, mentre donne scolorite fumavano e berciavano sguaiatamente addossate a una parete.

«Stiamo cercando una persona» disse Charles con una certa sicurezza.

«Eliza Gold» aggiunse Sybil impaziente. «Mia... zia.»

La squadrarono dalla testa ai piedi.

Malgrado gli abiti che Sybil indossava fossero modesti, davanti a quelle donne apparivano sontuosi e lei si sentì a disagio.

«Sei la nipote di Eliza?» domandò una di loro mostrando una bocca con pochi denti.

Sybil annuì.

«Potete dirci dove abita?» disse Charles.

Le donne si consultarono con un rapido giro di sguardi. Poi, quella che aveva parlato, fece un cenno con la mano, indicando una casa poco più avanti, sulla destra. «È quella lì.»

«Grazie» disse Sybil. Quindi, seguita dal cugino, si avviò avvertendo su di sé i loro occhi indiscreti.

Il civico 6 era una casa bassa e grigia, che dava l'impressione di essere disabitata per via dei vetri rotti alle finestre, rabberciati alla bell'e meglio con assi di legno e fogli di giornale.

Sybil bussò e attese a lungo prima che qualcosa si muovesse al di là della porta.

Poi apparve una donna bassa e tarchiata e dall'aria corrucciata, i capelli, ricci, raccolti in un disordinato *chignon*. «Cosa volete?» Aveva una voce roca, rugginosa.

«Siete Eliza Gold?»

«Chi lo vuole sapere?» Diffidente, guardinga, come un animale selvatico che fiuta una trappola. I suoi occhi scivolarono sull'uomo che la accompagnava.

«Sono Sybil, la figlia di Catherine, vostra sorella.» Lo disse tutto d'un fiato, come se avesse deciso che era l'unico modo per riuscire a formulare quella frase, pesante come un macigno.

La donna esitò, sorpresa. «E lui, è… tuo marito?»

«Mio cugino. Di secondo grado.»

«Se stai cercando tua madre, sei arrivata tardi.»

Sybil cercò di restare impassibile. «Volevo solo parlare.»

«Parlare di cosa?»

Eliza Gold se ne stava ferma, piantata sulla soglia, occupandola quasi per intero. Le mani sui fianchi di un lurido grembiule, le maniche della lisa camicetta arrotolate alla meno peggio fino all'altezza dei gomiti. Non sembrava avesse intenzione di farli entrare in casa.

Le donne all'angolo ridacchiavano.

«So che siete stata voi a riconoscere il corpo» disse Sybil sperando di impietosirla.

«E allora?»

«Deve essere stato difficile. Voglio dire… deve essere stato terribile.»

La donna non rispose. Scrutò la ragazza che le stava davanti con ostinazione. Quindi, dopo un profondo sospiro che sapeva di aglio e tabacco, spalancò la porta facendo intendere che poteva entrare. «Solo tu» aggiunse mettendosi tra l'uscio e Charles.

«Ti aspetto qui» disse lui con aria seccata.

L'interno della casa era, se possibile, ancora più fatiscente e squallido dell'esterno.

Pareti scrostate chiazzate da macchie di umidità, soffitti bassi e anneriti dalla fuliggine, pavimenti pericolanti e spifferi da cui l'aria già fredda dell'autunno entrava sibilando. E su tutto un odore di muffa, sudore e cibo.

C'erano due sole stanze, buie e mal arredate, un letto che era poco più che un giaciglio e servizi igienici costituiti da una semplice buca nel pavimento coperta da un tavolato di legno. Negli angoli, poco illuminati, si intuivano secchi, scope, pentolame e sacchi di carbone e, forse, cipolle o patate.

Con un gesto della mano, Eliza Gold indicò una delle sedie accostate a un tavolo e Sybil prese posto.

«Allora, che vuoi?»

Già, cosa voleva realmente? Qual era il motivo per cui aveva scarpinato insieme al cugino Charles fin lassù, a Whitechapel? Tutt'a un tratto le parve di non saperlo.

Inaspettatamente, fu la donna ad andarle incontro. «Ti ho vista, al funerale» disse sommessamente guardando la parete oltre la ragazza. «Insieme a... zia Elizabeth.» Pronunciò quel nome con durezza, come se qualcosa di acido le fosse rimasto sulla lingua. «Ma pensavo che non ti ricordassi di me.»

«Infatti» ammise Sybil. «Purtroppo non mi ricordo di voi. Mia madre vi parlava di me?»

«Tua madre non era una che parlava molto. A parte quando aveva bevuto. Ma quella è un'altra faccenda. Un giorno mi mostrò un tuo ritratto, un ovale piccolo così. Lo custodiva gelosamente.»

Sybil non lo aveva mai saputo. Non sapeva nemmeno che qualcuno le avesse fatto un ritratto. «Questo non le ha impedito di abbandonarmi» replicò stizzita.

A prescindere dalle responsabilità, se una donna abbandonava il focolare domestico diventava irrimediabilmente perduta, immorale. Non c'era legge che l'aiutasse né indulgenza da parte della collettività. Era marchiata a vita. E le prospettive che le restavano erano poche.

Eliza Gold schioccò la lingua, alla maniera degli uomini, e finalmente si sedette al tavolo lasciandosi sfuggire un gemito. Zoppicava dalla gamba destra, che era più grossa, gonfia e scura della sinistra. «Come ti ho detto, non parlava molto della sua famiglia, ma da quel poco che so desiderava farsi perdonare...»

«Non ci credo» la interruppe Sybil agitandosi sulla sedia. «Perché non è venuta a dirmele di persona queste cose?»

E subito si pentì: forse era proprio quanto sua madre intendeva fare quando si era recata a Wolverhampton, e lei non le aveva aperto la porta.

«Era la prima a non poter perdonare se stessa» disse la zia. «Pensava che nemmeno tu l'avresti mai perdonata.»

Sybil scuoteva la testa. Quanto stava sentendo era contrario a ciò che fino a quel momento aveva pensato di sua madre. E non era disposta a ritenerlo la verità. Non ancora.

Eliza Gold sollevò le spalle. «Credi un po' quello che ti pare. Tua madre non era quel diavolo che molti ora vogliono dipingere. E se non ti fidi di quello che dico io, puoi cercare l'uomo con il quale viveva, John Kelly. Te lo dirà lui.»

«E voi, vivete con qualcuno?» chiese Sybil guardandosi intorno. Non le interessava granché la risposta, ma si sentiva a disagio e voleva distogliere l'attenzione da sé.

«Non più. Sono vedova.»

«Avete dei figli?»

«Cos'è, un interrogatorio? Con Scotland Yard ci ho già parlato una volta e mi è bastato.»

D'un tratto Sybil avvertì il desiderio impellente di andarsene, di essere in qualunque altro posto eccetto che in quella casa desolata.

Aveva ragione zia Elizabeth, era stato un errore andare a trovarla. Cosa sperava di trovare? «Perdonate se vi ho importunato» disse guadagnando l'uscita. Aveva il respiro corto e il cuore che le usciva dal petto.

«Cosa credevi?» la schernì la donna restando seduta e

dandole le spalle. «Che ti avrei accolta a braccia aperte?»

Sybil non ripose. E quando uscì in strada trovò il cugino Charles ad aspettarla. Lui non disse nulla limitandosi a condurla fuori dal quartiere.

Quando finalmente si calmò, Sybil domandò a Charles se sapeva dove si trovavano gli alloggi di cui le aveva parlato l'ispettore Collard, quelli dove sua madre trascorreva le notti.

Aveva intenzione di trovare il signor Kelly.

«Come si chiama questo posto?» volle sapere Charles.

«Non me lo ricordo. So solo che si trova a Whitechapel.»

«È un po' poco. Gli *spike* si trovano ovunque nel quartiere.»

«*Spike*?»

«Li chiamiamo così i ritrovi per cenciosi barboni senzatetto.» Fece schioccare le dita della mano sana. «Proviamo a Itchy Park. È il loro ritrovo.»

Forse Charles non si era reso conto di aver offeso la madre di Sybil con quelle parole. O forse l'aveva fatto intenzionalmente.

Però anche i giornali avevano descritto Catherine Eddowes come una cenciosa barbona senzatetto. Una donna senza fissa dimora, costretta a elemosinare un letto ogni sera. Una vagabonda.

Questa era stata sua madre. Che le piacesse o meno.

A Itchy Park però, sotto l'ombra della guglia della Chiesa di Cristo Signore, tra uomini, donne e bambini appoggiati alle inferriate o rannicchiati contro i muri come mucchietti di stracci, John Kelly non c'era.

Qualcuno disse loro che forse avrebbero potuto trovarlo

alla Smith's Lodging House, uno dei numerosi ricoveri pubblici di Spitalfields, in Flower e Dean Street, una via parallela a quella dove viveva Eliza Gold.

Mentre camminavano, Charles spiegò che un tempo Spitalfields era un luogo fiorente, occupato da stabilimenti tessili, ma che la concorrenza delle grandi fabbriche li aveva messi in ginocchio e gli edifici che prima avevano ospitato i tessitori e le loro macchine erano stati frazionati e affittati per pochi soldi richiamando soprattutto immigrati.

«Olandesi, tedeschi, russi, polacchi, vi si trova un po' di tutto» concluse. «Anche un mucchio di ebrei. La povertà porta con sé la feccia e la feccia porta criminalità. Non ci si può far nulla.»

Sybil avrebbe voluto obiettare che la criminalità poteva anche dipendere dalla povertà, ma esistevano lo stesso molti uomini ricchi che non erano esattamente esempi di virtù. E comunque gli immigrati, di qualunque nazionalità fossero, secondo lei non avevano istinti criminali superiori a quelli degli inglesi. Tuttavia preferì non impegnarsi in una discussione su simili argomenti. Non in quel momento.

La Smith's Lodging House prendeva il nome dal signor Smith, un uomo d'affari, personaggio molto popolare da quelle parti. Suo cognato ne aveva rilevato le attività negli ultimi anni e aveva affidato al suo sovrintendente, il signor Wilkinson, la gestione dei ricoveri.

Wilkinson era l'uomo che aveva testimoniato di aver sentito Catherine Eddowes dire che avrebbe intascato la taglia sullo Squartatore.

E fu proprio il signor Wilkinson che Sybil e Charles incontrarono davanti al numero 55 di Flower e Dean Street.

Se ne stava schiena a un muro annerito dal tempo con un sigaro in bocca, controllando chi entrava e chi usciva dalla pensione.

«Mi spiace tanto per vostra madre» disse. «Era una brava donna.»

«Sto cercando il signor Kelly» ribatté Sybil ignorando quell'ultima affermazione, che, le pareva, di pura circostanza.

«Lo immagino. Ma John Kelly è in giro durante il giorno...»

«In giro?»

«Sì, lavora... o almeno cerca di trovare lavoro. E rientra quando è già buio.»

L'idea di tornare da quelle parti dopo il tramonto parve a Sybil allettante quanto quella di fare nuovamente visita a Eliza Gold. Flower e Dean Street era, se possibile, la più sporca e pericolosa strada tra tutte le sporche e pericolose strade di Whitechapel.

«Posso lasciargli un messaggio?» domandò.

«Certo che potete.»

Dall'ingresso provenivano grida e risate e il fetore dei corpi mescolato a quello della cattiva ventilazione. Il signor Wilkinson li fece accedere in quello che pomposamente chiamò *ufficio* e che in realtà era una stanzetta nel sottoscala che puzzava di fumo.

Lungo una delle pareti una famiglia di scarafaggi trotterellava allegramente.

«Ecco» disse indicando un tavolino sgangherato che fungeva da scrivania. «Accomodatevi, signorina.»

Sybil ebbe l'impressione che il proprietario della baracca si riempisse le tasche lasciando ai dipendenti soltanto briciole. Tuttavia, a quanto pareva, il signor Wilkinson andava piuttosto fiero del titolo di sovrintendente che gli era stato affidato. Dopo aver lasciato un breve biglietto indirizzato a John Kelly, Sybil chiese al signor Wilkinson se era vero che sua madre aveva accennato alla taglia su Jack lo Squartatore.

«Verissimo!» confermò lui. «Disse proprio così: "Credo di conoscerlo". Al che io feci una battuta infelice, le dissi: "Bada che non ti uccida". Mio Dio, se solo avessi saputo che... Ma come facevo? Avete idea di quante volte ho sentito dire che la taglia era già bella che in saccoccia?»

«Che intendete?»

«Be', c'è un sacco di gente in giro che pensa di sapere chi è Jack. Per questo non l'ho presa sul serio. La ritenevo un'altra spacconata.»

Una spacconata. Catherine Eddowes sarebbe stata uccisa per una spacconata? Sybil non lo credeva possibile. Al contrario, cominciò realmente a convincersi che sua madre conoscesse l'identità dell'assassino.

L'alternativa, d'altra parte, era che la sua morte fosse stata frutto del caso, una carta qualsiasi presa dal mazzo: trovarsi nel posto sbagliato al momento sbagliato.

A zia Elizabeth certi discorsi non piacevano e Sybil si guardava bene dall'affrontarli con lei, ma questo non le impediva di pensare con la propria testa e in un modo che poco si addiceva a una ragazza. Eppure, se sua madre conosceva Jack lo Squartatore, perché scomodarsi a venire a Wolverhampton a chiedere denaro?

Forse per una volta non era stato il bisogno di soldi a muoverla.

«Sai, questa storia di Jack, non è una novità» disse Charles mentre tornavano verso casa.

«Ah, no?»

«Non per chi vive a Londra. Conosci la leggenda di Jack dai tacchi a molla?»

«Jack dai tacchi a molla?» ripeté Sybil sorpresa. Se la situazione non fosse stata tanto drammatica e seria sarebbe probabilmente scoppiata a ridere.

Charles le raccontò la bizzarra leggenda di un uomo-diavolo che, nelle buie notti londinesi, saltava letteralmente fuori da cespugli o antri oscuri aggredendo i passanti. Una volta qualcuno aveva testimoniato di avergli visto compiere un salto sulla cima di un palazzo, a oltre trenta metri di altezza. Ecco da dove derivava il suo soprannome.

«Quindi non è un caso che l'assassino di Whitechapel si faccia chiamare Jack» osservò Sybil.

«Che vuoi dire?»

«Che deve essersi ispirato a questa storia, non ti pare?»

Charles esibì un'espressione indifferente. «Non lo so. Può darsi. Qualcuno dice che siano stati i giornalisti a inventare quel nomignolo.»

Nel pomeriggio, zia Elizabeth ribadì alla nipote l'intenzione di tornare a casa due giorni dopo.

Sybil non se la sentì di contraddirla, benché l'idea di restare ancora un po' fosse diventata per lei un'opportunità concreta. Avrebbe potuto dare una mano a Harriet, aiutandola con i bambini. Dopotutto, la signora Hoghart, l'anziana nobildonna presso la quale Sybil si prestava come dama di compagnia a Wolverhampton, avrebbe potuto fare benissimo a meno di lei per un paio di settimane. E così Sybil ne avrebbe approfittato per disintossicarsi da tutti quei romanzi noiosi che era costretta a leggerle ad alta voce, come *Ivanhoe* o *Tom Jones* o *Robinson Crusoe*.

A lei piaceva altro.

Quando la vecchia Hoghart si addormentava, Sybil era libera di consultare la sua ricca biblioteca tuffandosi tra le pagine di libri ben più appassionanti: i *Racconti notturni* di Ernst Hoffmann, *I misteri di Udolpho* di Ann Radcliffe, *Frankenstein* di Mary Shelley, *Il Castello di Otranto* di Horace Walpole. Letture anomale per una ragazza, e della sua età, per giunta. Ma a Sybil non interessavano i sospiri d'amore o le scene di vita quotidiana alla Balzac.

Lei amava le storie che facevano correre il sangue veloce nelle vene, amava l'eccitazione e l'inquietudine che quelle pagine sapevano trasmetterle.

Per lei erano boccate di vita, una fonte apparentemente inesauribile a cui abbeverarsi.

Lunedì, 15 ottobre 1888

Tra le letture preferite di Sybil, i racconti di un controverso scrittore americano, Edgar Allan Poe, occupavano un posto speciale.

Costui aveva inventato un personaggio di nome Auguste Dupin, un francese con una mente superiore alla media, capace di risolvere enigmi e misteri soltanto applicando il ragionamento. In uno di questi racconti, egli, semplicemente leggendo gli articoli dei giornali e le testimonianze riportate, era in grado di risolvere addirittura un caso di omicidio.

Non che Sybil pensasse realmente di risolvere i delitti di Whitechapel attraverso l'analisi dei quotidiani, ed era conscia che non esisteva realmente una persona con le capacità di Auguste Dupin, ma questo non bastava a fermarla.

Decise così di recarsi alla Biblioteca Nazionale.

Aveva scoperto in un trafiletto del «Daily Telegraph», che la Biblioteca Nazionale era tenuta a conservare una copia di tutti i quotidiani più importanti, nazionali o stranieri. E dunque lì era possibile raccogliere quanti più dettagli possibile sui delitti di Whitechapel.

Zia Elizabeth, seppur contrariata, sarebbe andata con lei, se all'ultimo momento la sua ulcera non si fosse fatta sentire più del solito.

«Prendi una carrozza» si raccomandò, dandole il denaro necessario. «Non voglio che gironzoli a piedi.»

Quando però Sybil fu in strada, venne catturata dalla voglia di camminare. Era sola, in una città fuori dal comune, in pieno giorno. Che poteva capitarle?

E comunque, Russell Square non rappresentava un pericolo quanto Whitechapel.

Attraversato il London Bridge, anziché svoltare in direzione della cattedrale di St. Paul, Sybil decise di fare una deviazione.

Si diresse alla stazione di polizia di Bishopsgate, alla ricerca dell'ispettore Collard.

«L'ispettore non c'è» le rispose un agente dopo che la ragazza si fu presentata in guardiola. «Ma posso farvi parlare con il sergente Byfield.»

James Byfield era il poliziotto che aveva chiuso in cella Catherine Eddowes la notte in cui era stata uccisa. E se solo l'avesse trattenuta fino al mattino, sua madre sarebbe stata ancora viva.

Byfield fu molto formale, distaccato. Disse che, avendo già reso la sua deposizione, se Sybil non aveva nuovi elementi poteva ritenere chiusi i suoi obblighi come testimone.

«Non sono io a dover riferire nuovi elementi a voi» replicò la ragazza «ma voi a me.»

«Come dite, prego?»

«Dico che vorrei essere informata sull'andamento delle indagini. Avete dei sospetti? Che pista state seguendo?»

«Pista?» L'uomo scoppiò a ridere, mentre Sybil restava, al contrario, estremamente seria.

«Lo trovate divertente?» replicò furiosa. «Mia madre è stata uccisa da un folle squilibrato e voi lo trovate divertente?»

«Non serve che me lo ricordiate» borbottò Byfield, ridiventando serio. «Scotland Yard non ha alcun dovere di informare i familiari delle vittime di un crimine circa l'andamento dell'indagine in corso per quel crimine. Inoltre certune informazioni sono considerate strettamente riservate.» Sembrava stesse recitando un passo mandato a memoria.

Sybil respirò cercando di calmarsi.

Il suo piede batteva nervoso il pavimento come se seguisse una musica immaginaria e le sue dita torturavano i lacci della borsetta. «Quando potrò parlare con l'ispettore Collard?»

«L'ispettore ha cose ben più importanti a cui dedicarsi. Vi prego, signorina, vogliate andarvene e lasciarci lavorare.»

«Lavorare?» ripeté Sybil mentre il sergente, reggendola per un braccio, la accompagnava verso l'uscita. «Sono state uccise quattro donne! Quante ancora ne dovranno morire prima che la polizia ci capisca qualcosa?»

«Fingerò di non aver udito» disse Byfield.

«Invece dovreste cominciare ad ascoltare quello che dice la gente» ribatté Sybil furente. «Ascoltare per bene!»

Si ritrovò in strada, la sensazione sempre più dilagante che le forze dell'ordine non sapessero che pesci pigliare.

La polizia non le ispirava alcuna fiducia, brancolava nel buio in attesa forse di un colpo di fortuna, mentre quell'uomo, chiunque fosse, non sembrava affatto temerla.

Sulle pagine dei giornali le vignette satiriche si sprecavano: poliziotti imbambolati e incapaci giocavano a mosca cieca con l'"inafferrabile" Jack.

Per quanto incredibile, sembrava quasi ci fosse una certa ammirazione per quell'assassino e per la sua capacità di colpire e svanire.

I suoi pensieri furono scossi dallo sferragliante sopraggiungere di un omnibus, una carrozza su rotaie trainata da cavalli, che si fermò poco più avanti.

Sybil decise al volo. Affrettò il passo e riuscì a salire a bordo proprio nell'istante in cui il vetturino riprendeva la corsa.

L'omnibus si rivelò per Sybil un'esperienza eccitante. Gente di ogni tipo, appesa alle maniglie, in piedi o seduta, o mezza svolazzante all'esterno. Un signore gentile le lasciò il suo posto a sedere regalandole un sorriso.

La carrozza, a due piani, era graziosa, pulita e costruita in legno, senza stoffe né imbottiture. Le scosse venivano attutite da molle di *caucciù* (così le disse quel signore gentile), che assorbivano gli urti. Era dotata di tende per l'estate e vetri per l'inverno e campanelli a timpano alle estremità con i quali avvertire che si voleva scendere. In generale, notò Sybil, l'omnibus non faceva vere e proprie fermate ma semplicemente rallentava. Chi lo desiderava, poteva anche scendere al volo, letteralmente saltando.

Fu con questo mezzo, estremamente pratico ed economico, che Sybil raggiunse finalmente Russell Square e il massiccio portone ligneo del British Museum, all'interno del quale era ubicata la Biblioteca Nazionale.

«La nostra è la più importante biblioteca al mondo» la informò subito un impiegato. «Seconda soltanto a quella di Parigi.»

«Non ne dubito» rispose Sybil «ma desidero solo consultare i quotidiani.»

«Quotidiani?» ripeté l'uomo stupito e un po' dispiaciuto.

Era evidente come considerasse i giornali spazzatura rispetto ai tomi secolari che la biblioteca custodiva.

«Quelli delle ultime due settimane» aggiunse Sybil.

L'uomo, sempre senza smettere la sua aria scettica, la accompagnò nella sala lettura, un'ampia stanza di forma circolare con la volta in ferro, che poteva far pensare d'essere in una stazione ferroviaria. «Sedete qui.»

Dopo qualche minuto fu di ritorno spingendo un carrello stracarico di giornali. «Due settimane.»

«Precisamente.»

Per le tre ore successive, Sybil non fece che leggere e sfogliare, sfogliare e leggere, finché non le cominciarono a bruciare gli occhi per la stanchezza. Su un quadernetto che si era portata dietro per fissare qualche appunto, scrisse pagine e pagine di note.

Ma qualcosa non andava, se ne rese conto subito.

La tesi della polizia secondo la quale tre uomini usciti dall'Imperial Club in Duke Street avevano visto un uomo e una donna che si intrattenevano davanti all'ingresso coperto per Mitre Square cozzava con un articolo riportato dal «New York Times» in data 2 ottobre:

> Una guardia notturna avrebbe visto un uomo e una donna lasciare la stazione di Aldgate e dirigersi verso Mitre Square. L'uomo, un signore elegante che indossava un cilindro e portava una borsa di pelle nera, tornò poco dopo da solo.

La donna poteva essere Catherine Eddowes?

L'uomo poteva essere il suo assassino?

Sybil ricordò quanto riferito dall'ispettore Collard a proposito del rilascio di sua madre: l'agente che l'aveva accompagnata alla porta l'aveva vista girare verso Aldgate High, la direzione opposta a quella che avrebbe dovuto prendere per tornare al dormitorio in Flower e Dean Street.

Era all'incirca l'una. Quarantacinque minuti dopo Catherine Eddowes era morta.

Perché non andò a dormire?, si chiese. *Forse qualcuno la stava aspettando?*

I tre testimoni usciti dal club avevano dichiarato di non aver visto il volto della donna, poiché rispetto a loro era voltata di tre quarti, ma di aver in seguito riconosciuto gli abiti del cadavere.

Considerando però che Catherine Eddowes, al momento della morte, indossava una gonna in chintz nera, una giacca di panno nera (con un iris appuntato al bavero, ma che non fu mai citato dai testimoni) e un cappellino anch'esso nero, abiti più che comuni tra le donne di possibilità modeste, Sybil ne dedusse che i tre uomini avrebbero potuto scambiare per sua madre una qualunque donna di Whitechapel.

Ma se Catherine non era la donna vista in Church Passage, bensì quella che la guardia notturna del cantiere aveva notato parlare amichevolmente insieme all'uomo con il cilindro e la borsa di pelle, allora la polizia stava cercando l'uomo sbagliato?

Stando alla testimonianza del guardiano, l'uomo era tornato da solo pochi minuti dopo. Poteva aver commesso l'omicidio in uno spazio di tempo tanto breve?

Sybil si agitò sulla sedia, inquieta. Doveva parlarne a Collard. Doveva trovare il modo di confrontarsi con lui. Anzi, meglio ancora, doveva trovare quell'uomo, il custode. Perché la polizia non ne faceva cenno? L'avevano interrogato? Che descrizione aveva dato, lui, della donna?

Quando massaggiandosi il collo sollevò la testa, si accorse dell'orologio sulla parete. Segnava le 14.10.

«Mio Dio!» esclamò senza riuscire a trattenersi.

Lasciò la stanza come se avesse il fuoco sotto le scarpe e, passando davanti al naso dell'addetto all'accettazione, mormorò un vago: «Mi scusi, sono in ritardo!»

Come previsto, non appena Sybil varcò la soglia di casa, zia Elizabeth la aggredì.

«Ma dico, ti ha dato di volta il cervello?!»

Era furibonda, aveva il volto paonazzo, le labbra stirate in una smorfia rabbiosa, una mano premuta sullo stomaco a sottolineare come la sua ulcera, grazie a quella bravata, fosse peggiorata.

«Scusa, zia...»

«Ho mandato un messaggio alla polizia perché ti cercassero! Pensavo fossi finita chissà dove, tra le grinfie di qualche malintenzionato o sotto le ruote di una carrozza, ridotta in fin di vita in qualche ospedale!»

«Ma zia...»

«Sai quanti abitanti ha Londra?» ruggì. «Come pensi che possa trovarti se ti accade qualcosa?»

«Non mi è accaduto niente» disse dedicando le sue attenzioni ai lacci del cappellino anziché alla zia.

«Sei una piccola insolente.»

Sybil era entrata in casa con tutte le intenzioni di dare

ragione alla zia, ma ora si sentiva seccata. E umiliata. Una bambina piccola che veniva ripresa dinanzi a tutti.

«Si può sapere dove sei stata?» insisté la zia.

«Te l'ho detto... a parlare con l'ispettore Collard.»

«E poi? Non mi dirai che hai trascorso ben cinque ore a Bishopsgate?»

Harriet sbirciava Sybil di sottecchi con un'espressione commiserevole, come se la ragazza fosse una povera mentecatta responsabile di chissà quale deplorevole azione, fingendo nel frattempo di ricucire l'orlo di una gonna. Joseph, nascondendo parte del viso dentro la piega del gomito, ridacchiava di una lavata di testa che, una volta tanto, non toccava a lui.

Il pensiero carpì a Sybil un fugace sorriso.

«Ti fa ridere sapere che tua zia era in pena per te?» chiese zia Elizabeth.

«Certo che no.»

«Allora, vuoi rispondere? Dove sei stata?»

«Alla Biblioteca Nazionale.»

«A fare che?»

«Verificare i fatti.»

«Fatti? Quali fatti?»

«Gli omicidi di Whitechapel.»

«Oh, Signore!» Zia Elizabeth si sedette poggiando al contempo una mano sulla fronte in un gesto decisamente melodrammatico. «Ancora con questa storia! Non capisco perché lo fai. Forse solo per contraddirmi, per farmi stare male...»

«La polizia è in un vicolo cieco» la interruppe Sybil infervorandosi più di quanto avrebbe voluto. «E io...»

«E tu vorresti sostituirti alla polizia!»

«No, ma...»

«Ho sentito abbastanza! Fortuna che la nostra visita a Londra è terminata. Abbiamo approfittato fin troppo dell'ospitalità di Harriet e Charles» disse guardando la figlia, ma senza concederle alcuna traccia di affetto. «E la polizia sa fare il suo lavoro senza che tu ti immischi. Ti ho assecondata con la storia della sorella di tua madre, però ora basta. Domattina, a Dio piacendo, prenderemo il treno per Wolverhampton.» Si alzò lisciandosi la gonna, un gesto conclusivo.

«Ecco, a questo proposito...» disse Sybil riavviando la conversazione.

«A questo proposito, cosa?»

«Pensavo che avrei potuto restare qualche altro giorno. Anzi» aggiunse ripensandoci «vorrei davvero restare.»

«Tu vorresti...?»

«Sì. Sempre che a Harriet e Charles non dispiaccia.» Sybil guardò la cugina, la quale per qualche istante sembrò incapace di articolare una risposta. «Potrei aiutarti con i bambini. E occuparmi della casa. Così tu avresti più tempo per Nellie.»

«Certo una mano mi farebbe comodo...» mormorò Harriet con voce appena percettibile. «Ma Charles...»

«Parlerò io con Charles, quando sarà di ritorno» si offrì la ragazza.

«A quanto pare hai già organizzato tutto» sottolineò con sarcasmo zia Elizabeth.

Sybil non rispose, ma sostenne il suo sguardo con determinazione. Dentro di sé avvertiva pulsare le vene in ogni punto del corpo con eccezionale violenza e un polpo agitare i suoi tentacoli al centro dell'addome. Tuttavia mantenne una calma esteriore.

«Io devo comunque tornare a Wolverhampton» disse zia Elizabeth.

«Lo so.»

«Allora sentiremo cosa ne pensa Charles» concluse. Quindi se ne andò in camera chiudendosi la porta alle spalle.

Se zia Elizabeth aveva sperato di trovare nel genero un aiuto per fare in modo che Sybil rinunciasse a quello che lei stessa riteneva un proposito insensato e privo di qualsiasi utilità, dovette restare piuttosto delusa allorché Charles, di ritorno a casa, si dimostrò d'accordo con l'idea della ragazza.

Benché fosse quello che sperava, Sybil ne rimase sorpresa.

Ma il cugino Charles era imprevedibile e di temperamento incostante. Quella sera, però, c'era un motivo se l'umore dell'uomo era disponibile e spensierato: aveva trovato un posto da magazziniere a Buck's Row.

Per l'occasione stappò una bottiglia di gin che teneva da parte. «Alla cuginetta» disse dopo aver brindato al nuovo lavoro «che ci starà tra i piedi ancora per un po'.»

«Vieni a vivere a casa nostra?» domandò Joseph saltandole in braccio.

«Non proprio» rise lei. «Starò solo qualche giorno…»

«E come farai con la signora Hoghart?» volle sapere zia Elizabeth.

«Le invierò un telegramma nel quale le chiederò di prolungare il permesso.»

Sybil era consapevole che la zia avrebbe potuto far valere la propria potestà ordinandole di tornare a Wolverhampton, motivo per cui apprezzò enormemente il fatto che non lo pretendesse.

In cuor suo Sybil sentì di doverla ringraziare: amare significa anche accompagnare e saper rispettare le scelte degli altri, con la speranza che facciano crescere.

Ed era tempo che la ragazza diventasse adulta anche agli occhi dell'anziana donna.

Martedì, 16 ottobre 1888

Sybil accompagnò sottobraccio la zia alla carrozza che attendeva in strada. «Grazie» le sussurrò all'orecchio mentre la baciava sulla guancia.

Zia Elizabeth la fissò con un'espressione grave e dolorosa al tempo stesso. «Non ringraziarmi» rispose. «Solo... non farmi pentire di avere acconsentito.»

Quando la carrozza partì, Sybil sollevò una mano in segno di saluto, ma zia Elizabeth non si voltò. Attraverso il finestrino posteriore la sua testa minuta dondolava assecondando i sobbalzi del selciato come se stesse seguendo una musica.

Mentre Sybil rientrava nel palazzo, un ragazzino vestito con pantaloncini corti nonostante il freddo e una giacchetta lisa e sbiadita la avvicinò.

«Conoscete una certa Sybil che abita qui?»

«Sono io» rispose lei più che sorpresa. «Chi ti ha detto...»

«Allora questo è per voi» la interruppe porgendole un biglietto ripiegato più volte. Poi si toccò il frontino del cappello e fece per andarsene.

«Aspetta. Chi ti manda?»

«C'è scritto nel biglietto.»

Sybil lo aprì e lesse. Quando rialzò la testa il ragazzino era scomparso.

Eliza Gold desiderava rivederla e si scusava per come si era comportata in occasione del loro primo incontro.

Il biglietto era stato scritto da lei e, sebbene grondasse errori, la sincerità che lasciava trasparire convinse Sybil della buona fede della donna.

Al suo rientro in casa, Harriet la interrogò con lo sguardo.

Sybil strinse il biglietto nel pugno per nasconderlo. «È partita» disse riferendosi alla zia.

«Mia madre non è mai stata una persona facile» constatò la donna.

A Sybil scappò un sorriso. «No» ammise. «Però le voglio bene.» Zia Elizabeth era stata la madre e il padre che aveva perduto e per quanto dura, inflessibile, severa fosse era quanto di più vicino a una famiglia Sybil potesse chiedere. «È un orso dal cuore d'oro» aggiunse.

Harriet replicò con un movimento della mano. «Si deve essere addolcita con la vecchiaia. Quando io e i miei fratelli eravamo piccoli era tremenda. Credo di averla persino odiata...» Abbassò gli occhi, come se si fosse immediatamente pentita di aver detto una cosa simile.

Quasi avesse atteso appositamente quell'istante, Nellie cominciò a piangere nella stanza accanto.

La donna la raggiunse lasciando Sybil sola con Joseph.

«Cosa facciamo?» le domandò lui illuminandosi in volto.

Sybil si chinò, occhi negli occhi. «Che ne dici se imparassimo a scrivere?»

«Scrivere?»

«È più facile di quello che credi!»

Un'ora dopo Sybil si preparava a uscire. «Devo vedere una persona» spiegò a Harriet.

Joseph era ancora seduto al tavolo, davanti a una serie di lettere che lui stesso aveva tracciato sulla superficie bianca del foglio. Sembrava particolarmente orgoglioso del suo lavoro. «Mamma!» annunciò. «Guarda! So scrivere!»

Sua madre non lo badò. «Una persona? Non andrai a Whitechapel? Di nuovo?»

«Whitechapel? No! È l'ispettore Collard» mentì Sybil. «Voglio parlargli.» Non poteva correre il rischio che zia Elizabeth al suo arrivo a Wolverhampton trovasse una lettera della figlia che la informava di quanto irresponsabile fosse la nipote.

Non subito, perlomeno.

«Mamma!» seguitò Joseph. «Hai visto?»

«Quello non è scrivere» tagliò corto la donna.

«Non sarà scrivere ma è pur sempre un inizio» replicò Sybil. «Joseph impara velocemente...»

«Dal momento che esci, saresti così gentile da comprare delle patate? E anche delle coste, ma di seconda scelta, mi raccomando.»

A Sybil non piaceva come Harriet minimizzava i piccoli progressi del figlio. Tuttavia non era il momento di mettersi a discutere. Disse che avrebbe preso le patate, quindi, dopo aver dato un bacio sulla testa al bambino, infilò il cappellino e uscì.

Che sensazione di libertà essere per strada, sola, senza l'assillo di zia Elizabeth che controllava le lancette dell'orologio!

Sybil aveva l'impressione di poter fare qualunque cosa, di essere adulta, di avere in mano le redini della propria vita. Arrivata a Whitechapel fu costretta a chiedere informazioni per riuscire a raggiungere nuovamente Thrawl Street e la casa di Eliza Gold.

Quel groviglio di vicoli e stradine era un autentico labirinto, e solo chi ci era nato ed era vissuto lì da sempre poteva muovercisi a proprio agio.

Benché fosse giorno pieno, una ragazza giovane e sola che si aggirava per le oscure strade dell'East End attirava più di uno sguardo, ma Sybil non era tipo da lasciarsi impressionare facilmente.

Camminava guardando dritta davanti a sé, senza esitazioni, dando l'impressione di sapere esattamente dove stesse andando.

Trovò Eliza Gold sull'uscio di casa, intenta a conversare con una vicina.

«Sei venuta sola?» le chiese infatti la donna quando la vide venire verso di lei.

Sybil annuì.

«La prossima volta mettiti qualcosa di meno appariscente» disse indicando il vestito della ragazza, un acquamarina con nastri e balze che, sebbene si intonasse perfettamente agli occhi di Sybil, attirava senza dubbio l'attenzione.

«Una mantella» suggerì la vicina, una donna magra e curva. «Qualcosa di vecchio e tarmato!» Quindi scoppiò a ridere come una pazza.

«Lei è mia nipote Sybil» disse Eliza Gold. «La figlia di Kate.»

La donna tornò seria all'improvviso. «Oh, povera bambina. Mi dispiace tanto, sai? Tua madre non era esattamente un esempio di virtù, ma non meritava di finire così, di finire uccisa a quel modo...»

«Va bene, vecchia cornacchia» la interruppe Eliza Gold. «Chiudi il becco adesso. Devo parlare con Sybil.» Detto questo spalancò la porta indicando alla ragazza l'antro buio della casa. «È una brava donna» aggiunse poi quando furono sole. «Ma parla troppo. Il contrario di com'era tua madre. Ti va una tazza di tè?»

Sybil annuì. «Volentieri.»

«Siamo partite con il piede sbagliato» continuò Eliza versando l'acqua bollente dalla teiera. «*Io* sono partita con il piede sbagliato» si corresse. «Non era mia intenzione. O forse sì. Non lo so neppure io.» Sorrise.

Anche Sybil sorrise. Le parve che la stanza fosse meno angusta, scura e misera della volta precedente. «Nemmeno io, se è per questo, mi sono comportata bene. In realtà ero nervosa...»

«Quando ti ho vista qui, sulla porta, senza preavviso, be', non so, mi sono sentita come attaccata» riprese la donna. «Mi chiedevo cosa volessi e perché di punto in bianco ti fossi presentata a casa mia.» Mandò lo sguardo tutt'intorno, sulle pareti da cui l'intonaco penzolava fiacco, simile ai lembi di pelle da un corpo violato, e sui mobili esausti, scricchiolanti come ossa rotte. «Sempre se vogliamo chiamare casa questa topaia» aggiunse caustica.

«Desideravo soltanto vedervi» mormorò Sybil. «Conoscervi.

Ma poi... Mi spiace... Comunque era venuta da me, quel giorno...»

Eliza le allungò la tazza fumante. «Il giorno in cui morì?»

«Ha bussato, sotto la pioggia. Ma noi... io, non le ho aperto.»

La donna rimase in silenzio, aspettando il seguito. Ma il seguito non venne. Sybil osservava il liquido ambrato nella tazza e accarezzava il manico, deglutendo a vuoto. Dall'esterno giungevano voci e strilli e rumori impossibili da identificare, echi di un quartiere povero, degradato, ma non per questo privo di briosa confusione e di vivacità.

«Tua madre era una donna molto infelice e disillusa» disse Eliza sedendo accanto alla nipote. «Sapeva di aver fatto delle scelte sbagliate, ma non riusciva a cambiare la propria vita. E io non l'ho mai biasimata per questo, anche se ho provato tante volte a dissuaderla. Lei però non mi dava retta. Diceva che ormai questa vita era andata, che non ci poteva fare più niente, che era troppo vecchia per lottare. John, il signor Kelly...»

«Avete conosciuto John Kelly?»

Eliza annuì e bevve un sorso di tè. «Stavano insieme da sette anni o giù di lì. Molti dicono che a unirli fosse la sopravvivenza quotidiana. Ma io credo che lei lo amasse. A modo suo, s'intende. Quando non avevano abbastanza soldi, Kate lasciava che fosse lui ad andare al dormitorio pubblico mentre lei si arrangiava come riusciva, nei capanni di Dorset Street. Non è forse amore questo?»

«Non lo so» ammise Sybil. «Può darsi.»

«Già, tu sei ancora troppo giovane per l'amore...»

«Lui la... la trattava bene?»

«Kelly è un uomo tranquillo, inoffensivo. Sì, la trattava bene. Molto meglio di altri con cui aveva avuto a che fare» disse scuotendo la testa. Schioccò la lingua. «Certi tipi strani. Le offrivano un bicchiere e subito pensavano che si vendesse...»

«Sapevate che credeva di sapere chi fosse quell'uomo, l'assassino?»

«Jack?»

Sybil cominciava a provare insofferenza per quel nomignolo. Il solo sentirlo pronunciare le provocava un moto di repulsione. «Sì.»

«Cosa te lo fa pensare?» volle sapere la donna.

«Mi è stato riferito.»

Eliza Gold scosse la testa. «Non mi ha mai detto niente a tal proposito. Io la vidi due giorni prima del... della disgrazia.»

«Dell'omicidio» precisò Sybil.

«Hai ragione. Bisogna chiamare le cose con il loro nome.»

«Altrimenti non sono vere» concluse Sybil.

«Altrimenti non sono vere» ripeté la donna come un amen alla fine della preghiera. «Venne a cena. Era al verde. E quando tentati di trattenerla per la notte, mi disse che non aveva bisogno di nessuno. La solita cocciuta Kate... Tu pensi che sia stata uccisa perché conosceva l'identità dell'assassino?»

«Vorrei scoprirlo...»

Sybil non sapeva ancora come avrebbe fatto, ma in qualche modo doveva riuscirci.

Eliza Gold riconobbe negli occhi della ragazza la stessa determinazione della sorella.

Il mondo poteva essere feroce con le donne che reagivano. Ma lo era anche con quelle che si arrendevano. Era un mondo che spesso, se ti toccava in sorte di nascere donna, comunque andasse, ti prendeva a morsi e ti lasciava a terra sanguinante.

«L'altra volta avete detto che siete vedova» buttò sul tavolo Sybil.

«James è morto da cinque anni. Lavorava sul fiume. E sul fiume è annegato.»

«Mi dispiace.»

Eliza sorrise, immersa in un ricordo. «Sarebbe stato tuo zio, se tu l'avessi conosciuto.»

«E avete figli?»

«No. Non sono mai venuti.» Lo disse come un semplice dato di fatto, in apparenza senza rimpianti, come chi ha fatto il callo alla durezza della vita.

«E come... sì, insomma, come riuscite a...»

Il sorriso si tramutò in una debole risata. «A pagare i conti? Ci riesco, più o meno. Come puoi vedere non me la passo granché bene, ma a tavola il cibo non manca mai, così come il carbone nella stufa.»

«Perdonate, non intendevo immischiarmi.»

«Nonostante questa gamba matta» spiegò dandosi una manata sulla coscia destra «faccio la domestica. Pulisco le case di chi si può permettere di non sporcarsi le mani. Un lavoro come un altro.»

«Sempre meglio di quello che faceva mia madre.»

Le uscì di getto, senza averci pensato. Era un giudizio duro, da zia Elizabeth, non da lei.

«Lasciati dare un consiglio, ragazza mia» la redarguì aspra la donna. «Non avere fretta di giudicare le persone sulla base di quello che fanno o che credi abbiano fatto. Molte donne sono costrette a svilirsi, a umiliarsi, perché non hanno alternative. Non sono loro a considerarsi oggetti, ma il mondo, che appartiene agli uomini. Non abbiamo voce né diritti agli occhi dei benpensanti, gli stessi che poi, protetti dall'oscurità e all'insaputa delle loro famiglie, pagano le donne che disprezzano per ottenerne i favori. Tua madre, al pari di molte altre, era solo una vittima. Donne alla deriva, abbandonate al loro destino come gusci vuoti. In questo maledetto mondo, se non hai un marito che ti protegge e ti mantiene, diventi di fatto una donna di malaffare, una poco di buono, una donna perduta, anche se non fai nulla di male. E questo modo di pensare, alla fine, ti condiziona e anche se non lo sei, di malaffare ci diventi. E ti perdi.»

Sybil non replicò. Eliza Gold probabilmente aveva ragione.

In un mondo perfetto le donne avevano sogni, ambizioni, possibilità. Ma il mondo era tutt'altro che perfetto, era guasto, e quel che una donna desiderava non aveva la minima importanza.

Era immersa in queste considerazioni quando si accorse che due occhi spiritati la fissavano al di là della finestra. Spiccavano in un volto scuro, quasi nero, che pareva carbonizzato.

«C'è qualcuno!» balbettò indicando l'inquietante apparizione.

Eliza Gold si voltò facendo scricchiolare la sedia in modo sinistro. «Oh, è solo Timbley!» esclamò sollevando la mano in segno di saluto. Si alzò con una smorfia e massaggiandosi i lombi andò alla porta.

I due globi oculari che osservavano Sybil da dietro il vetro erano spariti.

«Lui è Timbley» disse Eliza Gold indicando con il pollice della mano qualcuno che, evidentemente, rimaneva fuori dall'uscio. «Fatti vedere, forza!»

Un ragazzino magro e sparuto fece capolino dalla porta.

«Tu sei quello del biglietto!» esclamò Sybil osservandolo meglio di quanto avesse potuto fare la prima volta.

«Abita due case più avanti» spiegò Eliza. «Ogni tanto sbriga delle piccole commissioni per me. Saluta mia nipote, Timbley.»

Timbley si tolse il cappello e si schiarì la voce, che era sottile come lui. «Buongiorno, signorina.»

Sybil frugò nella tasca della gonna e ne trasse il borsellino. «Volevo darti una piccola mancia» disse stringendo tra le dita un penny. «Ma tu sei fuggito come un gatto frustato!»

Timbley rise. I suoi denti, storti, risaltavano chiari sulla pelle annerita da quella che sembrava fuliggine. Gli occhi erano cerchiati di rosso e aveva le ginocchia, grosse come arance, ricoperte di croste e sangue. Come se fosse scivolato dentro un deposito di carbone.

«Avanti» lo incoraggiò Eliza Gold. «Puoi entrare a prendere la tua mancia!»

Il ragazzino mosse qualche passo incerto verso Sybil osservandola. Afferrò la moneta e ne saggiò l'autenticità mettendola sotto i denti. Niente imbrogli. «Grazie, signorina.»

«Non vai a scuola?» domandò lei.

Questa volta fu Eliza a ridere. «Scuola? Non ti pagano mica quando vai a scuola! Timbley lavora, come tutti da queste parti.»

«Faccio lo spazzacamino» disse Timbley tutto orgoglioso.

Aveva sette, forse otto anni. La stessa età di Joseph.

Sybil sapeva bene quanto, in particolare nelle grandi città, l'infanzia fosse difficile e di come spesso bambini e bambine fossero costretti a lavorare duramente per mantenersi se non avevano famiglia, o per contribuire alle spese, se ne avevano. Troppo spesso gli orfanotrofi finivano per diventare *workhouse*, dove i bambini venivano disciplinati a essere la futura forza-lavoro di aziende e stabilimenti. Si domandò se quello non fosse il destino che Charles e Harriet avevano in serbo per loro figlio.

«Qui ci si conosce un po' tutti» stava dicendo Eliza Gold. «È come stare in una grande famiglia. Quando si è molto poveri ci si sente fratelli, non so se mi spiego.»

Sybil annuì. Credeva di capire. A Wolverhampton non era così. Sua zia Elizabeth le aveva sempre insegnato a diffidare di chiunque. Specialmente dei vicini. Ma Whitechapel, per quanto buio e degradato, era come un villaggio nel cuore di Londra, dove le regole della città valevano in modo diverso o non valevano affatto. Nel bene e nel male.

Lasciata Thrawl Street, la ragazza si diresse verso Mitre Square.

Quel luogo riecheggiava nella sua testa fin da quando era scesa dal treno a Paddington Station, circa una settimana prima.

Era il posto in cui sua madre aveva chiuso gli occhi per sempre.

Vi giunse da Duke Street, dieci minuti appena dalla casa di Eliza Gold, attraverso quello stretto passaggio coperto all'imbocco del quale i tre testimoni usciti dall'Imperial Club avevano visto indugiare un uomo e una donna.

Il varco era buio e puzzava di urina. Sybil lo superò accelerando il passo e sbucò in Mitre Square.

Si fermò sul marciapiede guardandosi attorno.

Alla sua destra un grande edificio sul quale campeggiava la scritta KEARLEY & TONGE. Di fronte a lei, a circa venticinque metri di distanza, si apriva la carreggiabile che consentiva l'accesso alla piazza e che comunicava con Mitre Street.

Sybil avanzò avvertendo un artiglio strizzarle le viscere.

Sul lato est ancora magazzini, ancora di proprietà di Kearley e Tonge e, dopo la carreggiabile, una fila di case vuote e in stato di abbandono, a eccezione di quella di testa, occupata dal negozio di cornici di un certo Taylor che si apriva su Mitre Street.

Un cortile con lo steccato di legno separava il retro di questi edifici dall'ultimo grande magazzino appartenente alla Horner & Co.

In quel momento, nella piazzetta, c'erano poche persone, tutte indaffarate a trasportare o a caricare casse o altro del genere. In sottofondo si udiva il rumore degli zoccoli dei cavalli che transitavano in Mitre Street, e delle voci provenire dalle viuzze circostanti.

Sybil si rese conto solo allora di non sapere quale fosse il punto esatto dove sua madre era stata trovata. Forse non aveva importanza, eppure qualcosa le suggeriva che invece ne aveva.

Raggiunse il centro dello spiazzo. Nessuno sembrava badare a lei. Era nervosa, inquieta. Guardò in alto, le finestre degli edifici che la circondavano, che sembravano quasi premere verso di lei, ruotando su se stessa finché non cominciò a girarle la testa. Chiuse gli occhi.

Quando li riaprì qualcosa attrasse la sua attenzione all'angolo tra lo steccato di legno e il retro di una delle case disabitate. Si avvicinò.

Era un fiore.

Un iris pervinca, deposto contro il nudo muro di mattoni.

Sybil si chinò e lo raccolse.

Aveva perso il suo profumo e i petali si stavano seccando.

Qualcuno l'aveva lasciato lì per lei, per Catherine.

Ecco dove era accaduto.

«Perdonate» disse una voce profonda e roca.

Sybil si voltò di scatto, spaventata.

Un uomo robusto la sovrastava in controluce.

Diede in un paio di colpi di tosse. «Perdonate» ripeté.

Sybil si risollevò disorientata, indietreggiò fino a toccare con le spalle la palizzata dietro di lei. Aprì la bocca ma non le uscì nulla.

L'uomo alzò sulla ragazza due occhi neri e penetranti, simili a canne di fucile. «La conoscevate?»

«Chi?» Era una domanda sciocca.

L'uomo si piegò in avanti e raccolse l'iris. Poi lo sistemò con delicatezza nel punto in cui era stato adagiato originariamente. «La povera donna che è stata assassinata» disse. Poteva avere una cinquantina d'anni a giudicare dai capelli sale e pepe.

Sybil annuì e si staccò dalla palizzata. «Sì, la conoscevo.» Poi dopo una breve pausa: «Sapete chi ha messo questo fiore?»

«Qualcuno che teneva a lei, presumo.»

Forse John Kelly. Oppure Eliza Gold. Chiunque fosse stato aveva compiuto un bel gesto.

«Voi siete di queste parti?» chiese.

«Faccio il sorvegliante in quei magazzini» rispose indicando gli edifici alle sue spalle, quelli con la scritta Kearley & Tonge.

Sybil si illuminò. «Siete il signor Morris?»

L'uomo si mostrò sorpreso. «Come sapete il mio nome?»

«L'ho letto sui giornali. Siete stato voi ad accorrere per primo. Non è così?»

«Non proprio. Fu l'agente Watkins, che faceva il suo giro, a chiamarmi. Disse che aveva trovato un'altra donna fatta a pezzi.»

Sybil avvertì una piccola corda dentro di lei spezzarsi. «Quella donna era mia madre.»

«Cosa? Perdonatemi, signorina! Dio, che animale devo esservi sembrato! Non avrei dovuto...»

«Non importa» disse Sybil. «Vorreste essere così gentile da dirmi cosa sapete di quella notte?»

«Venite, andiamo a sederci laggiù.» L'uomo indicò una panca di legno poggiata contro una parete, accanto alla porta del magazzino. «Ero seduto proprio qui, a fumare la mia pipa.» Si batté la mano sulla tasca del panciotto, da cui faceva capolino un cannello in bambù. «Dopo che Watkins venne da me, presi la lampada e lo seguii fino a quell'angolo, proprio dove ora c'è il fiore. Il corpo di vostra madre...» Abbassò gli occhi a terra. «...era steso sul marciapiede e...»

«Andate avanti» lo esortò Sybil.

«Be', l'agente Watkins mi disse di andare a cercare aiuto mentre lui restava di guardia. Faceva andare la sua lanterna in su e in giù, cercando di illuminare gli angoli bui del cortile. Ma tutto era silenzioso e calmo, sembrava non esserci nessuno. Io allora feci come mi aveva detto. Corsi in Mitre Street e cominciai a chiamare aiuto e a fischiare per attirare l'attenzione. Mi vennero incontro due agenti e insieme tornammo qui.»

Sybil tirò fuori da una tasca il quadernetto che utilizzava per annotare le informazioni che raccoglieva. «Nessun altro?» chiese.

«Nessuno. La strada era deserta.» L'uomo la osservò stupito. «Cosa scrivete?»

«Mi aiuta a ricordare le cose. E non avete sentito nulla? Un grido, un rumore, qualsiasi cosa...»

«Se avessi sentito anche un solo sospiro a quell'ora della notte, sarei saltato fuori ad accopparlo con le mie stesse mani, quel bastardo. E invece, proprio quando lui era lì fuori a fare... io ero seduto a fumare la pipa...»

«Non è colpa vostra» replicò Sybil. Guardò in direzione del lato nord della piazza. «Pensate che l'assassino possa essere fuggito da uno di quei passaggi?»

Morris allargò le braccia. «Chi può saperlo? Dicono che sia imprendibile. Nero e silenzioso come un'ombra. Quella notte riuscì a essere in due posti diversi quasi contemporaneamente.»

A Sybil tornò in mente la leggenda di Jack dai tacchi a molla. «Mia madre pensava di sapere chi fosse» dichiarò la ragazza.

«Come dite?»

«Confidò a un suo conoscente che avrebbe riscosso molto presto la taglia sull'assassino.»

«Davvero? E... ha fatto un nome?»

«Non lo so. Forse non ha fatto in tempo.»

Lo avrebbe domandato a John Kelly, non appena fosse riuscita a rintracciarlo.

Svoltando l'angolo che immetteva in Mitre Street, Sybil incrociò un giovane che portava un pacco. Dava l'impressione di essere di fretta e nel tentativo di evitare la ragazza si fece cadere di mano l'involto.

Un brandello sanguinolento di carne finì sulla gonna di Sybil lasciando una striscia rossastra lunga una spanna.

«Ma che fate?» gridò lei inorridita.

«Mi… mi s-spiace…» balbettò il giovane. Basso e tarchiato, aveva un viso incolore, così come i capelli, biondicci e sottili. «N-non vi avevo vi-vista…»

Sybil sbuffò. «Guardate come mi avete ridotto il vestito!»

«S-sono m-mortificato…» Era inginocchiato ai suoi piedi e con uno straccio sudicio cercava di rimediare al danno.

«Alzatevi, per carità!» disse Sybil imbarazzata. Alcuni passanti osservavano divertiti la scena. «Lasciate stare il vestito. Lo laverò.»

«V-ve lo f-farò lavare io» si offrì il giovane. Raccolse la carne e la riavvolse frettolosamente nel cartoccio. «Ho una b-bottega di macelleria p-poco distante, in Heneage S-street. F-fatemelo recapitare e lo troverete p-pronto in un paio di g-giorni. Vi p-prego.»

Sybil notò i polpastrelli ingialliti dell'indice e del medio della destra, classico dei fumatori inveterati. «Credetemi, non ha importanza.»

«Ma io…»

«Buona giornata, signore.»

Mentre attraversava la strada si voltò rapidamente.

Il giovane aveva raggiunto Morris davanti al magazzino e gli stava consegnando il pacco. Poi entrambi alzarono i loro sguardi su di lei.

Sybil accennò un sorriso e affrettò il passo.

Camminava a testa bassa, osservando con disappunto il segno, ormai scurito, lasciato dalla carne sul fondo della gonna. La gente non ci avrebbe fatto caso, poteva sembrare fango. Ma lei sapeva che non lo era.

Dopo una cinquantina di metri, Mitre Street incrociava Aldgate High Street.

Sybil rifletteva sul fatto che la polizia aveva dato scarso o nullo peso alla testimonianza del guardiano notturno (relativa all'elegante individuo in compagnia di una donna), preferendo quella dei tre gentiluomini che uscivano dal Club. E voleva capire il perché.

Prese in direzione del cantiere, animato da un via vai di manovali e carri carichi di terra e altri materiali. Superò un cancelletto che delimitava l'area dei lavori e si avvicinò a un uomo poggiato a una pala. «Scusate. Posso farvi una domanda?»

L'operaio la prese a male parole e le disse di togliersi di mezzo se non voleva fare una brutta fine.

Sybil non si scoraggiò e, fingendo di andarsene, raggiunse un'altra zona del cantiere dove un gruppetto di operai era intento a sollevare un enorme anello di ferro sopra un pozzo verticale tramite un paranco. «Perdonate» disse alzando la voce per farsi udire in mezzo a tutto quel frastuono.

«Cosa volete?» le si rivolse con aria seccata uno degli uomini.

«Sto cercando il guardiano notturno. Non so come si chiama...»

L'operaio rise. «E venite a cercarlo di giorno?»

«Pensavo lo conosceste.»

«No, non lo conosco.»

«Magari i vostri colleghi...»

«I miei colleghi sono occupati con... Ehi! Fate attenzione, imbecilli!» Ce l'aveva con quelli che indirizzavano l'anello di ferro verso il pozzo.

Una delle corde si sganciò dalla puleggia e l'anello oscillò pericolosamente sopra le loro teste. Si sollevò una salva di urla e bestemmie e insulti reciproci.

«Via!» urlò l'uomo a Sybil. «Andatevene subito! Non è posto per una donna, questo!»

Sybil si guardò intorno, cercando un responsabile, qualcuno che potesse ascoltarla. Ma un altro operaio la raggiunse e la spinse verso l'uscita. Gli altri la osservavano ridacchiando e indicandola.

Si sentì a disagio.

Quelle occhiate non erano solo di scherno, la scrutavano da capo a piedi, la esploravano come prolungamenti dei loro volgari pensieri, come dita voraci.

Tornò in strada gettando di tanto in tanto dietro di sé uno sguardo nervoso. Non era stata una buona idea entrare in quel cantiere. Le parve persino che qualcuno la stesse seguendo.

Infilò una strada a caso, per il solo motivo che era piena di gente, ma dopo qualche minuto si rese conto di non sapere più dove fosse. Le parve di riconoscere un incrocio e imboccò una strada secondaria.

Invece era un vicolo cieco.

Un istante dopo, una figura bassa e tarchiata le bloccava l'uscita: un'ombra nera con un cappellaccio che ne deformava la testa.

Sybil sentì le ossa farsi liquide e precipitare in basso. Il cuore cominciò a saltellarle nel petto e una mano invisibile le strinse la gola. Cercò di restare calma, ma dentro tremava.

«Vi siete perduta, signorina?» la apostrofò l'uomo con voce melliflua.

«Per niente» rispose Sybil.

«Allora che fate in questa viuzza sporca e puzzolente?»

«Non sono affari vostri.» Fece per passargli accanto e guadagnare la strada principale, ma l'uomo la trattenne per un polso. Era uno degli operai del cantiere. «Lasciatemi!»

«Quanta fretta» ghignò l'altro. «Che ne dite di spassarvela un po' con me? Siete così carina che...»

«Per chi mi avete presa? Toglietevi immediatamente dalla mia strada!»

L'uomo rise e per tutta risposta le ghermì anche l'altro braccio. «Mi piacciono le donne tutto pepe!» Il suo alito acre le provocò un moto di nausea.

Con uno scatto Sybil riuscì a divincolarsi e a indietreggiare.

Aveva ancora paura, ma era anche arrabbiata. Cercò intorno a sé qualcosa con cui difendersi. Vide il pezzo di un mattone che si era staccato da uno degli edifici, lo raccolse e lo alzò minacciosa sopra la testa.

La nera figura, divertita, continuò ad avanzare.

Sybil lanciò, con tutta la forza che aveva, ma il bersaglio scartò evitando il mattone, che proseguì il volo alle sue spalle.

«Ahi!» si udì gridare all'imboccatura del vicolo.

C'era un'altra figura ora, più alta e snella dell'operaio. Si massaggiava una spalla. «Bel modo di accogliere il tuo fratellino!»

L'operaio perse il sorriso e si voltò, rabbioso per essere stato interrotto. «Tu che diavolo cerchi?»

«Lo dico per il tuo bene» rispose la voce avvicinandosi in tutta tranquillità. «Quella lì è una tigre travestita da gattina.» Era un giovanotto smilzo, con un ciuffo biondo che spuntava da un berretto con visiera. Indossava un fazzoletto rosso al collo e pantaloni scampanati come quelli dei marinai.

«E tu che ne sai?»

«Te l'ho detto, è mia sorella.»

Sybil rimase in silenzio. Qualunque gioco stesse giocando il giovanotto, al momento era preferibile al restare sola nel vicolo con quel bruto.

«Allora com'è che tu sembri un teppistello di strada e lei una piccola principessa?» volle sapere l'uomo infilando lentamente una mano in tasca.

«Quel vestito l'ha rubato» rispose prontamente il giovane.

I due erano a meno di un paio di passi di distanza l'uno dall'altro.

«Non ti credo!» Una lama scintillò improvvisamente nella mano destra dell'uomo. «E non mi convinci neanche tu!» gridò affondando il colpo.

Il ragazzo parò il fendente con l'avambraccio sinistro; nello stesso istante, scoccò un violento calcio tra le gambe dell'avversario e con la mano libera gli piantò una forchetta nel collo.

L'uomo cadde in ginocchio gridando. Si teneva una mano sulla ferita da cui sgorgava il sangue.

Il ragazzo lo spinse a terra con una pedata e si rivolse a Sybil. «Andiamo!» le disse tendendo la mano.

Sybil era pietrificata. Le urla selvagge dell'uomo le risuonavano in testa in maniera insopportabile.

«Sbrigati!» insisté il giovane.

Lei annuì e si mise a correre verso la strada.

«Potresti almeno ringraziarmi» disse il ragazzo quando la raggiunse.

Sybil tremava. Nascose le mani nelle tasche della gonna perché lui non lo notasse. «L'hai ucciso?» Erano al sicuro ormai, in mezzo alla calca di persone che si affaccendava lungo la via.

«Macché ucciso» replicò lui. «Però se la ricorderà per un bel pezzo, credimi.»

«Comunque non sono una ladra» ci tenne a precisare Sybil.

«Certo che no» rise il giovane. «Solo un po' sconsiderata!» Poi, notando il colorito cinereo della ragazza, aggiunse: «Togliamoci di qui. Hai bisogno di sederti».

Le prese la mano e la condusse poco distante, presso i tavoli di un locale affacciato sulla strada.

«Spero che tu abbia del denaro perché io ho le tasche vuote» disse dopo che ebbero preso posto.

«Grazie per avermi salvata.»

Lui si tolse il cappello e finse un inchino. «Prego, principessa! Un consiglio. Quando sei in difficoltà con tipacci come quello, una bella ginocchiata in mezzo alle gambe aiuta!»

Giunse il cameriere che, avendo udito le ultime parole del ragazzo, esibì un'espressione alquanto perplessa.

Sybil sorrise e ordinò due tazze di tè. Cominciava a sentirsi meglio, per quanto zia Elizabeth avrebbe considerato quel *rendez-vous* con uno sconosciuto assolutamente sconveniente.

«Ti tenevo d'occhio» le disse il ragazzo quando il cameriere si fu allontanato.

«Come sarebbe?» domandò Sybil sorpresa.

«Me l'ha chiesto tua zia» replicò lui con naturalezza controllandosi l'orlo delle unghie, che erano nere e poco curate.

«Zia Elizabeth?» Le sembrava improbabile che sua zia frequentasse gente di tal risma.

Il giovanotto alzò le spalle e allargò le braccia. «Io la conosco come Eliza. La vedova di James Gold.»

Sybil fu ancora più sorpresa. Perché Eliza Gold si preoccupava della sua incolumità? O forse voleva semplicemente sapere dove andava e cosa faceva? «Perché ti ha chiesto di seguirmi?»

«Di tenerti d'occhio» precisò il ragazzo.

«È la stessa cosa.»

Lui scrollò la testa e il ciuffo gli scivolò in avanti. «Non è la stessa cosa» ribatté spostandolo. «Tenerti d'occhio significa controllare che tu non finisca nei guai. Proprio come stava per succedere. Mi spieghi perché sei entrata in quel cantiere?»

«Dovevo parlare con una persona.»

«Un operaio?»

«Il guardiano notturno.»

«Lo conosci?»

«No. In ogni caso non sono tenuta a rispondere alle tue domande.»

Il ragazzo annuì, convinto. «Hai ragione. Tu sei Sybil qualcosa. Giusto? Io invece mi chiamo Leech.» Tese la destra. «Piacere.»

«Leech?»

«È un soprannome. Anzi, più un nome di battaglia, direi. Allora me la dai la mano o mi fai restare qui a fare la figura del fesso?»

Sybil la strinse. «Quali battaglie combatti?»
«Quelle che combattono tutti.»
«Io non combatto battaglie.»
«Lo credi tu. Ne hai appena combattuta una in quel vicolo.»
«Non capisco. Quel tizio voleva... aggredirmi.»
«Voleva aggredirti perché sei una giovane donna sola. Se tu fossi stata un uomo, probabilmente sarebbe andato a farsi una birra. Ecco una delle battaglie della vita.»
Lei lo guardò incuriosita. «Dimmene altre.»
«Sopravvivere, tutti i giorni. Trovare da mangiare. Almeno per gente come noi.»
«Mi pare che tu te la cavi piuttosto bene a sopravvivere.»
«L'ho imparato a mie spese.»
«E hai imparato anche a piantare forchette nel collo della gente?»
«Quello non era *gente*, ma solo un mascalzone.»
Arrivò il tè.
«Io di solito non bevo questa roba» ammise Leech. «Sono più un tipo da birra. Non so se mi spiego.»
«Cosa fai per vivere, Leech?» chiese Sybil a bruciapelo.
«Mi do da fare. Sai com'è, un po' qui e un po' là. E comunque» aggiunse sorridendo e facendole il verso «non sono tenuto a rispondere alle tue domande!»
Sybil annuì. «Così siamo pari. Dai, bevi il tè. Per una volta non ti farà male. E io avrò saldato il mio debito.»
«Se credi di cavartela con una misera tazzina di tè, ti sbagli di grosso!»
«Dimmi solo una cosa, com'è che mia zia ti ha ingaggiato per "tenermi d'occhio"?»

«Non mi ha ingaggiato. Abito accanto a lei. Mi conosce da quando sono nato. Anzi, oggi hai conosciuto un altro membro della famiglia, Timbley.»

«Timbley il bambino?»

«Il mio fratellino.»

Sybil si adombrò. «E tu permetti che faccia lo spazzacamino?»

«Te l'ho detto, ognuno ha le sue battaglie da combattere.»

«Dovrebbe andare a scuola, non infilarsi dentro i comignoli.»

«In un'altra vita andrà a scuola. In questa pulisce i camini. Altrimenti non mangia.»

«E tu, grand'uomo» disse lei indispettita «cosa fai per portare a casa il cibo?»

«Ti ho già detto anche questo, mi arrangio.»

«Però tu ora sei seduto a chiacchierare e lui probabilmente sta lavorando. Come lo spieghi?»

Questa volta fu Leech a indignarsi. «Scusa se ti ho salvato da quella canaglia. La prossima volta penserò ai miei affari. Almeno quelli mi rendono qualcosa.»

«Sei una specie di... ladro?» lo interrogò Sybil. Le sembrava di trovarsi dentro un romanzo di Charles Dickens, che era solita leggere alla signora Hoghart. Leech somigliava a uno di quei giovani affascinanti fuorilegge organizzati in bande che ricorrono a piccoli crimini per sbarcare il lunario.

«È ora di tornare» disse il giovane alzandosi. «Ti accompagno a casa.»

«Grazie ma non serve» ribatté lei facendo un cenno al cameriere. Tirò fuori cinque pence e pagò. «Sai come si dice, quando cadi da cavallo, rimettiti subito in sella o la paura non ti abbandonerà mai.»

Leech fece un gesto, che stava a significare *come preferisci*. «Comunque» aggiunse prima di darle le spalle «quando capiti da tua zia, fai un fischio così ci si vede.» E dopo essersi tolto nuovamente il berretto in segno di rispetto, sparì ingoiato dalla folla.

Sybil rimase ferma dov'era. Un fischio?

Per chi l'aveva presa, per uno scaricatore del porto?

Si sentiva irritata. Non sapeva esattamente il motivo. Forse perché non era stata in grado di difendersi da sola e aveva fatto la figura della sprovveduta. O forse perché sapeva, in cuor suo, che quello che le aveva detto era la verità: ognuno aveva le proprie battaglie da combattere, così come le aveva combattute sua madre, mentre lei rischiava di sottovalutare le proprie.

Si tolse quello stupido *poke bonnet* con il bordo di pizzo che la faceva sembrare un'educanda e si arruffò i capelli.

Perché aveva scelto proprio quel vestito per andare a Whitechapel? Quando arrivò a casa, Harriet la guardò stupita.

«Che hai fatto ai capelli?» le chiese. «E le patate?»

«Oh, no!» Sybil se n'era completamente dimenticata.

Mercoledì, 17 ottobre 1888

L'indomani, un uomo con un elegante cappello a cilindro si presentò al numero 3 di Tooley Street, a Bermondsey.

«Vorrei parlare con la signorina Sybil Conway, per cortesia» disse quando gli aprirono la porta. Portava occhialetti rotondi e sottili favoriti.

«Sono io» rispose Sybil.

Charles era al lavoro, Harriet alle prese con l'ennesima crisi della piccola Nellie e Joseph, nascosto dietro la gonna di Sybil, osservava curioso il nuovo arrivato.

«Francis Craig» disse l'uomo. «Cronista dello "Star". Avete un minuto per me?»

Sybil lo fece entrare chiedendosi nel frattempo com'è che tutti, a Londra, sembravano conoscere l'indirizzo presso il quale alloggiava.

L'uomo poggiò sul tavolo guanti e cappello. «Sareste così cortese da rispondere a qualche domanda?» disse sfilando da una tasca interna del soprabito un taccuino e una matita.

«Un'intervista?» domandò Sybil sorpresa. Era la prima volta che aveva a che fare con un giornale.

«Sybil? Chi c'è?» Harriet apparve in soggiorno con la consueta aria spettrale.

«Francis Craig» disse nuovamente l'uomo sistemandosi gli occhiali sul naso. «Sono un giornalista.»

«Un giornalista? Perché hai chiamato un giornalista?» chiese la donna rivolta a Sybil. Nellie le stava appesa al collo, occhiaie scure e incarnato color della cera. Tossì e un grumo di saliva finì sul grembiule di sua madre.

«Non mi ha chiamato» puntualizzò Craig. «È stata la polizia a informarmi che la figlia di Catherine Eddowes era a Londra, in questa abitazione. Vorrei scrivere un articolo.»

«Un articolo su cosa?» insisté Harriet.

«Su vostra madre» rispose rivolgendosi a Sybil. «Che ne dite?»

«Dico che non sono affari vostri» ribatté la cugina.

«Harriet, ti prego. Lascia che ci pensi io.»

Nellie ricominciò a tossire e, poco dopo, a piangere.

«A Charles non piace avere estranei per casa» disse Harriet indietreggiando verso la stanza dei bambini.

«Charles ora non è qui» ribatté Sybil. «E comunque non c'è nulla di male a rispondere a qualche domanda.»

«Assolutamente nulla» le fece eco Craig.

Harriet dondolò Nellie per calmarla, mentre i suoi occhi diffidenti restavano incollati al giornalista. «Io sono di là, se hai bisogno» concesse infine con riluttanza. «Joseph, tu vieni con me.»

«Io voglio stare con Sybil» replicò il piccolo.

«Tra poco arrivo» lo rassicurò Sybil accarezzandogli la testa. «Pochi minuti e poi parte la sfida a Tiddlywinks!»

«Giocate a Tiddlywinks con il bambino?» volle sapere Craig quando rimasero soli.

«È molto intelligente per la sua età.» Sybil ripensò a quello che invece dicevano Harriet e Charles di lui.

«La signora è una parente?» domandò il giornalista accennando a Harriet, nella camera accanto.

«Cugina, di secondo o terzo grado. Non ci ho mai capito molto» scherzò Sybil. Non fremeva dalla voglia di rilasciare interviste, ma riteneva più opportuno che certe informazioni, anziché dai compagni di bevute di sua madre, provenissero da chi le aveva voluto bene.

«Desiderate una tazza di tè?»

«Sono a posto, così. Vi ringrazio.» Craig sorrise mettendo in mostra una serie di denti piccoli e scuri. «Come prima cosa desidero dirvi che mi rincresce per quanto di terribile è accaduto a vostra madre.»

«Vi ringrazio.»

Lui annuì e rimase immobile per qualche secondo contemplando la superficie usurata del tavolo. Sybil vi colse una lieve indecisione, come se l'uomo non fosse certo di voler proseguire.

Poi, con uno slancio, Craig spalancò il taccuino e impugnò la matita. «Possiamo cominciare» disse infine.

Sybil gli riferì quanto sapeva di sua madre, della sua vita tormentata, degli uomini ai quali si era accompagnata, dei figli, dell'infanzia senza genitori, ma anche di come fosse stata dotata fin da bambina di un'intelligenza pronta e vivida nonostante un carattere non facile e una certa dose di testardaggine. Gli raccontò di come avesse studiato e con risultati eccellenti dapprima alla St. John's Charity School di Londra, poi, dall'età di nove anni, dopo la morte della madre, alla Industrial School di Bermondsey, e infine a Wolverhampton presso la Dowgate.

Insisté soprattutto sugli aspetti positivi della sua vita per restituire alla figura di Catherine Eddowes un'aura di verità sulla quale i giornalisti avevano volutamente o per ignoranza steso un velo. Si era parlato solo di mercimonio e alcolismo, ma di certo non poteva ridursi a quello l'intera esistenza di una donna. E zia Eliza le aveva detto che Kate non era come l'avevano dipinta i giornali.

Ma Sybil sapeva anche che i giornali dovevano vendere, e così una donna sfortunata diventava facilmente una malfattrice o una depravata.

«Se solo avesse giocato meglio le sue carte...» concluse Sybil con rammarico.

Craig seguitò a scrivere senza fare commenti. «C'è una cosa

che mi preme chiedervi» disse poi alzando la testa e fissandola attraverso le piccole lenti degli occhiali. «Sembra che vostra madre avesse qualche sospetto circa l'identità dell'assassino di Whitechapel.»

«C'è una frase che lo fa pensare» confermò Sybil. Aveva apprezzato il fatto che Craig non avesse chiamato l'omicida con quel ridicolo soprannome, Jack. «Lo disse al gestore del dormitorio di Flower e Dean Street, il signor Wilkinson.»

«Già. Ma lui non ha idea a chi si riferisse. E voi?»

«Io cosa?»

«Voi avete qualche idea?»

«E come potrei?»

«Già, come potreste. Non vi parlavate da anni. Però vostra madre potrebbe avervi lasciato una lettera.»

Sybil scosse la testa. «Nessuna lettera, che io sappia.»

«Siete sicura? Un biglietto, un messaggio qualsiasi?»

«Niente. Altrimenti lo avrei già consegnato alla polizia.»

Craig annuì. Quindi, dopo essersi lisciato pensoso i favoriti, chiuse il taccuino e lo ripose con la matita nella tasca interna da cui l'aveva estratto. «Per il momento, credo sia tutto. Vi ringrazio del vostro tempo e della vostra cortesia. E ringraziate vostra cugina per l'ospitalità.» Si alzò in piedi. «Se avessi ancora qualche dubbio» aggiunse «potrò tornare a importunarvi?»

«Potrete tornare.»

L'uomo inchinò il capo e indossò il cilindro.

Per un istante Sybil fu colta da un dubbio: un cappello a cilindro addosso a un uomo elegante.

Non era quanto il guardiano notturno di Aldgate aveva

riferito a proposito dell'individuo che aveva accompagnato una donna in Mitre Square?

Sybil lo guardò a lungo.

Ma una simile descrizione, dopotutto, si abbinava a migliaia di londinesi. Scacciò quel pensiero con una scrollata di spalle. «Fatemi sapere quando uscirà l'articolo» disse prima di richiudere la porta di casa.

Venerdì, 19 ottobre 1888

Il popolo rumoreggiava sempre più.

Non solo a Whitechapel ma in tutto l'East End e anche oltre, la gente chiedeva a gran voce che la polizia la proteggesse, che rendesse più sicure le strade e che sia il capo della polizia, Sir Charles Warren, sia il Ministro dell'Interno, Sir Henry Matthews, rassegnassero le loro dimissioni vista l'incapacità di catturare il famigerato Jack Lo Squartatore.

Perfino la regina Vittoria espresse la propria delusione: «La mancanza generale di simpatia di Sir Henry Matthews per i sentimenti della gente sta facendo male al Governo».

Gli investigatori erano ormai convinti che l'assassino fosse qualcuno che abitava nella zona, in prossimità delle scene degli omicidi.

A supportare questa teoria c'era il fatto che alcune case che avrebbero dovuto essere chiuse e disabitate restavano, in realtà, aperte, a disposizione di chiunque avesse voluto nascondersi o più semplicemente trascorrere la notte. Correva voce che certe cantine fossero abitate da strani personaggi che apparivano per le strade solo dopo il tramonto. Tuttavia, le perquisizioni avevano portato a un nulla di fatto.

Si formò una ronda di quartiere volontaria costituita da privati cittadini che prese il nome di Commissione di Vigilanza di Whitechapel, capitanata da un certo George Lusk, un uomo d'affari locale.

La polizia, probabilmente per tenere buona l'opinione pubblica, arrestò un paio di uomini che corrispondevano alla descrizione dello Squartatore: collo taurino, baffi, sui quarant'anni, cappello di feltro calcato sulla testa. Entrambi gli uomini arrestati, per il loro lavoro, avevano a che fare con lame o coltelli e utilizzavano grembiuli di cuoio, dettaglio importante poiché un simile grembiule, sporco di sangue, era stato rinvenuto in occasione dell'assassinio di Annie Chapman, la seconda vittima.

Alla fine però i due uomini erano stati rilasciati per mancanza di prove.

Le congetture sull'identità dello Squartatore si sprecavano: un chirurgo, un ebreo, un macellaio, un ricco e annoiato damerino, uno straniero, un marinaio, un folle fuggito dal manicomio, un barbiere, una gang di malviventi.

Qualcuno scomodò persino il mondo animale, sostenendo che l'omicida potesse essere uno scimmione fuggito da uno zoo e abile nel maneggiare un rasoio.

Un medium piuttosto famoso che esercitava a Whitechapel, un certo dottor Blavatsky, si offrì di parlare con gli spiriti delle vittime, ma non gli fu dato alcun credito.

Sybil seguiva le notizie sui giornali della Biblioteca Nazionale e nel frattempo attendeva di sapere se John Kelly avesse o meno ricevuto il suo biglietto.

Grande risalto venne dato dalla stampa alla cosiddetta terza lettera dello Squartatore, che recava timbro postale risalente al 16 ottobre e che era stata recapitata il giorno seguente proprio al presidente della Commissione di Vigilanza, George Lusk.

Una lettera dall'inferno.

Nonostante lo stesso Lusk nutrisse dubbi circa la sua autenticità, il fatto che fosse stata consegnata insieme a un pacchetto contenente un pezzo di rene conservato sotto spirito la rendeva degna di considerazione. I giornali rivelavano infatti soltanto adesso che uno dei reni di Catherine Eddowes era stato asportato in occasione dell'omicidio.

Leggendo la notizia, Sybil avvertì una morsa afferrarle la gola e lo stomaco.

Quanti altri dettagli le aveva taciuto la polizia? Quanto era stato violato il corpo di sua madre?

Quel pomeriggio arrivò un telegramma da Wolverhampton per lei. Zia Elizabeth la informava che la signora Hoghart non era disposta ad attendere ulteriormente. Se non fosse tornata entro domenica, Sybil sarebbe stata licenziata. Addio a una corona la settimana.

Ma Sybil non aveva alcuna intenzione di tornare a casa. Non subito. E pazienza per la signora Hoghart. Se ne sarebbe fatta una ragione e avrebbe trovato una nuova dama di compagnia.

Lei, ora, aveva ben altro a cui pensare.

Sabato, 20 ottobre 1888

Per tornare a Whitechapel, Sybil seguì il consiglio di zia Eliza. Si procurò una mantella con cappuccio di seconda mano e ci si nascose dentro per dar meno nell'occhio. Completò il travestimento abbandonando il cappellino e arruffandosi i capelli, e sporcandosi una guancia con della fuliggine raccolta da un muro.

Ancora una volta aveva mentito a Harriet dicendole di dover vedere l'ispettore Collard per un aggiornamento sulle indagini. Sarebbe tornata presto per occuparsi di Joseph e dei lavori domestici. Da quando zia Elizabeth era tornata a Wolverhampton, Sybil era stata occupata a svolgere mansioni casalinghe a volte fin troppo impegnative, come lavare la biancheria nella vasca in soffitta e poi strizzarla con il mangano o salire le quattro ripide rampe di scale portando un sacco di carbone da cento libbre. Aveva la sensazione che Harriet in qualche occasione si approfittasse di lei, ma comunque non se la sentiva di sottrarsi a quelle richieste, dal momento che era sua ospite già da una dozzina di giorni.

Sulla soglia di casa di Eliza Gold, Sybil fu accolta da un lezzo a suo dire abbastanza sgradevole. Quando infatti la porta si aprì, uno sbuffo di vapore pregno di effluvi fuoriuscì dalla stanza.

«Qual buon vento?» chiese la donna.

«Volevo vedervi» rispose Sybil.

Eliza sorrise compiaciuta. «Dammi del tu» disse. «Altrimenti mi fai sentire una vecchia carampana! Forza, accomodati.» Sul fuoco c'era un pentolone nel quale sobbolliva una testa di pecora. «Oggi mi va di lusso. Un'amica mi ha regalato qualche scarto di macelleria. Siediti. Vuoi del tè?»

Sybil declinò l'offerta. La zia si avvicinò e le carezzò il viso con grande dolcezza. Aveva mani avvizzite come cuoio vecchio, piagate e deformate dal tempo e dal lavoro. «Vorrei che tu sapessi che apprezzo molto quanto stai facendo per tua madre.»

«Cosa sto facendo?» replicò Sybil fingendo di non capire.

«Le stai andando incontro. Anche se lei non c'è più.»

«Non lo faccio per lei, ma per me.»

Eliza la guardò fissa negli occhi. «Ne sei sicura?»

Sybil alzò le spalle. «Secondo te, ha un senso?» chiese.

«Ce l'ha.» La donna si asciugò le mani sul grembiule e andò nell'altra stanza. Tornò con un involto di carta legato con dello spago. Lo mise sulla tavola e lo aprì. «Ecco» disse porgendo il contenuto alla nipote.

Si trattava di un paio di muffole di lana rossa che Kate aveva dimenticato l'ultima volta che era stata lì.

«Pensavo di ridargliele» mormorò Eliza rigirandosele tra le grosse mani. «Voglio che le abbia tu.»

Sybil le prese. Erano ruvide, poiché la lana si era infeltrita, e un po' sbiadite. Ma erano state di sua madre. Le infilò senza nemmeno rendersene conto. Poi le portò al viso e le annusò.

Avevano l'odore dei camini di Londra. Non aveva mai avuto nulla che fosse appartenuto a Kate e ora, inspiegabilmente, sarebbe andata perfino a dormire con addosso quelle vecchie e fruste muffole di lana rossa.

«Prendi un po' di tè» insisté Eliza versando in una tazza l'acqua bollente.

Sybil annuì e finalmente si tolse i guanti. «Te l'ho già chiesto, ma... ci riprovo» disse tenendo gli occhi fissi sulla tavola. «Ti parlava mai di me?»

«Qualche volta» ammise la donna.

Sybil ebbe il sospetto che mentisse per non ferirla, ma non le importava.

«Si chiedeva cosa pensassi di lei» continuò Eliza. «Non bene» si affrettò ad aggiungere con un sorriso triste. «Sapeva di essere un peso e non solo per te e per zia Elizabeth, ma anche per Kelly e per me.» Diede una mescolata alla zuppa e andò a sedersi al tavolo accompagnata dalla sua andatura sbilenca. «Sai, la vita di tua madre ha cominciato ad andare a rotoli dopo che lei e tuo padre si lasciarono. D'accordo, Thomas non era esattamente il principe azzurro. Ma chi lo è? Vivevano, vivevate, in una casa decente, pulita, in Cottage Place. Te lo ricordi?»

Sybil annuì.

«Bella differenza con Whitechapel, non trovi? Nonostante ciò, lei diceva che stava meglio con John, che era più serena.»

«Sapevi che lei e mio padre non erano sposati?»

«Sì, lo sapevo. Anche se lei non l'ha mai ammesso, almeno con me. Ma la mancanza di un anello e quel tatuaggio, quelle due lettere, TC, sul braccio, be', secondo me era stato il loro modo di sancire l'unione, senza fedi o cerimonie. Mi capisci?»

«E la vedevi spesso? Veniva a trovarti?»

«Purtroppo quando Kate capitava da queste parti era sempre

perché aveva bisogno di qualcosa. Non veniva mai a trovarmi per il semplice gusto di stare con sua sorella. E se la invitavo a rimanere mi rispondeva che non era fatta per stare in casa. Voleva essere libera, diceva. A che prezzo, però. A ogni modo, come ho detto, non la biasimo. Si era fatta scontrosa perché la vita l'aveva presa a calci troppe volte.» Fece una pausa e si massaggiò la gamba. «Sapevi che da ragazza era stata una brava cantante?»

Sybil sorrise sorpresa. «No, non lo sapevo! In verità non ricordo di averla mai sentita cantare.»

«Quand'era bambina cantava nel coro della scuola. Avresti dovuto vederla, con la divisa bianca e azzurra che si era cucita da sé. Com'era fiera… Tu ci sei andata a scuola?»

«Fino ai quattordici anni.»

«E adesso, che fai?»

«Lavoro… cioè, lavoravo come dama di compagnia.»

«Cameriera personale?»

«No. Stavo con una signora anziana, vedova di un medico. Le parlavo e le leggevo dei libri.»

Eliza inarcò un sopracciglio. «Tutto qua?»

«Tutto qua.»

«E ti pagava per questo? Per leggere?»

«Cinque scellini la settimana.»

«Caspita! È più di quanto guadagno io facendo le pulizie!»

«Comunque ora non li guadagno più» concluse Sybil. «Sono stata licenziata.»

«E perché mai?»

«Perché sono qui a Londra.»

«Be', sei intelligente e istruita. Troverai un altro lavoro. E, dimmi, ne hai di corteggiatori?»

Sybil arrossì impercettibilmente. Scosse il capo e abbassò lo sguardo.

«Non ti devi vergognare!» la schernì Eliza. «Ne avrai, credi a me.»

Qualcuno bussò alla porta. La donna si alzò e trascinando la gamba sofferente andò ad aprire.

Il ciuffo biondo di Leech fece capolino dall'uscio. «Che profumino!» esclamò arricciando il naso come un coniglio e sbirciando in direzione del fuoco. «Si può?»

«A proposito di corteggiatori...» commentò Eliza invitandolo a entrare.

Sybil arrossì.«Che ci fai tu qui?»

«Ci vivo! Due case più avanti. Ricordi? Qualcuno mi ha detto che eri qui.»

«Le notizie viaggiano veloci da queste parti.»

«In realtà è stato Timbley a vederti entrare, mio fratello.»

«Da dove? Dalla cima di un comignolo?»

«Esattamente. Stava appeso a testa in giù!»

«Mentre tu stavi combattendo una delle tue battaglie, giusto?»

Leech si spostò il ciuffo da un lato. «Più di una, in effetti! Vedo che hai una nuova mantella. Niente male. Niente male, davvero!»

«Trovi? Ci ho lavorato parecchio per farla sembrare vecchia e logora.»

«Vecchia e logora? A Spitalfields darebbero un occhio per una mantella così!»

Eliza ridacchiava, deliziata da quel siparietto, e anche Leech sembrava piuttosto divertito. Sybil, invece, provava nuovamente un senso di irritazione: quel tipo le dava sui nervi.

«Meglio che vada» dichiarò tirandosi il bordo del giacchino.

«Ti accompagno» si offrì subito il ragazzo.

«Me la so cavare, grazie.»

Sperò che Leech non facesse menzione della vicenda accaduta nel vicolo. E forse lui intuì il suo timore perché la guardò malizioso e, rivolto a Eliza, disse soltanto: «Sono certo che quelle mani delicate celano artigli da tigre».

Eliza rise e, agitando le braccia, li invitò a uscire. «Forza, andatevene. Ho da fare, io!»

«Perché mi gironzoli intorno?» volle sapere Sybil quando furono in strada.

Leech non rispose. Prese del tabacco dal taschino del gilet e cominciò a masticarlo.

«È mia zia che te lo chiede?» insisté la ragazza. «Non hai i tuoi affari da seguire? Le tue battaglie da combattere?»

«Oh, i miei affari vanno e vengono. Non c'è fretta. Da che parte vai?»

«Da quella opposta alla tua.»

«Se hai intenzione di tornare in quel cantiere...»

«Non ho intenzione di tornare in quel cantiere» lo interruppe lei. «Ma ho bisogno di parlare con quel guardiano.»

«Forse posso aiutarti.»

Sybil si fermò a guardarlo. «Davvero? Lo conosci?»

«Non lo conosco, ma potrei cercarlo per te. Perché è così importante?»

Questa volta fu Sybil a ignorare la domanda. Poi, dopo aver riflettuto per qualche istante, chiese: «Quanto mi costerà?»

«Una passeggiata insieme. Allora, dove siamo diretti?»

Sybil aveva intenzione di ripercorrere la strada fatta da sua madre la notte in cui era stata uccisa. Voleva passare per Aldgate Street e parlare con i gestori dei pub nei quali forse Kate si era intrattenuta a bere.

Un tizio, un certo Albert Bachert, aveva testimoniato che la sera precedente l'omicidio di Catherine Eddowes, al Three Nuns Hotel uno sconosciuto gli aveva chiesto che tipo di donne frequentavano il bar dell'albergo e dove avevano l'abitudine di andare con i clienti.

Albert Bachert aveva detto che lo sconosciuto era vestito di scuro, portava un capello a cilindro e una borsa di pelle.

E se fosse stato lo stesso uomo che il guardiano notturno asseriva di aver visto quella stessa sera allontanarsi con la donna che somigliava a Catherine Eddowes e poi tornare da solo?

Albert Bachert dichiarava inoltre che lui e lo sconosciuto erano usciti insieme verso mezzanotte e che l'uomo si era diretto verso la stazione di Aldgate. Il Three Nuns sorgeva infatti adiacente al cantiere della metro.

Fu da lì che Sybil iniziò la sua ricerca.

«Dove credete di andare, signorina?» la apostrofò l'oste non appena Sybil mise piede nel pub. L'ambiente era scarsamente illuminato e tappezzato di legno scuro.

«Mi chiamo...»

«Non mi interessa come vi chiamate. Fuori di qui. Non avete l'età né il sesso per stare qui dentro.»

«Ma...»

«Avete inteso?» replicò l'uomo avanzando minaccioso. «Non lo ripeterò.»

Un avventore berciò qualcosa da uno dei tavoli e gli altri, vaghe presenze confuse nella penombra, ghignarono.

Sybil fu costretta a uscire.

«Già qui?» le chiese Leech con un sorrisetto beffardo sotto la rada peluria bionda che gli ricopriva il labbro superiore.

«Non mi ha nemmeno fatta parlare» rispose amareggiata e infuriata al contempo. «Dice che non ho...»

«Lascia stare quello che dice. Ci penso io. Cosa vuoi sapere?»

Sybil gli spiegò la faccenda dell'uomo con la borsa nera e il cappello a cilindro e il motivo per cui voleva rintracciare il guardiano notturno del cantiere di Aldgate. Poi fornì, per quanto possibile, una descrizione dettagliata di sua madre, fattezze e vestiti, compreso il particolare del fiore appuntato sul bavero della giacca.

Leech si grattò la testa e poi si rimise il berretto. «Ma com'è che non lasci fare alla polizia?»

«Mi vuoi aiutare o no?»

«Sicuro! L'ho detto e lo faccio. Vado e torno!»

Mentre Leech era caccia di informazioni per lei, Sybil si domandò perché nascere donna doveva essere sempre un problema. Ovunque andasse, qualsiasi cosa facesse, c'erano sempre due pesi e due misure.

Sarebbero mai cambiate le cose?

Leech uscì dal pub qualche minuto più tardi.

«Allora?» volle sapere Sybil impaziente. Aveva estratto il quadernetto e la matita, avida di dettagli.

«A che serve quello?» chiese lui. «Mi fai il ritratto?»

«Prendo appunti.»

«Perché?»

«Avanti, non farti pregare, dimmi se hai scoperto qualcosa.»

Leech scosse la testa e il ciuffo gli carezzò la fronte come fosse la balza di un abito. «Non ricorda né un uomo con una borsa di pelle nera né una donna che corrisponde alla descrizione di tua madre.»

«Gli hai detto del fiore sulla giacca?»

«Sì.»

«Eppure c'è un testimone che ha dichiarato che quell'uomo misterioso era con lui e gli ha parlato, proprio qui in questo pub!»

«Ehi, ehi, calmati!» Leech la prese gentilmente per le spalle. «La gente nei pub va e viene e i locandieri non ci fanno caso. Servono da bere e pensano a farsi pagare. Nemmeno ti guardano in faccia.»

Sybil sospirò. «Proviamo negli altri locali?»

«Come vuoi» acconsentì Leech, ma la sua espressione era scettica.

Dopo un paio di ore e parecchi pub, non avevano raccolto alcuna informazione utile.

Nessuno rammentava un uomo con un cilindro e una borsa di pelle nera, ma un paio di baristi dissero di aver visto Kate darci dentro con il bere tra le 19 e le 20, ossia prima di essere arrestata. Ed era sola.

«Quando quella notte è stata rilasciata» spiegò Sybil al ragazzo «venne in questa direzione, capisci? Non andò al dormitorio, ma dalla parte opposta. Perché? Aveva appuntamento con qualcuno? La stavano aspettando? I tre uomini che dicono di aver visto mia madre sotto il passaggio coperto per Mitre Square si sbagliano. Hanno visto una donna vestita di nero voltata di spalle.»

«Come fai a esserne sicura?»

«Non lo sono, ma... penso che mia madre fosse l'altra donna, quella che il guardiano notturno ha visto in compagnia dell'uomo con la borsa nera e il cilindro. I tempi, capisci? Se fosse stata la donna in Church Passage, l'assassino avrebbe avuto soltanto cinque minuti, forse meno, per compiere l'omicidio e... fare quello che ha fatto dopo.»

Leech annuì. «D'accordo, ma la polizia non l'ha interrogato?»

«A quanto pare non lo ritengono un testimone attendibile.»

«Magari hanno ragione.»

«Magari no.»

Lui la guardò scuotendo la testa. «Sei davvero un osso duro, tu!»

«Lo prendo come un complimento» ribatté lei con un mezzo sorriso.

Una campana suonò dodici rintocchi.

«È tardissimo!» esclamò la ragazza sussultando. «Devo andare.»

«Scommetto che non hai bisogno di un passaggio...»

Sybil era già dall'altra parte della strada e senza voltarsi agitò una mano nell'aria prendendo con passo deciso per Old Jewry Street.

Quella sera, a cena, fu abbastanza silenziosa e alle domande di Charles e Harriet, offrì soltanto poche battute. Si addormentò con le muffole di sua madre sotto il cuscino. Ma durante la notte fu svegliata bruscamente da Nellie che tossiva e vomitava e decise di alzarsi e offrire, per quanto possibile, il proprio aiuto.

«Fai bollire dell'acqua» le disse Harriet, e intanto reggeva la testa della piccola per evitare che soffocasse. «Poi riempi una bottiglia e avvolgila con una coperta.»

Il fagotto fu quindi appoggiato sul torace della bambina, che si sollevava a si riabbassava frenetico.

«Il calore la aiuta» spiegò Harriet. Ci volle quasi un'ora ma alla fine l'emergenza fu risolta. Harriet, trascinandosi come un fantasma, crollò sul letto, mentre suo marito sedeva nel salottino davanti a un bicchiere di gin.

Quando Sybil gli passò accanto, lui chiese: «Tutto bene, cuginetta?» Quindi ruotò sulla sedia e il suo sguardo indugiò un momento di troppo sulla camicia da notte della ragazza, sotto la quale, in controluce, si intuivano le forme del corpo.

Sybil incrociò le braccia sul petto imbarazzata. «Tutto bene… grazie.»

«Ho notato che stasera eri un po', come dire, giù di corda.»

«Ero solo stanca.»

«Pensavo invece che ti sentissi sola.» I suoi occhi, illuminati da una strana luce, correvano da Sybil alla porta della camera da letto dove Harriet si era appena coricata, preoccupati forse che la moglie lo stesse guardando.

«Buonanotte» concluse Sybil tornando sbrigativamente nella propria stanza.

«Già» sentì che borbottava Charles. «Buonanotte.»

Lunedì, 22 ottobre 1888

Il poliziotto era lì per Sybil.

«Che hai combinato?» chiese Harriet allarmata.

«Io? Niente!»

«L'ispettore Collard desidera parlarvi» riferì l'agente.

«Qualcosa devi aver fatto» continuò la donna. «E poi, dall'ispettore, non ci sei stata due giorni fa?»

Sybil sperò che il poliziotto non fosse al corrente degli impegni del suo capo e non smentisse la sua versione... aveva raccontato più bugie in quei giorni che in tutto il resto della propria vita. Ma lui, fortunatamente, non disse nulla. «Mi metto il giacchino e scendo» tagliò corto.

In strada, ad attenderla, c'era una carrozza con lo stemma della polizia sulle fiancate. Mentre saliva si sentì a disagio. I passanti la guardavano come se fosse in arresto.

Alla stazione di Bishopsgate la fecero aspettare a lungo.

Finalmente, dopo oltre un'ora, l'ispettore Collard si affacciò nell'atrio. Rispetto alla prima volta che Sybil l'aveva visto, più di dieci giorni prima, sembrava meno cordiale. I suoi lineamenti apparivano ancora gentili, ma l'espressione era dura, contrariata.

«Volevo giusto parlarvi» attaccò la ragazza. «Vi ho cercato ma mi è stato impedito di incontrarvi. Per quale ragione?»

«Nessuno vi ha impedito di vedermi» ribatté lui. «Ero semplicemente impegnato. Il sovrintendente Arnold, l'ispettore capo Swanson e il commissario Warren mi stanno con il fiato sul collo. Vogliono risposte.»

«E ne avete?»

Collard sospirò, quindi fece cenno di seguirlo nel suo ufficio. «Sedete» disse spostando educatamente una seggiola.

Sybil obbedì. «Vorrei sapere a che punto sono le indagini.»

«E io vorrei sapere perché avete mentito.»

Ecco cosa non andava. «Mentito?»

«Madeleine King non vi ha viste quel sabato, né voi né vostra zia. Nessun tè a casa sua, come invece mi avevate detto.»

«Ah...»

Collard sciolse la sua maschera di gravità in un fugace sorriso. «Appunto.»

La signora King era l'amica di zia Elizabeth, quella che avrebbe dovuto confermare la loro testimonianza, ma che, con tutta probabilità la zia aveva scordato di avvertire.

«È una donna anziana» cercò di rimediare Sybil. «Molto anziana. Ha vuoti di memoria, a volte.»

«Non aggravate la vostra situazione, signorina Conway. Avete incontrato vostra madre quel giorno? Perché voi e vostra zia non mi avete detto la verità?»

Sybil capitolò. «Era venuta a chiedere del denaro» disse, anche se non ne era certa.

«Cosa vi disse?»

«Noi... non la facemmo entrare.»

Collard, che era seduto sull'angolo della scrivania, si accostò a Sybil. «Non la faceste entrare?» ripeté incredulo.

Sybil scosse la testa ed evitò di incrociare lo sguardo dell'uomo.

«Perché?»

«La zia non voleva. E io neppure» soggiunse vergognandosene.

«Vostra madre veniva da Londra per farvi visita e voi l'avete lasciata fuori di casa a bussare?»

Sybil evitò di aggiungere che pioveva a dirotto. Si sentiva già abbastanza meschina. «Il motivo delle sue visite era sempre e solo il denaro…» mormorò a disagio.

«E vi sembra una valida ragione per ignorarla?»

«Lo so, non serve che me lo diciate!»

«Eppure pare che l'abbiate dimenticato.»

Sybil scattò in piedi. «Come vi permettete di dire una cosa del genere? È mia madre il motivo per cui sono ancora a Londra!»

«E il motivo per cui ve ne andate in giro per Whitechapel a fare domande» commentò Collard con l'aria di chi la sa lunga.

«Non so di cosa parlate.»

«Lo sapete bene, invece. Fate attenzione. Certi ambienti non vi si addicono.»

Sybil rimase in silenzio, lo sguardo rivolto a terra, il viso contratto in una smorfia di ostinata risolutezza.

«Sedete, per favore» disse ancora l'ispettore.

La ragazza obbedì.

«Ho delle cose da dirvi» riprese Collard. «Thomas Conway, vostro padre, è stato rintracciato. Per l'esattezza, si è presentato da sé alla stazione di Old Jewry un paio di giorni fa, avendo saputo che lo stavamo cercando. Certi conoscenti gli hanno riferito che la polizia stava investigando su di lui e così ha deciso di presentarsi spontaneamente.»

«Per dimostrare che non ha niente da nascondere, presumo» commentò Sybil con sarcasmo.

Collar annuì. «L'ho pensato anch'io. Statisticamente la maggior parte delle volte le donne vengono uccise dai loro stessi mariti. In ogni caso Thomas Conway ha un alibi di ferro: era ricoverato al Royal Berkshire Hospital di Reading per una forma di bronchite.»

«Vende sempre libri che nessuno vuole leggere?»

Collard sorrise. «Non ne ho idea.»

«Che altro vi ha detto?»

«Che era a conoscenza del fatto che vostra madre viveva insieme a John Kelly e...» Controllò alcuni appunti presi in precedenza. «...che l'aveva incrociata qualche volta, per strada, parecchi mesi fa. Ha detto che, per quanto possibile, preferiva tenersi alla larga da lei per le sue "abitudini intemperanti".»

Sybil annuì e si massaggiò la nuca, un gesto che serviva soltanto a riempire uno spazio vuoto. «Ha chiesto di me?»

«Non mi risulta. Se n'è andato subito dopo, ma ha lasciato il suo indirizzo nel caso avessimo necessità di interrogarlo ancora. Desiderate averlo?»

«No, non serve.»

Se suo padre non aveva sentito il bisogno di cercarla, perché avrebbe dovuto farlo lei?

«Che mi dite di John Kelly?» chiese invece. «Gli ho lasciato un biglietto al dormitorio giorni fa, ma non ho avuto risposta.»

«L'abbiamo cercato anche noi» ammise l'ispettore. «Ma senza risultato. Sappiamo che, quando è a corto di denaro e di lavoro, si reca nel Kent, per la raccolta del luppolo.»

«Pensate che possa essere laggiù?» chiese.

«Stiamo controllando.»

«E riguardo le indagini. State controllando anche le testimonianze?»

«Avete dei dubbi?»

«In verità ne ho.»

Collard si mostrò sorpreso. «Che intendete?»

Sybil gli parlò della dichiarazione del guardiano notturno del cantiere di Aldgate e della sua convinzione che sua madre fosse la donna vista insieme all'uomo con la borsa di pelle nera. «Avete parlato con quell'uomo?»

«Quella testimonianza è riportata solo dai giornali. A quanto mi risulta non c'è alcun guardiano notturno in quel cantiere.»

«Non è vero. C'è. E che mi dite allora di quel tizio...» Tirò fuori il quadernetto e sfogliò le pagine freneticamente. «... Bachert, che disse di aver bevuto in compagnia di un uomo che portava una borsa di pelle nera e un cappello a cilindro proprio la sera dell'omicidio?»

«Non posso crederci!» esclamò Collard divertito. «Tenete conto di tutto!»

«Allora, che mi dite di Bachert?»

«Albert Bachert è una nostra vecchia conoscenza. È un mitomane, una persona che ama comparire, essere al centro dell'attenzione. Figura in non meno di tredici articoli di giornale come testimone. Vi sembra possibile?»

Sybil non ribatté.

«Un paio di anni fa ha presentato una denuncia nei confronti della polizia dicendo di essere stato percosso e trascinato per strada da due agenti che non hanno voluto fornirgli le loro generalità, solo perché aveva difeso una sua amica che i poliziotti credevano una prostituta.» Fece una pausa. Quindi, cambiando tono: «Credetemi, Sybil, ci muoviamo in una palude piena di pericoli e predatori, dove è facilissimo mettere un piede in fallo. La realtà è piena di sfumature che spesso sono indecifrabili.»

L'aveva chiamata per nome e con una voce calda, fraterna.

Sybil pensò che avesse smesso per qualche istante l'uniforme e che le stesse parlando con sincerità.

Forse aveva ragione lui.

Forse tutto quel cercare e analizzare non aveva senso, soprattutto quando a farlo era una ragazzina di Wolverhampton che passava il tempo a leggere libri a una vecchia.

Lei non era Auguste Dupin. E neppure un ispettore della polizia metropolitana.

«C'è qualcosa che posso fare per voi?» domandò Collard.

Sybil annuì. «Qualcosa c'è.»

Voleva avere qualche dettaglio in più sulla notte dell'omicidio.

Aveva sempre relegato in un angolo della sua mente i particolari riguardanti le ultime ore di Kate. Ma ora il momento di sapere era giunto.

Collard le disse di come, dal suo arrivo in Mitre Square, fosse stato sempre accanto al corpo di sua madre, durante l'esame del medico e il trasporto in ambulanza all'obitorio, dove il cadavere era stato spogliato e nuovamente esaminato.

Su insistenza di Sybil, le disse di come la testa, il collo e le spalle giacessero in una pozza di sangue, di come nulla nell'aspetto della donna o dei vestiti portasse all'idea che ci fosse stata una lotta, di come avesse personalmente ispezionato il terreno circostante e non avesse rinvenuto alcuna traccia o impronta e, infine, di come avesse provveduto immediatamente a far perquisire il quartiere alla ricerca di possibili sospetti.

«Ho inviato agenti a cercare in tutte le direzioni, sia nelle strade che negli alloggi» disse. «Diversi uomini sono stati fermati e perquisiti, purtroppo senza alcun risultato. Abbiamo battuto casa per casa, chiedendo se qualcuno avesse visto o sentito qualcosa. Niente. Quel diavolo dell'inferno sembra capace di sparire in un battito di ciglia.»

Sybil ripensò a Jack dai tacchi a molla. La prima volta che Charles gliene aveva parlato stava per riderne. Ora le sembrava qualcosa di orribile e spaventoso.

«Vi faccio accompagnare a casa da uno dei miei» disse Collard congedandola.

«Non serve. Vi ringrazio» rispose Sybil avviandosi. «Preferisco sgranchirmi le gambe.» Si sentiva stordita, confusa. Stanca. «E le idee» aggiunse tra sé e sé quando fu nell'atrio.

Martedì, 23 ottobre 1888

Sybil si affacciò alla finestra e giù in strada vide la sagoma di un bambino, che le sembrò familiare.

Stava all'angolo della via, sotto un muro sul quale spiccavano i manifesti pubblicitari della bevanda al cacao Cadbury e delle sigarette Myrtle Grove. Sybil lo riconobbe. «Timbley!»

Batté sul vetro e, nonostante a quell'ora il traffico lungo

Tooley Street fosse intenso, il ragazzino sollevò il volto nero di fuliggine e sorrise.

«Con chi stai parlando?» domandò Harriet dalla cucina.

«Scendo un secondo!»

«Dove vai?»

«Mi sembra di aver visto qualcuno che conosco» rispose Sybil infilandosi velocemente il *matinée*.

«Che conosci?» Harriet si sporse nel salottino, ma Sybil era già sgattaiolata dalla porta.

«Timbley!» lo chiamò quando fu in strada.

Il ragazzino attraversò e la raggiunse. «Buon pomeriggio, signorina.» Si tolse il cappello. Aveva i capelli sporchi e scarmigliati, le ginocchia, sbucciate come al solito. «Ho un messaggio per voi.»

«Un altro?»

Timbley annuì.

«Perché non sei salito?»

«Mi vergognavo.»

«Di cosa?»

Si guardò le mani, che erano nere come il viso e il collo.

Sybil sorrise. «Va bene. Il messaggio è da parte di mia zia Eliza?»

«No. Di mio fratello.»

«Leech?»

Il ragazzino rise. «Vi ha detto che si chiama così?»

«Qual è il suo vero nome?»

«Archibald!» rise Timbley. Evidentemente trovava molto divertente quel nome. Il riso gli provocò un accesso di tosse.

Anche Sybil rise. «Di' un po', quand'è che smetterai di fare lo spazzacamino?» chiese cercando di sistemargli i capelli ribelli. «Lo sai che è un mestiere pericoloso? Com'è che hai le ginocchia sempre ricoperte di croste?»

«Per salire e scendere dalle canne fumarie bisogna usare tutto il corpo!» rispose orgoglioso.

«Invece dovresti andare a scuola, imparare qualcosa.»

«La scuola non serve» replicò lui.

Sybil scosse la testa. «La scuola, l'istruzione, è l'unica cosa che ti può salvare.»

«Salvare da cosa? Mica sono in pericolo!»

La ragazza si accucciò in modo tale da mettere i suoi occhi all'altezza di quelli di Timbley, che erano stabilmente arrossati a causa della polvere. «Devi aspirare a qualcosa di più che pulire camini...»

«Non appena avrò gli anni, entrerò nella ghenga di Gafin!»

«Eh?»

«La ghenga di Gafin! Lui è quello che comanda.»

«Che comanda cosa?»

«Whitechapel!»

«Capisco. È per lui che lavora Leech?»

«Ci potete scommettere! E anch'io lavorerò per lui! Ora però seguitemi, vi devo portare da lui» disse il bambino.

«Da Gafin?»

«Da Archibald! È questo il messaggio.»

«Ma adesso non posso. C'è mia cugina Harriet, di sopra, e Nellie e...»

«Mi ha detto che dovete venire. È molto importante!»

Sybil restò qualche momento a riflettere. Come poteva

uscirsene di casa di punto in bianco? Cos'avrebbe potuto raccontare? E cosa c'era di tanto importante che Leech non aveva potuto dire a suo fratello perché lo riferisse a lei?

«D'accordo» disse alla fine. «Dammi un paio di minuti.»

Dieci minuti dopo camminava in direzione del London Bridge accordando il passo a quello svelto di Timbley.

A Harriet aveva detto una mezza verità, che le era stato inviato un ragazzino con un messaggio da parte di zia Eliza. Stava male e aveva bisogno di un medico, ma non aveva denaro per pagarlo. La cugina si era limitata a scuotere la testa.

«Non puoi andare più piano?» domandava Sybil ostacolata dalla gonna.

«Siamo già in ritardo» rispondeva Timbley accelerando ancora di più. Pareva impossibile che potesse camminare su quelle gambe ossute, fragili come bastoncini di legno.

«In ritardo per cosa?»

Ma il ragazzino ridacchiava senza aggiungere altro.

Se Sybil aveva creduto che Flower e Dean Street fosse la più sporca e pericolosa strada tra tutte le strade di Whitechapel, non aveva ancora fatto i conti con Dorset Street.

Si narrava che perfino i poliziotti vi girassero a coppie, per timore di essere aggrediti o molestati. O peggio, perché Dorset Street vantava quasi un omicidio a settimana.

Timbley la condusse di fronte a un edificio fatiscente dove Leech, appoggiato con la schiena e un piede alla parete, attendeva masticando nervosamente una presa di tabacco. Quando il ragazzo li scorse, sputò un grumo color caffè e andò loro incontro.

«Dove diavolo eri finito?» disse al fratello passandosi il dorso della mano sulla bocca.

«È colpa mia» intervenne Sybil. «Per uscire ho dovuto inventare una scusa...»

«L'incontro è già iniziato» la informò il ragazzo in maniera sbrigativa.

«Che incontro?»

«Boxe, pugilato.» Alzò i pugni davanti a sé. «Hai presente?»

Sybil sgranò gli occhi esterrefatta. «Mi ha fatto venire fin qui per vedere un incontro di pugilato? Sei impazzito?»

Leech sorrise. «Tu puoi andare» disse a Timbley.

«Ma io volevo...»

«Non è roba per bambini» lo interruppe il fratello fingendo di colpirlo al mento con un gancio. «Fila a casa. La tua giornata finisce con un piatto di zuppa e una dormita.»

Il piccolo grugnì. Quindi alzò una mano per salutare Sybil. «Ciao, signorina.»

Lei gli fece una carezza e con un angolo del fazzoletto bagnato di saliva gli pulì un po' le guance. «Fa' attenzione, mi raccomando.»

«Possiamo andare ora?» chiese Leech annoiato.

Sybil lo guardò con l'aria di una maestrina che riprende l'alunno indisciplinato. «Vuoi spiegarmi perché pensi che un incontro di boxe possa interessarmi?»

«Seguimi e lo vedrai» rispose lui prendendola per mano.

La portò nel vicolo che correva a fianco dell'edificio, dove sembrava esserci una certa agitazione. Uomini che, a giudicare dagli abiti e dai cappelli, appartenevano a classi sociali diverse, si accalcavano davanti a un cancelletto in ferro in attesa di entrare. Dentro, si intravedeva un cortile al centro del quale era stato allestito un quadrato delimitato da corde e pali.

All'interno, due sfidanti a torso nudo che si stavano già battendo.

«Non mi interessa questo genere di cose» protestò Sybil sfilando la mano da quella del ragazzo.

«Questa cosa ti interesserà. Piantala di fare la difficile e stammi accanto.»

Gli spettatori urlavano eccitati, incitando l'uno o l'altro pugile.

«Ho scommesso su quello a destra» confessò Leech facendosi strada tra la folla «Quello coi baffoni!»

Sybil era disgustata e infastidita, sia dallo spettacolo davanti ai suoi occhi, sia per la promiscuità dei corpi che la urtavano da ogni lato: uomini volgari e sudati, che imprecavano e spingevano, donne dai cappellini ornati di piume sgargianti ma dagli abiti modesti o rabberciati che ridevano sguaiate.

E tra loro gente losca, dallo sguardo torvo, che gironzolava a caccia di prede da derubare.

«Andiamo via» disse a Leech.

«Sei matta? E i miei soldi? Dai!» urlò all'indirizzo del suo campione. «Colpiscilo! Che aspetti?»

E come se questi l'avesse sentito, lasciò partire un diretto che centrò l'avversario in piena faccia. Si udì nettamente lo scricchiolio delle ossa che si frantumavano e un fiotto di sangue scese copioso da entrambe le narici. L'uomo alto e muscoloso restò qualche istante in bilico sulle gambe, ondeggiando leggermente avanti e indietro. La folla si ammutolì. Poi il pugile andò giù, di schiena, facendo un rumore come quello di un sacco di farina che cade e sollevando uno sbuffo di polvere grigia dal terreno.

«Sì!» gridò Leech saltellando come un indemoniato. «Ho vinto!»

Alcuni, come lui, strillavano felici e si scambiavano pacche sulle spalle, altri bestemmiavano o scalciavano i sassi.

Qualcuno, tra la folla, gridò «Al ladro!»

Seguì un piccolo fuggi fuggi, ma la maggior parte della gente non ci fece caso oppure si mise a ridere.

Sybil, stretta tra due fiumi di persone che procedevano in senso opposto, venne strattonata e cadde a terra. Un uomo, inavvertitamente, le pestò la gonna.

«Leech!»

Una mano spuntò in mezzo alla calca. E, dietro la mano, il volto sorridente di Leech. «È la seconda volta che ti salvo.»

Sybil si mise in piedi e con mani tremanti rassettò il vestito. «Voglio andarmene immediatamente da qui» ringhiò, gli occhi arrossati dalla rabbia e dalla paura.

«E infatti ce ne andiamo.»

Sul quadrato, intanto, due nuovi boxeur si stavano stringendo la mano mentre uno dei secondi tirava in aria la moneta per stabilire gli angoli.

Leech, però, anziché dirigersi verso il cancelletto trascinò Sybil dalla parte opposta, verso le panche su cui sedevano altri pugili in attesa di combattere.

Tra loro c'era l'uomo con i baffi a manubrio che aveva vinto l'incontro appena concluso.

«Ti presento il signor William Hills» disse Leech.

«Piacere, signor Hills» rispose Sybil, abituata a essere sempre educata. «Vi faccio i miei complimenti, ma ora dovrei proprio andare. Vedere il vostro incontro è stato decisamente... interessante.»

Leech scoppiò in una sonora risata a cui, pur con qualche titubanza, si unì il signor Hills. A dispetto dei bellissimi baffi, gli mancavano tutti gli incisivi, superiori e inferiori.

«Il signor Hills» spiegò il ragazzo «quando non combatte, fa il guardiano notturno al cantiere della metro di Aldgate.»

Sybil restò di sasso.

Non sapeva se essere arrabbiata con Leech per averla ingannata così a lungo o saltargli al collo ringraziandolo per quanto aveva fatto. Alla fine riuscì a sorridere e a dire: «Devo ammettere che con te non ci si annoia mai, Archibald».

Il volto del ragazzo si fece improvvisamente scuro e stavolta toccò a Sybil ridere di lui.

«Come fai a sapere...» farfugliò Leech. «Ah, Timbley! Quando torno a casa...»

«Quando torni a casa gli darai un po' dei soldi che hai vinto grazie al signor Hills» concluse Sybil.

William Hills aveva una quarantina d'anni e una certa propensione, oltre che per la nobile arte pugilistica, anche per l'alcol. Lavorava occasionalmente come custode notturno senza essere iscritto nei registri di paga del cantiere, motivo per cui la polizia era all'oscuro della sua esistenza.

Leech lo aveva scovato grazie alla sua rete di conoscenze e alla sua passione per le scommesse che sbrigava per conto della banda di Gafin.

Per convincerlo a incontrare Sybil era bastato promettergli un paio di bottiglie di gin.

«Quello che ho raccontato ai giornalisti è la pura verità» stava dicendo mentre si rivestiva. «Era l'una passata e c'erano un uomo e una donna, in strada, davanti al cantiere. Lui aveva un cappello a cilindro e una borsa sotto il braccio. Pareva un gentiluomo, un tipo a posto. La donna era tutta vestita di nero, con una giacchetta stretta e un cappellino di paglia e tessuto...» La mancanza dei denti provocava una specie di fischio quando l'uomo pronunciava la c la s e la z.

«Aveva un fiore appuntato sul petto?» volle sapere Sybil. Era ansiosa, trepidante all'idea di avere finalmente una pista da seguire.

«Era buio, non ricordo...»

«Ma la donna, l'avete vista in volto?»

«Non bene.»

«E l'uomo?»

«Non saprei...»

«E quando è tornato indietro, da solo, l'avete visto allora? Sapreste riconoscerlo?»

Hills si grattò la testa brulla e sudata, pensoso. «Uno dei lampioni era spento e il cappello gli gettava un'ombra sulla faccia... Ma aveva sempre la borsa sotto il braccio, sapete. Quella me la ricordo bene.»

Sybil percepì il rumore di un muro che si sgretola. Le sue speranze di aver trovato un testimone attendibile stavano svanendo di domanda in domanda.

«Avevate bevuto?» chiese.

«Un po'» rispose l'uomo aprendo la bocca in un sorriso che

rivelò una nera caverna. «Ma io ci vedo bene anche se ho bevuto» ci tenne a precisare.

«È per questo che l'hanno cacciato dal cantiere» chiarì Leech.

William Hills allargò le braccia, come a significare che era andata proprio così e lui non ci poteva fare niente.

«Andiamo» disse Sybil. Il suo testimone, sempre ammesso che avesse visto davvero qualcosa, valeva meno di zero. «Grazie, signor Hills. Ci siete stato di grande aiuto.»

«Davvero?» disse l'uomo. «Allora si potrebbe fare qualcosa in più delle due bottiglie che mi avete promesso?»

Sybil ripose il quadernetto e tirò fuori dalla tasca del giacchetto due scellini. Li mise nel palmo dell'uomo. «Addio, signor Hills.»

Quando furono nuovamente in Dorset Street, Leech le chiese se stava bene.

Sybil era visibilmente abbattuta. Aveva puntato forte sull'individuo con la borsa di pelle nera e il cilindro, e ora si ritrovava con un alcolizzato e un mitomane come testimoni. «Sì, tutto bene» rispose distrattamente.

Tuttavia, se due persone che non si conoscevano dichiaravano entrambe di aver visto un uomo sospetto che si aggirava con borsa nera e cappello a cilindro nelle vicinanze di dove era stata uccisa sua madre, non poteva essere solo una coincidenza.

Questo non faceva di lui un assassino, ma era pur sempre un punto da cui partire.

E se la polizia preferiva ignorare quella possibilità, lei avrebbe insistito nel verificarla. Doveva assolutamente parlare con Albert Bachert, il testimone mitomane.

«Nel nostro quartiere» cominciò Leech per rompere il silenzio «la morte è una compagna di vita. Ci facciamo i conti tutti i giorni. Mi spiace per tua madre, davvero, ma io ne ho conosciute tante di donne che sono state uccise da queste parti. Tentativi di rapina finiti male, mariti gelosi o ubriachi, un po' di tutto. Ad aprile di quest'anno, una vedova che viveva a Spitalfields è stata aggredita proprio qui dietro da tre uomini, di cui uno era un ragazzino. È morta dissanguata la mattina dopo. E ad agosto è toccato a Martha Tabram, che conoscevo personalmente, accoltellata trentanove volte.»

Sybil era molto scossa. «Perché mi stai dicendo questo?»

Leech la guardò. «Non lo so. Forse perché queste cose accadono. Accadono e basta. È così che succede qui a Whitechapel.»

«Be', io non credo» replicò asciutta. «Le persone non dovrebbero morire accoltellate o... o squartate! Non ci si può abituare a certe cose. Non siamo animali da macello, ma esseri umani.»

Leech non disse nulla. Seguitò a camminare con le mani ficcate nelle tasche e lo sguardo a terra.

Continuarono ad avanzare, ma qualcosa non andava. Sybil fece un cenno a Leech. «Senti, ho idea che qualcuno ci stia seguendo. Quei due che camminano dietro di noi, erano all'incontro di boxe e ci guardavano. Guardavano me, credo.»

«Non ti preoccupare» le disse Leech senza voltarsi a controllare. «Ce l'hanno con me.»

«Sapevi che ci stavano seguendo?»

«Certo. È per questo che ti ho portata fin qui.» Erano sbucati in una via elegante e trafficata, a pochi passi dal lungofiume. «Ora sei al sicuro. Me la sbrigo io con loro.»

Lei lo guardò sorpresa. «Ma... ma chi sono? Cosa vogliono?»

«Fanno parte di una banda rivale. Una questione di soldi. Non te ne devi preoccupare.»

«E adesso cosa farai?»

«Adesso?» Le fece l'occhiolino e sorrise. «Stai a vedere!»

Si allontanò infilando una viuzza scura e i due tipacci gli tennero subito dietro, confermando a Sybil che non era lei l'oggetto del loro interesse.

Non appena fu al riparo da sguardi indiscreti, Leech salì lesto come un gatto su una grondaia e da lì balzò sul tetto della casa di fronte. I due rimasero di sotto a guardarlo e a maledirlo, incapaci di una simile prodezza. Lui, invece, li schernì con una risata e un tocco al frontino del berretto, quindi, silenzioso come un'ombra, sparì tra i comignoli.

Mentre attraversava il London Bridge, Sybil pensava a Leech e all'agilità che aveva dimostrato arrampicandosi.

E, inevitabilmente, il suo pensiero corse con un brivido a Jack dai tacchi a molla.

Mercoledì, 24 ottobre 1888

Quella mattina, Sybil incappò in un articolo che, da un lato le fece accapponare la pelle, dall'altro le confermò che la strada dell'uomo con il cilindro e la borsa di pelle nera poteva essere giusta. Il mitomane, Albert Bachert, appariva in un pezzo del «Daily Telegraph» per aver ricevuto al proprio indirizzo di casa una cartolina scritta in inchiostro rosso e firmata Jack lo Squartatore.

Il testo diceva:

Caro vecchio Baskett,
hai provato a far comparire il tuo nome sui giornali quando credevi di avermi beccato al Three Nuns Hotel. Vorrei prenderti a pugni fino a farti sanguinare.
Jack lo Squartatore

L'errore nel cognome, Baskett per Bachert, era compensato dal fatto che l'indirizzo era quello giusto.

E se la lettera era autentica significava che Albert Bachert, sebbene fosse considerato un millantatore, aveva davvero incrociato l'assassino di Whitechapel.

Sybil fremeva. Avrebbe voluto avere davanti Bachert e porgli un mucchio di domande. E c'era un unico modo: cercarlo.

Bachert abitava a Whitechapel e per raggiungerlo decise di concedersi un altro giro a bordo dell'omnibus.

Questa seconda esperienza, però, risultò molto meno eccitante della prima, dal momento che la carrozza somigliava a un barile pieno zeppo di sardine sotto sale: le persone erano addossate le une alle altre mescolando gli afrori a volte decisamente sgradevoli dei loro corpi. C'era chi tossiva, chi parlava a voce altissima e chi ne approfittava per avere qualche contatto ravvicinato con le donne presenti.

Un tizio strusciò la propria mano addosso a Sybil, la quale si voltò sbigottita a guardarlo dicendo: «Cosa fate?»

L'uomo si scusò replicando di aver perso l'equilibrio a causa di uno scossone. Sybil scese senza aspettare la fermata successiva e percorse l'ultimo pezzo a piedi, assicurandosi che l'uomo che l'aveva importunata non la seguisse.

Dopo una decina di minuti raggiunse l'indirizzo di Albert Bachert.

Viveva insieme ai genitori, entrambi sarti originari della Germania, che avevano risollevato le loro finanze trasformando la casa in una pensione.

«Il signor Bachert non c'è» disse la domestica che aprì la porta. «È al lavoro.»

«Dove lavora?» volle sapere Sybil. Poi, notando l'espressione diffidente della donna, aggiunse: «È una questione delicata e assolutamente importante».

La donna la guardò a lungo, prima di rispondere, misurandola dalla testa ai piedi.

Sybil rifletté che la frase appena proferita poteva dare adito a malintesi. Come il fatto che tra lei e Bachert, un uomo giovane e, a quanto aveva sentito dire, piacente, ci fosse qualcosa.

«Lavora da Whymper» disse la donna. «In Commercial Road. Fa l'incisore.»

Commercial Road scorreva trafficata e rumorosa poche strade più avanti.

Sybil si presentò al laboratorio Whymper come un'amica di Albert Bachert, dicendo che aveva assoluta necessità di vederlo.

Questa urgenza parve sospetta al signor Whymper, che le fece un mucchio di domande e alla fine, ancora una volta, Sybil ebbe l'impressione di essere stata fraintesa.

«Ve lo chiamo» disse infine l'uomo. «Ma solo per pochi minuti.» Poi, indicando una stanzetta adibita a magazzino, aggiunse: «potete parlare lì dentro». E con questo chiariva in maniera definitiva e inequivocabile che certe faccende, a suo parere, non andavano risolte in pubblico.

Qualche minuto dopo arrivò un giovane di bell'aspetto, in maniche di camicia e gilet. Portava un pizzetto chiaro sul volto diafano e aveva gli occhi azzurro chiaro, come acqua. Si fermò a qualche passo da Sybil quando capì di non conoscerla.

«Voi non mi conoscete» confermò lei. «E dovete perdonarmi se vi ho disturbato durante il vostro lavoro, ma mi preme chiedervi qualcosa riguardo la vostra testimonianza...»

«Ehi, ehi, ehi!» la interruppe Bachert. «Voi correte troppo, bella signorina. Chi siete?»

Sybil si presentò.

«Eddowes» ripeté Bachert cambiando espressione. Quella che aveva creduto la visita di una ragazza infatuata di lui che finalmente aveva preso il coraggio di dichiararsi si era d'un tratto trasformata in una specie di interrogatorio sul caso più scottante del momento. «Che volete sapere?» sospirò, palesemente deluso.

Sybil gli chiese di sua madre, descrivendola più accuratamente possibile, ma lui rispose che non l'aveva vista. Riguardo all'uomo, invece, riferì che era molto elegante e parlava con una leggera inflessione nordica, ma non avrebbe saputo dire se olandese, svedese o altro ancora.

Quando Sybil gli chiese qualche ulteriore particolare per identificarlo, Bachert rispose che aveva un volto comune, senza barba né baffi, lineamenti regolari. «L'unica cosa che ho notato» aggiunse ripensandoci «è che sembrava non vederci bene.»

«Cosa intendete?»

«Quando osservava qualcuno in lontananza, stringeva gli occhi, capite? Come se avesse avuto bisogno di un paio di occhiali.»

«Non c'era altro? Che so, un neo, un dente rotto, una cicatrice sul volto o sulla mano?»

Bachert scosse la testa. «Portava un cilindro e una borsa di pelle nera, ma questo l'ho già detto anche ai giornali e alla polizia, sebbene la polizia non mi creda...»

«Perché? Perché la polizia non vi crede, signor Bachert?»

Lui alzò sulla ragazza uno sguardo furioso. «Ce l'hanno con me. Mi credono un bugiardo. Invece i bugiardi sono loro. Sapete che i poliziotti metropolitani sono per la maggior parte corrotti?»

Sybil non rispose. Non conosceva così bene le vicende di Londra.

«Fate bene a starvene zitta. Una sola parola e i poliziotti di questa città vi mettono sulla loro lista nera. Ecco dov'è il mio nome, in cima a quella lista!»

«Ho capito.»

«No, non credo abbiate capito. Voi che potete saperne? Quanti anni avete?» Ora, anziché furenti, i suoi occhi erano curiosi e indugiavano sul viso di Sybil.

«Grazie per le informazioni, signor Bachert» tagliò corto lei. «E perdonate se vi ho disturbato al lavoro.»

«Nessun disturbo. Anzi, se aveste voglia un giorno di

prendere una tazza di tè in mia compagnia, conosco un locale qui dietro che...»

«Buona giornata, signor Bachert.»

Sybil lasciò lo stanzino senza voltarsi e quando dovette passare davanti al signor Whymper, che la osservava circospetto, rivolse all'uomo soltanto un rapido cenno del capo. Non le era piaciuto l'atteggiamento da sciupafemmine di Bachert, né l'improvviso sfogo a proposito delle presunte persecuzioni della polizia nei suoi riguardi.

Nel complesso, Albert Bachert le dava l'idea di una persona instabile, uno di cui non ci si poteva fidare completamente.

Mentre tornava a casa, arrivò perfino a pensare che il killer potesse essere proprio lui e che si fosse inventato l'uomo con cilindro e borsa nera solo per sviare l'attenzione da se stesso.

Quella sera, chiusa nella sua stanza, dopo aver riportato nel quadernetto la conversazione avuta con Bachert, Sybil prese carta e inchiostro e scrisse una lettera.

L'avrebbe spedita il mattino successivo al dottor Alistair Cooper, di Glasgow, uno specialista in malattie respiratorie di cui aveva letto in un giornale alla Biblioteca Nazionale.

Giovedì, 25 ottobre 1888

Il giorno precedente, in aggiunta all'articolo che citava Albert, vagando tra le notizie, Sybil si era imbattuta nei dettagli degli altri omicidi attribuiti all'assassino di Whitechapel.

Nell'arco di un mese, tre donne, oltre sua madre, erano state uccise con la stessa orribile metodica.

In particolare la sua attenzione si era concentrata sulla vicenda di Elizabeth Stride (nata in Svezia come Elizabeth Gustafsdotter), morta meno di un'ora prima di Catherine e a tre quarti di miglio circa di distanza, in Berner Street.

Questi i fatti riportati nell'articolo:

- L'agente di ronda William Smith, matricola 452, ricordava di aver visto la Stride verso mezzanotte e mezza in compagnia di un uomo giovane e basso con un berretto di feltro.
- Intorno a mezzanotte e quarantacinque un altro testimone, Israel Schwartz, un ungherese che non parlava nemmeno una parola di inglese, dichiarava di aver visto la stessa donna, strattonata da un uomo la cui descrizione combaciava con quella dell'agente Smith, mentre un secondo individuo, appartato in un vicolo e più alto di statura, osservava la scena nascosto nell'ombra.

Niente cilindro o borsa nera, questa volta, solo il fornello incandescente di una pipa nel buio. Israel Schwartz non si era immischiato per paura.

- All'una meno qualche minuto, il commerciante Louis Diemschutz, a bordo del suo calesse, era entrato nel cortile della sua abitazione in Berner Street e aveva notato a terra qualcosa che pareva un sacco. Era in realtà il corpo di una donna, dalla cui gola squarciata usciva ancora del sangue. Nella mano sinistra aveva un pacchetto di caramelle per l'alito, di quelle usate per coprire l'odore di fumo o di alcol. A differenza delle altre vittime, non era stata mutilata, forse perché l'arrivo di Diemschutz aveva interrotto il macabro rituale.

L'articolo si concludeva con un'ultima annotazione: Elizabeth Stride lavorava come domestica e prostituta e, al pari di Catherine Eddowes, alloggiava saltuariamente in un dormitorio pubblico di Flower e Dean Street.

Sybil cominciava a chiedersi se ci fosse un collegamento tra le vittime di quello che veniva definito il "doppio evento", le due morti.

Elizabeth Stride e Catherine Eddowes si conoscevano? C'era un motivo per cui entrambe erano diventate i bersagli di quel mostro?

Bastava il fatto che tutte e due – tutte e quattro le vittime, a sentire i giornali – vendevano il loro corpo?

Dopo aver sbrigato qualche lavoretto domestico per Harriet ed essersi intrattenuta con il piccolo Joseph seguitando la sua opera di scolarizzazione, nel primo pomeriggio Sybil uscì di casa con l'intenzione di raggiungere Flower e Dean Street.

Nell'androne del palazzo, pronta all'uso, aveva nascosto la mantella. La indossò coprendosi la testa con il cappuccio e si incamminò verso il fiume.

Questa volta la scusa era che aveva promesso di portare dei biscotti a zia Eliza. Probabilmente Harriet non ci aveva creduto, ma a Sybil non importava eccessivamente quel che sua cugina credeva o non credeva.

Giunta in Flower e Dean Street, Sybil andò subito a cercare il signor Wilkinson, l'uomo che aveva incontrato con Charles durante la sua prima visita a Whitechapel.

E come la volta precedente, lo trovò di fronte al civico 55, appoggiato al solito muro annerito dai fumi di carbone e con l'immancabile sigaro in bocca. Controllava chi entrava e usciva dalla pensione tenendo i pollici infilati nel panciotto, l'aria compiaciuta di chi ha ogni cosa sotto controllo.

«Signorina Eddowes» la salutò riconoscendola. Poi diede un'occhiata alla mantella sdrucita che la ragazza indossava. «Che vi è capitato?»

«Buon pomeriggio, signor Wilkinson. Non mi è capitato nulla.»

«Se siete qui per il signor John Kelly, mi spiace ma avete fatto la strada per niente. Non si è più visto.»

«So che forse si trova nel Kent. In verità mi chiedevo... potreste presentarmi qualche signorina che conosceva mia madre o la signorina Stride?»

L'uomo rimase per qualche istante in silenzio e immobile, come se non avesse afferrato il senso della domanda. E in effetti dovette sembrargli quantomeno insolita, se non altro per il fatto che non era un agente di polizia o un giornalista a porla, ma una ragazza di provincia del tutto fuori luogo in un posto come Whitechapel.

«Qualche signorina?» ripeté infine. «Che genere di *signorine* cercate?»

«Avete capito benissimo, avanti.» Sybil tirò fuori un paio di scellini. «Questi sono per il vostro disturbo.»

Wilkinson li fece sparire nella tasca della giacca. Con un cenno della testa indicò l'interno del dormitorio da cui proveniva il solito tanfo di cibo e aria viziata. «Nella cucina comune ne troverete qualcuna. Chiedete di Rose e Alice.»

«Grazie.»

E prima che la ragazza venisse ingoiata dalla penombra malsana dell'andito, l'uomo sogghignando aggiunse: «Buona fortuna».

Sybil attraversò il lungo corridoio da cui si accedeva agli stanzoni adibiti a dormitorio. Intravide file di giacigli sporchi, udì lamenti non ben identificabili, evitò persone che dondolavano in preda all'alcol o alla disperazione.

Come aveva potuto sua madre vivere in quella indigenza?

La cucina comune era con tutta probabilità la stanza più curata dell'intero edificio. Qualche animo gentile l'aveva dotata di tendine alle finestre, di quadretti che rappresentavano vedute di campagna e di due o tre vasi di fiori freschi. Al centro c'era un grande tavolo di legno frusto attorno al quale sedevano alcune donne. Bevevano del tè. Altre due cucinavano qualcosa in piedi davanti alla stufa. Un'altra era abbandonata sull'unica poltrona, di velluto blu, sfondata e strappata in più punti; dormiva a bocca spalancata. Una delle donne, passando, le diede uno spintone e quella si svegliò di soprassalto spaventata. Tutte risero.

Poi una si accorse di Sybil, ferma sulla porta, e disse: «Ehi, ragazze! Abbiamo visite!»

«Questo è decisamente meglio dell'acqua sporca che ci scaldiamo in cucina!» esclamò Rose Mylett stringendo tra le mani una tazza di profumato caffè fumante. Aveva un viso rotondo e acceso come se fosse stata a lungo davanti a una stufa.

Alice McKenzie, invece, era piccola e ossuta, e quando sorrideva i suoi denti giallastri sembravano spingersi enormi fuori dalle labbra.

Sedevano al caffè Fryatt, in Munster Street, dietro un separé di legno scuro. Sybil le aveva invitate a bere qualcosa e le due donne non si erano fatte pregare. Davanti a sé aveva il quadernetto e, infilata tra le pagine, la matita. «Vi dispiace se prendo appunti?» aveva chiesto.

«Stai scrivendo un libro, tesoro?» aveva ridacchiato Rose.

Il Fryatt era un locale semplice che, a differenza dei pub, non serviva alcolici. Si potevano mangiare panini da un penny o, se si aveva maggiore disponibilità economica, costolette di maiale, uova, rognone e sottaceti. Caffè, giornali e riviste non mancavano mai e gli avventori, a differenza di quelli dei pub, appartenevano indifferentemente a entrambi i sessi.

«Dunque conoscevate mia madre» disse Sybil.

Alice annuì. «Era una donna simpatica, ma riservata...»

«Di' pure parecchio riservata!» aggiunse Rose deglutendo. Quindi, guardandosi intorno, aggiunse: «Si potrebbe avere una fetta di quella meravigliosa torta di mele?»

Sybil fece un cenno al cameriere. «Stavate spesso insieme?»

«Con Kate? Non spesso...»

«Lei stava più con Kelly» intervenne Rose.

«Però abbiamo diviso molte volte il dormitorio, e un tè o un sandwich nella cucina comune.»

«E se una sentiva di un lavoro e non ci poteva andare lo diceva alle altre.»

«Vero. È così che trovò quel posto ad Aldgate.»

«Quale posto?» domandò Sybil.

«Una vecchia strega tedesca che la pagava una pipa di tabacco per pulire le stanze» spiegò Rose, che delle due era la più loquace. «E che poi l'ha cacciata senza spiegazioni dalla sera alla mattina.»

Alice annuì. «Un'autentica strega. Forse pensava anche lei che Kate... sì, insomma, che facesse il mestiere...»

Nonostante la scarsità di luce, Sybil notò che il volto della donna aveva preso fuoco. «Che mestiere?»

Alice McKenzie teneva gli occhi bassi giochicchiando imbarazzata con le dita dei guanti.

«La prostituta» concluse sbrigativamente Rose Mylett.

In quel momento arrivò il cameriere con la fetta di torta.

«Per me, grazie» disse Rose per nulla preoccupata di quel che il giovane poteva aver udito.

Questi fece un sorrisetto e tornò da dove era venuto.

«Cos'avrà da ghignare» commentò ancora una volta Rose. «Vorrei vedere lui al nostro posto!»

«Comunque Kate non lo faceva» disse Alice. «Il mestiere, intendo...»

Sybil sentì all'improvviso una corda invisibile che la tirava verso l'alto, che le sollevava il torace e tutto quello che conteneva. «Non lo faceva?» ripeté.

«Chiedeva soldi agli angoli delle strade o fuori dai locali e dai bar, questo sì. Elemosinava qualche spicciolo per tirare avanti. Accattonaggio, lo chiamano, e spesso le toccava dormire per strada. Ma vendersi è un'altra cosa e Kate, che io sappia, non si è mai venduta.»

«Ma i giornali...» obiettò Sybil.

«Per quei maiali di giornalisti siamo tutte prostitute, basta farsi trovare per strada dopo il tramonto!»

«Non tutte lo sono» considerò con amarezza Alice «ma se vivi per strada tutti lo credono.»

«La confusione» disse Rose con la bocca piena di torta alle mele «secondo me è derivata dal fatto che Kelly disse quella frase...»

«Quale frase?» domandò Sybil.

«Che la sera Kate batteva la strada. Così disse: "Batteva la strada". Ma lui si riferiva a questa cosa di andare in cerca di denaro, di stare fuori, di camminare ore e ore per racimolare qualche pence per pagarsi un letto. Tutto qui.»

Alice annuì, convinta.

«Una donna che gira per le strade di notte e senza un uomo» aggiunse Rose «un marito, qualcuno che la protegga, è considerata una viziosa dissoluta, priva di moralità, e per questo è vittima continua di battute, offese e aggressioni. Molte di noi sono state impunemente violentate e la polizia non fa nulla per proteggerci, perché pensa che alla fine è ciò che meritiamo.»

Era una considerazione molto vicina a quanto espresso da Eliza Gold, e che mostrava Catherine Eddowes sotto una luce diversa, se non agli occhi di tutti, almeno a quelli di sua figlia.

«Vi ha mai parlato di me?» chiese con la speranza nella voce.

«Kate non parlava molto.»

«Non sapevamo avesse dei figli...»

«Perché non glielo abbiamo mai nemmeno chiesto» disse Rose pulendosi gli angoli della bocca con il tovagliolo. La sua mimica perennemente briosa si incupì, vittima forse di un rimpianto.

Alice annuì, silenziosa.

Sybil prese una pausa. Sorseggiò il proprio caffè (che ormai era diventato freddo) e, dopo aver seguito il bordo del tavolo con un dito, disse: «Sapete qualcosa a proposito dei sospetti che aveva circa l'identità dell'assassino?» L'ultima parola fu quasi un sussurro.

Scossero la testa entrambe.

«Frederick... il signor Wilkinson ci ha detto dello scambio che ebbe con lei» la informò Rose. «Ma se Kate aveva dei sospetti non ne ha mai parlato con noi. Vero, Alice?»

«No, no.»

«E comunque ciascuna di noi ha incontrato almeno una volta qualcuno che avrebbe potuto ucciderla» osservò ancora Rose. «Si muore facilmente a Whitechapel.»

Sybil riandò alle parole di Leech: la morte è una compagna di vita.

Da quelle parti era una desolante e triste realtà.

«Portava un ciondolo» se ne uscì d'un tratto Alice, con l'espressione rapita di chi ha appena rievocato un ricordo inatteso.

«Un ciondolo?» ripeté Rose. «Non ricordo nessun ciondolo.»

«Lo teneva sotto la camicetta. Nascosto. Diceva che non era

prezioso, ma che conteneva qualcosa che aveva un grande valore.»

L'amica sgranò gli occhi sorpresa. «Non starai mica dicendo che dentro quel ciondolo c'era qualcosa su… su Jack? Una prova o altro del genere?»

«Non ho detto questo. Mi è solo tornato in mente…»

«Nemmeno io ho mai sentito parlare di un ciondolo» disse Sybil.

In effetti zia Eliza non ne aveva mai accennato e non risultava tra gli oggetti rinvenuti dalla polizia accanto o sul corpo.

E se davvero era esistito un ciondolo, si domandò Sybil, dov'era finito?

Poteva averlo Kelly con sé?

«E di Elizabeth Stride?» chiese rammentando l'altra vittima del "doppio evento". «Potete dirmi qualcosa?»

Rose sollevò un sopracciglio. «Long Liz?»

«Era il suo soprannome?»

«La chiamavamo così perché era alta» chiarì Alice.

«Era alta perché veniva dalla Svezia» sottolineò Rose. «E si sa che lì sono tutte delle spilungone. Agli uomini piaceva molto e lei ne era consapevole. Così, occasionalmente, si prostituiva. Non come noi due, vero, Alice?» rise allungandole una gomitata cameratesca. «Noi siamo prostitute tutto l'anno!»

Alice si guardò intorno nervosa. «Rose, abbassa la voce.»

«Che vuoi che mi freghi?» replicò l'altra alzando le spalle. «Lo sanno tutti chi siamo e cosa facciamo, no?» Gettò un'occhiata di sfida in giro, ma gli altri avventori o non se ne accorsero o finsero di non sentire. Quindi tornò a posare lo sguardo su Sybil. «Che vuoi sapere di Liz?»

«Conosceva mia madre?»

«La conosceva come la conoscevamo noi. Sulla strada si è tutte un po' sorelle. Una chiacchiera di tanto in tanto, una notte condivisa all'addiaccio, una tazza di tè in quella lurida cucina comune. Cose così. Perché ti interessa?»

«Perché penso che possa esserci un legame tra loro.»

«E cosa te lo fa pensare?»

«Il fatto che siano morte per mano dello stesso uomo a meno di un'ora di distanza.»

Sul tavolo scese un'ombra fredda che solidificò lo spazio tra le donne. Il fuoco del camino parve perdere di intensità e le voci del locale affievolirsi.

«Parlatemi un po' di lei» le invitò Sybil stringendosi nelle spalle come se quel gelo fosse fisico. «Di Long Liz.»

Fu Alice a risponderle. «Si chiamava Gustafsdotter» mormorò fissando un nodo di legno del separé oltre le spalle della ragazza. «O una cosa simile. Stride era il cognome del marito, che la abbandonò alcuni anni fa. Era in Inghilterra da parecchio, perciò parlava molto bene l'inglese...»

«Ed era un'inguaribile bugiarda» chiosò Rose. «Ne abbiamo sentite di cotte e di crude da lei. Perfino che era stata proprietaria di un caffè!»

«Era vero!» reagì l'altra. «Liz e il marito gestirono per un po' di tempo un locale come questo, in Poplar High Street. Ma le cose non andarono bene e si coprirono di debiti. Inoltre lei stava male, molto male.»

«Era malata?»

«Se l'era portata dalla Svezia, quella malattia» intervenne Rose. «Anche laggiù si dava da fare con gli uomini. E non mi guardare con quella faccia, tu» aggiunse guardando con severità l'amica. «Anche se non faceva ancora il mestiere, di relazioni ne aveva avute parecchie. E anche di aborti.»

«E tu che ne sai?»

«Non mi dirai che hai creduto alla storia del figlio con il mal caduco?»

«Di cosa state parlando?» volle sapere Sybil alzando gli occhi dalle pagine che stava riempiendo di annotazioni.

«A quell'epoca Liz aveva un amante segreto, un poliziotto» spiegò Alice.

«Per questa ragione era segreto» sancì Rose.

«Fu quando viveva a Bow, in Usher Road, dopo che il marito l'aveva lasciata e lei lavorava come domestica durante lo Shabbat nelle case degli ebrei...»

«Perché degli ebrei?»

«Perché non facevano domande» sogghignò Rose.

«Perché molti di loro non parlano bene la lingua» ribatté Alice «mentre Liz conosceva l'yiddish. E poi perché sono persone gentili...»

«Che non fanno domande.»

«Oh, piantala, Rose! Insomma, quell'uomo, il poliziotto, la mise incinta, ma quando il bambino nacque con dei problemi non ne volle sapere nulla e si rifiutò di aiutarla. Così lei lo costrinse a passarle dei soldi, altrimenti avrebbe detto la verità e il poliziotto avrebbe passato dei guai.»

«Ci sono poliziotti che prendono le mazzette dalle prostitute per lasciarle in pace e non arrestarle» dichiarò l'altra con rabbia. «Bisognerebbe prenderli a bastonate, quelle carogne!»

«Comunque, il bambino fu messo in un istituto e il poliziotto accettò di pagare» concluse Alice.

Rose scuoteva la testa. «Credi a me, era un'altra delle sue bugie. Quel bambino non c'è mai stato. È nato morto a causa della malattia della madre e di tutto l'alcol che si scolava, e lei ha ingannato l'amante facendogli credere che invece fosse vivo e che avesse bisogno di cure. Tutto per spillargli dei quattrini.»

«Sei tu ora che dici bugie» ribatté Alice.

«Me lo confessò una volta che era ubriaca. Mi disse che lo stava ingannando da anni e che se lui l'avesse scoperto l'avrebbe di sicuro ammazzata. Mi disse anche che aveva già ucciso qualcuno, che era un violento.»

«Magari ti prendeva in giro» ipotizzò l'amica. «Non hai detto che era un'inguaribile bugiarda?»

Rose fece spallucce. «Credi un po' quello che ti pare, ma io so quello che dico.»

Ci fu un'altra lunga pausa, il cui vuoto venne riempito dalle risate provenienti da un gruppo di uomini al bancone, intenti a commentare qualche buffa notizia riportata dal quotidiano che stavano sfogliando.

All'improvviso Sybil fu colta da una specie di illuminazione. «Avete detto che mia madre faceva la domestica da una signora tedesca...»

«Una *strega* tedesca» precisò Rose.

«Era ebrea?»

Le due donne si guardarono.

«Non lo sappiamo» rispose Alice. «Perché?»

«Pensavo che forse è questo che le lega, il fatto di aver prestato servizio nella stessa casa.»

«E Jack sarebbe un ebreo che ha preso a servizio sia Liz sia tua madre?» chiese Rose scettica.

«Potrebbe essere una pista.»

La donna scoppiò in una risata pingue come lei. «Cos'è, lavori per Scotland Yard, adesso?»

Sybil sorrise e scosse la testa. «Sapete dirmi dove abita questa signora?» chiese rivolgendosi ad Alice, che invece era rimasta seria.

«In Newnham Street, accanto a un fornaio. Non conosco il numero, ma lo ricordo perché una volta l'ho accompagnata.»

Sybil trascrisse l'indirizzo.

«Potrei avere un'altra tazza di caffè?» domandò Rose facendo gemere la panca sulla quale sedeva. Sembrava ne avesse abbastanza di certi discorsi.

«Certamente» rispose Sybil con esagerata solerzia chiudendo di scatto il quadernetto. «E voi, Alice?»

«No, grazie. Non vorrei approfittare...»

«Un'altra tazza anche per lei» decretò Rose Mylett. «Sempre se Sybil è d'accordo» si affrettò ad aggiungere.

«Sono d'accordo.» Poi, alzando la mano per attirare l'attenzione del cameriere: «E dell'altra torta, per favore!»

Venerdì, 26 ottobre 1888

Sybil era di nuovo a Whitechapel.

E ancora una volta in compagnia di Leech.

Il giovane l'aveva aspettata in Thrawl Street, fuori dalla casa di Eliza Gold.

«Comincio a sospettare che tu mi stia seguendo ovunque vada» gli disse la ragazza guardandolo in tralice.

«Volevo parlarti» rispose lui serio.

«Allora parla.»

Sybil era stata dalla zia per avere informazioni sul ciondolo menzionato da Alice McKenzie. Le era venuta l'idea che potesse davvero contenere qualche indizio relativo all'assassino di Whitechapel. Ma Eliza non ne sapeva nulla, Kate non gliene aveva mai parlato.

«Volevo chiederti scusa» disse Leech.

«Scusa? E per cosa?»

«Per quello che ti ho detto l'altro giorno. Tutti quei discorsi sulla morte.»

Sybil fece spallucce. «Non ha importanza, non ti stavo ascoltando.»

«Non mi stavi...?»

«No.»

«Non è vero.»

«Invece è vero. Mi stai dando della bugiarda?»

«No, ma...»

«Dov'è tuo fratello?»

«Timbley? A testa in giù in qualche comignolo, immagino. Perché?»

«Sei proprio ottuso, Archibald!» sbottò lei. «Possibile che non ti preoccupi per lui?»

«Sta benissimo dov'è. Sei tu che ti preoccupi troppo, invece.»

Sybil sbuffò e alzò gli occhi al cielo.

«Dove te ne vai?» volle sapere il giovane quando lei infilò decisa Thrawl Street.

«A parlare con una strega» rispose senza voltarsi.

«Uh! Una strega è esattamente quello che mi ci vuole per dare un senso alla mia giornata!»

«Credevo che ti bastasse derubare qualcuno per dare un senso alle tue giornate.»

«Quello mi serve per vivere» rise Leech. «È diverso!»

Sybil lasciò che la seguisse. Aveva imparato ormai che Leech, o Archibald, faceva di testa sua, sempre, e non c'era modo di convincerlo a desistere. Non doveva essere stato facile per lui crescere in un quartiere come quello, così come non lo era per Timbley e per migliaia di altri bambini e bambine.

Più o meno all'altezza delle macerie del vecchio Royal Albert Theatre, in Leman Street, Sybil notò alcune persone in fila accanto all'entrata di un pub chiamato Brown Bear. Erano una mezza dozzina, uomini e donne.

«Stanno aspettando di entrare per bere?» si chiese divertita.

«Non sono in fila per il pub, ma per lui.» Leech indicò un cartello pubblicitario appeso sotto una delle finestre del primo piano.

DR. ADRIANUS BLAVATSKY, MEDIUM, recitava in grandi lettere arzigogolate. RICEVE LUNEDÌ – MERCOLEDÌ – VENERDÌ.

«E chi sarebbe?»

«Quello che c'è scritto sul cartello, un medium, uno che parla con gli spiriti.»

«Intendi con i fantasmi? Non crederai a simili scemenze?»

«Non importa cosa credo io. Importa quello che credono loro» rispose spostando l'indice sulle persone in attesa fuori dal palazzo.

«Ma i fantasmi non esistono!»

«Come fai a dirlo?»

«Come faccio...? Non esistono!»

«Hai delle prove?»

«E tu, allora, hai delle prove del contrario?»

«Io no, ma il dottor Blavatsky è molto considerato e una ragione ci sarà.»

Sybil ricordò solo in quel momento che aveva letto di lui a proposito dei delitti di Whitechapel, quando aveva dichiarato di poter entrare in contatto con lo spirito delle donne defunte. «Questo non prova che parli con i fantasmi» concluse.

Leech alzò le spalle e tirò fuori dalla tasca una presa di tabacco. «Sei libera di non crederci» dichiarò cacciandosela in fondo alla bocca, tra i denti e le guance. «Fa' un po' come vuoi.»

«Certo che faccio come voglio» replicò Sybil e passando accanto a quegli uomini e quelle donne riservò loro un'occhiata di commiserazione. *La gente*, pensava, *è disposta a credere a qualsiasi cosa, soprattutto quando è disperata. E c'è sempre qualcuno che se ne approfitta.*

Qualche minuto più tardi, entrando in Newnham Street, Sybil si rese conto di essere già stata in quella via soltanto due giorni prima, quando vi si era recata a cercare Albert Bachert. Riconobbe l'edificio nel quale i genitori dell'uomo affittavano le camere e, curiosamente, sorgeva proprio accanto a un fornaio che la volta precedente non aveva notato.

«Che ti prende?» le chiese Leech vedendola turbata.

«Niente» rispose lei riprendendo a camminare. Ma intanto pensava se per caso Alice McKenzie non si fosse confusa. Non era una curiosa coincidenza?

«È qui che abita la strega?» chiese il ragazzo quando si fermarono di fronte al civico numero 13.

«*Shhh.* Non farti sentire!»

«Sei tu che hai detto che è una strega» rise lui.

Sybil gli allungò una gomitata. Quindi bussò.

Poco dopo apparve la domestica della volta precedente, la stessa che l'aveva indirizzata al luogo di lavoro di Bachert. «Vi conosco» disse la donna. «Siete stata qui per il signor Bachert. Non l'avete trovato?» E intanto sbirciava sospettosa in direzione di Leech, il quale masticava imperterrito il suo tabacco appoggiato al muro con un sorrisetto strafottente sul viso.

«L'ho trovato, grazie» rispose Sybil. «Ma questa volta dovrei parlare con la signora che affitta le camere.»

«La signora Bachert? Per quale motivo?»

«Vedete, mia madre lavorava qui. O almeno credo. Faceva la domestica, come voi.»

«Vostra madre?»

«Mary!» chiamò una voce acuta e graffiante dall'interno. «Chi è?»

Mary si ritirò socchiudendo la porta.

Leech guardò Sybil come a dire *Che succede?*

Quando la porta tornò ad aprirsi, al posto della domestica spuntò un'anziana donna dai capelli completamente bianchi e tagliati corti, piccola, quasi racchiusa su se stessa. Sul volto, avviluppato da una fitta maglia di rughe, spiccavano occhi chiari e freddi come ghiaccio, gli stessi di suo figlio Albert. «Se cercate una stanza, siamo al completo» disse in tono definitivo e già stava per richiudere l'uscio quando Sybil poggiò la sua pallida mano sulla porta.

«Non cerco una stanza, ma mia madre» replicò.

La donna ebbe un'esitazione. «Vostra madre? E chi sarebbe?»

«Catherine Eddowes. Aveva lavorato da voi, se non mi sbaglio.» In effetti sperava davvero di non sbagliarsi. Le sembrava un caso incredibilmente bizzarro che sua madre avesse prestato servizio in casa di Albert Bachert e che lui non l'avesse mai dichiarato alla polizia. Sempre che ne fosse stato al corrente.

«Non ricordo...» mormorò la donna facendo un nuovo tentativo di accostare.

«Aspettate. Dovete ricordare. È stata uccisa da quell'assassino, il mostro di Whitechapel. L'avrete letto sui giornali.»

Georgina Bachert la fissò senza dire nulla. La sua testa era preda di un tremolio impercettibile ma costante, che faceva vibrare anche gli occhi, come se si agitassero alla mercé di in un invisibile mare interno.

«So che l'avete licenziata» continuò Sybil mentre, a pochi passi da lei, Leech ascoltava con interesse. «Tuttavia non sono qui per questo. Vorrei sapere se anche una certa Elizabeth Stride era impiegata qui da voi.»

«È l'altra donna uccisa quella notte» disse la signora Bachert. Non era una domanda.

Sybil annuì. «Credo sia importante.»

Georgina Bachert sospirò. «No. Lei no» concesse. «Vostra madre però sì. Era una donna forte, che parlava poco e questo mi piaceva. Ma non era affidabile. Ecco il motivo per cui la licenziai. Arrivava spesso in ritardo e quando ciò accadeva si sentiva che aveva bevuto. Inoltre chiedeva sempre anticipi. Una volta sbagliò a entrare in una stanza e l'affittuario, una persona molto discreta che ci teneva alla riservatezza, si arrabbiò moltissimo, tanto che decise di andarsene. Quella fu la goccia che fece traboccare il vaso.»

Il debole legame che Sybil aveva immaginato tra sua madre e Long Liz si era sciolto in un istante. L'ipotesi che l'assassino avesse frequentato la casa al 13 di Newnham Street non stava in piedi, così come i suoi patetici tentativi di scovare tracce o dettagli sfuggiti alla polizia. Ancora una volta aveva pensato, sbagliando, di essere Auguste Dupin in gonna e corsetto.

«Mi spiace per vostra madre» disse Georgina Bachert abbassando lo sguardo e congedando la ragazza.

Sybil restò qualche istante davanti alla porta chiusa cercando di organizzare i propri pensieri, in quel momento simili a fogli di carta dispersi da un vento cattivo.

«Tutto bene?» le chiese Leech poggiandole con delicatezza una mano sulla spalla.

Lei si scosse, allontanandosi da lui. «No. Non va affatto bene. Non va bene per niente.» E senza nemmeno guardarlo risalì la strada. Aveva voglia di tornare a casa. Si sentiva stanca, esausta, le pareva di camminare da giorni in un pantano senza fine, che in tutti i modi la rallentava, le avvinghiava le caviglie impedendole di progredire.

«Ehi!» la richiamò il ragazzo. «Si può sapere che...»

«Signorina! Signorina!» Qualcuno, spuntato dall'angolo del caseggiato, richiamava l'attenzione di Sybil restando acquattato nell'ombra.

Fu Leech il primo a raggiungere lo sconosciuto. «Che volete?» intimò minaccioso.

«Mary!» esclamò Sybil sopraggiungendo alle spalle del ragazzo.

Era la domestica della signora Bachert, la donna che aveva aperto l'uscio. Doveva essere sgattaiolata dalla porta di servizio e aver aggirato l'edificio per raggiungerli.

Mary si guardò intorno circospetta. «Non voglio che sappiano che ho parlato con voi» sussurrò facendo cenno di seguirla nel vicolo.

I due ragazzi fecero come voleva.

Mary alice

era una donna di mezza età con un viso spigoloso e un corpo tutto nervi. Parlava mandando gli occhi intorno, come se temesse di essere spiata. E forse era proprio ciò di cui aveva paura.

«Eravate la figlia di Kate?» chiese a Sybil.

La ragazza annuì. In realtà avrebbe voluto rispondere che era *ancora* la figlia di Catherine Eddowes. Non si smetteva mai di essere figli, se non dopo la propria morte.

«C'è una cosa che dovete sapere» iniziò Mary Pearcey. Poi, indicando con la testa Leech: «Vi fidate di lui?»

«Perché non dovrebbe fidarsi di me?» protestò il ragazzo.

«Parlate pure» la esortò Sybil.

«Dunque, quando Kate lavorava qui, sei o sette settimane fa, uno degli inquilini, un russo, un certo Ivan Karpenko, ebbe a ridire perché lei era entrata nella sua camera senza permesso...»

«La signora Bachert me lo ha detto.»

«Ma non vi ha detto il resto.»

Sybil le si avvicinò, come per accogliere una rivelazione. «Quale resto?»

«Quell'uomo, Karpenko, metteva i brividi. Alto, occhi scuri che ti entravano dentro e ti facevano sentire piccola e indifesa, e baffi castani, anche se a volte sembrava che baffi e sopracciglia fossero di una tonalità più scura, come se se li tingesse. Aveva una voce profonda che pareva venire da dentro una caverna. Diceva di essere un pittore e un attore, e forse a causa di quest'ultimo lavoro a volte cambiava aspetto. Di solito si alzava alle 2 del pomeriggio e usciva verso le 5, indossando sempre un cappello alto, a cilindro, e vestito in modo molto rispettabile. E non rientrava che a notte fonda. Qualche volta credo non sia nemmeno rientrato. Aveva una chiave sua, capite, e quindi non era facile controllarlo. Possedeva un gran numero di abiti e si cambiava di frequente. Era quel tipo d'uomo che se l'avessi incontrato per strada una volta, la volta dopo non lo avresti riconosciuto.»

«Avete detto cappello a cilindro?» la interruppe Sybil.

«Esattamente.»

«Portava anche una borsa di pelle nera?»

Mary Pearcey la guardò con un'espressione di sincera meraviglia. «Come lo sapete?»

«Andate avanti, vi prego.»

«Insomma, quel giorno vostra madre entrò nella stanza pensando di doverla pulire e vide qualcosa...»

«Cosa?»

La donna scrutò intorno, guardinga. «Cose strane» disse abbassando ancora più il tono della voce. «Quella borsa di cui parlate, era nascosta in cima all'armadio, talmente in alto che per raggiungerla serviva salire su una sedia o essere molto alti, alti come lui.»

«Cosa conteneva?»

«Kate non vi guardò. C'era ben altro ad attirare la sua

attenzione. Vide degli asciugamani striati di macchie rosse e una chiazza scura sul bavero di un mantello appeso alla parete.»

«Avete detto che faceva il pittore, giusto?» intervenne Leech che fino a quel momento se n'era rimasto in disparte e in silenzio. «Magari era pittura.»

La donna gli riservò un'occhiata sdegnosa. «Peccato che non c'era un solo pennello in tutta la stanza.»

«Magari erano nella borsa in cima all'armadio.»

«Archibald, ti prego» lo zittì Sybil sollevando una mano. «Lascia parlare Mary.»

«Se ne andò la mattina dei due omicidi, il giorno in cui morì... vostra madre.» Le prese una mano, in segno di affetto.

Sybil annuì e la ringraziò di quel piccolo gesto con un sorriso.

«Da allora non l'ho più visto. Ma quando entrai nella stanza per le pulizie, trovai i resti carbonizzati di un indumento nel camino e dei bottoni di metallo nella grata. Aveva bruciato il mantello macchiato, capite?»

Sybil ricordò come, accanto al corpo di sua madre, fosse stato rinvenuto anche un bottone di metallo. «Avete conservato quei bottoni?» chiese con la voce accesa di speranza.

«Io no. Forse li ha la signora Bachert...»

«E non avete riferito queste cose alla polizia?»

«L'ho detto alla signora, ma lei mi ha risposto di stare zitta perché non voleva cattiva pubblicità. E poi non si sa mai... magari quello torna e ci ammazza tutte e due!»

«Ma così facendo rischiate di proteggere un assassino e permettergli di uccidere ancora!»

«Non è detto che quelle siano prove» suggerì Leech con la

consueta flemma. «Forse si tratta solo di un tipo un po' eccentrico. Era un attore, un pittore, un artista, e si sa che gli artisti sono strambi.»

«Ma tu da che parte stai?» lo assalì Sybil.

«Dalla tua!»

«Io devo rientrare» li informò la donna. «Fate conto che non vi ho detto niente. Però mi sembrava giusto che voi sapeste, voi che eravate sua figlia.»

Sybil sospirò. Mary Pearcey era spaventata. Di più, era terrorizzata all'idea di aver vissuto a gomito a gomito con un omicida, con un mostro, che, per quanto se ne sapeva, era ancora in circolazione. E oltre a ciò, con tutta probabilità temeva anche di essere licenziata per aver spettegolato su faccende che riguardavano casa Bachert. Che futuro avrebbe avuto l'attività dei signori Bachert se si fosse diffusa la voce che per settimane avevano dato ospitalità a uno dei possibili sospetti dei delitti di Whitechapel?

«Non vi trattengo» disse Sybil stringendole la mano. «Vi ringrazio di avermi voluto parlare, ma vi invito a ripensarci e a comunicare i vostri sospetti alla polizia.»

La donna indietreggiò senza aggiungere altro e in un attimo sparì dietro il palazzo lasciando i due ragazzi soli nel vicolo maleodorante.

Sybil stava tornando a casa. Aveva salutato Leech all'altezza del London Bridge e ora camminava immersa nelle sue elucubrazioni.

La prima cosa che saltava all'occhio era il fatto che Ivan Karpenko avesse vissuto proprio nella casa di Albert

Bachert, ovvero di uno dei testimoni del presunto assassino. Coincidenza?

Israel Schwartz sosteneva di aver scorto due uomini insieme a Elizabeth Stride, quella notte. Uno di essi, alto e con la pipa in bocca, seguiva la scena appartato nell'ombra. E se Karpenko e Bachert fossero stati complici? Il fatto che Long Liz non avesse mai lavorato in quella casa non depennava Bachert dalla lista dei sospettati. E se fossero stati loro due gli uomini visti da Schwartz?

E l'uomo descritto da Hills, il guardiano notturno della stazione di Aldgate, chi era? Poteva trattarsi sempre di Karpenko? Sarebbe potuto tornare indietro da solo se, nell'oscurità di Mitre Square, ci fosse stato il suo socio, Albert Bachert, ad attendere l'ignara vittima.

Lo stesso Bachert aveva sostenuto che l'uomo al Three Nuns aveva un volto comune, senza barba né baffi, e che sembrava aver bisogno di occhiali. Una bugia? Una falsa pista? Oppure era davvero Karpenko in una delle sue innumerevoli trasformazioni da attore consumato, il che riportava Bachert al semplice ruolo di testimone?

Infine, era Karpenko, l'uomo che in camera nascondeva abiti macchiati di sangue e che girava per il quartiere di notte, colui che Catherine credeva l'assassino di Whitechapel?

Gli indizi parevano portare a lui, che avesse o meno un complice, tanto più che dopo gli ultimi omicidi aveva fatto perdere le tracce di sé. Perché la polizia non ne sapeva nulla? Possibile che il segreto fosse stato taciuto fino a quel giorno?

Quante, troppe, domande senza risposta. Sybil si sentiva scoppiare la testa.

Arrivata a casa si preparò una tazza di tè e cercò di distrarsi giocando un po' con Joseph. Harriet la osservava da lontano con un'aria meditabonda. Ma Sybil non aveva voglia di scoprire cosa non andava. Forse nulla. Harriet non era facile da interpretare. Se ne stava accorgendo giorno dopo giorno.

Joseph propose di giocare a nascondino e sebbene Sybil non ne avesse una gran voglia, le sembrò comunque preferibile all'alternativa di insegnargli ancora a leggere o a scrivere. In realtà non riusciva a smettere di pensare a Karpenko. E a Bachert.

Nascondersi in un appartamento tanto angusto non era una faccenda semplice, tuttavia Sybil riuscì a ingannare il piccolo Joseph stando immobile dietro la tenda della camera da letto di Harriet e Charles, in una nicchia antistante la finestra.

Fu mentre attendeva che il bambino la scoprisse o si arrendesse che, battendo inavvertitamente il tacco contro le assi del pavimento, percepì un rimbombo vuoto. Si chinò e picchiettò il tavolato con le nocche. Le rispose un'eco inquietante. Fu più forte di lei. Controllò che Joseph non stesse arrivando proprio in quel momento, quindi richiuse la tenda e fece scorrere le dita lungo le fessure delle assi. Quando finalmente trovò un'irregolarità nel legno, fece leva con le unghie fino a che la tavola non si sollevò.

Sybil rimase di sasso.

All'interno di una vano non più grande di una valigia, vide i pezzi di una collezione da brivido. Sotto un grembiule di cuoio da scuoiatore macchiato in più punti, una sacca nera custodiva un assortimento di lame e coltelli di ogni taglia e spessore.

«Trovata!» gridò Joseph alle sue spalle.

Sybil saltò in piedi aggrappandosi alla tenda. Si accorse che aveva smesso di respirare.

«Ti ho trovata!» ripeté il bambino. «Cosa fai?»

Rimise a posto l'asse con un piede sperando che Joseph non si fosse accorto di nulla. «Niente» rispose con voce tremante. «Mi stavo nascondendo.» Poi aggiunse: «Sei stato bravo. Ora tocca a me».

Quella sera, a cena, Charles non rientrò.

Il nuovo lavoro aveva orari estremamente variabili. Un giorno faceva il turno di notte, un altro si alzava all'alba e tornava nel pomeriggio. Altre volte ancora era capitato che rimanesse fuori casa per diciotto ore consecutive.

Era quasi l'una quando Sybil lo sentì rincasare. Cercava di prendere sonno senza riuscirci cambiando di continuo posizione. La sua mente era un fiume in piena che tracimava dagli argini ipotesi e congetture, una più diversa dell'altra. Non ultima il sinistro ritrovamento in camera di Charles e Harriet. Certo, Charles prima di essere assunto come magazziniere, faceva il macellatore e quelli erano senz'altro gli arnesi del mestiere. Tuttavia ne era rimasta turbata, più di quanto volesse credere.

In cima a tutto, però, c'era sempre lui, Ivan Karpenko, il misterioso, oscuro, inafferrabile Ivan Karpenko. Cercava di visualizzarne il volto, anch'esso sfuggente, ora biondo, ora bruno, ora con i baffi, ora senza, un maestro del travestimento e dell'inganno. Un personaggio perfido, malvagio, il cattivo di un romanzo. Com'era possibile mettere alle strette un simile individuo? Aveva perfino provato a farne un ritratto nel suo quadernetto, dopo che vi aveva inserito tutti i particolari forniti dalla domestica di Georgina Bachert.

Risolse di fare un'altra visita all'ispettore Collard, il quale non poteva esimersi dall'indagare. Sybil avrebbe taciuto il nome della sua fonte, Mary Pearcey. Non voleva che finisse nei guai per non averne parlato prima o che, peggio ancora, subisse la vendetta di Jack in persona.

Non poteva crederci: l'aveva pensato. Aveva recitato mentalmente quell'assurdo, raccapricciante nomignolo. Jack. Lo Squartatore.

Udì delle voci concitate provenire dalla camera di Harriet e Charles. Stavano discutendo.

Poi una porta sbattuta e dei passi nel corridoio in direzione della sua stanza.

Sybil si sollevò sui gomiti e fissò la debole luce che filtrava da sotto la porta. Vide l'ombra di due piedi che sostavano immobili. Piedi grossi. I piedi di Charles.

Il cuore prese a rimbombarle nel torace, nella gola, nelle tempie, ovunque, come se fosse diventato enorme e liquido, un cuore che invadeva ogni anfratto del suo corpo.

L'ombra si mosse leggermente, indecisa. Infine si dileguò, silenziosa com'era venuta, e dopo qualche minuto anche la luce si spense. Restò solo il buio. E il cuore di Sybil che non rallentava.

Scese piano dal letto e scalza si avvicinò alla porta. Appoggiò l'orecchio e stette in ascolto. Nessun rumore. Girò la chiave nella serratura e controllò che fosse ben chiusa. Quindi tornò a letto.

Ma fu soltanto dopo molto, moltissimo tempo, che il suo corpo finalmente cedette al sonno.

Domenica, 28 ottobre 1888

Fu un fine settimana deprimente, per Sybil.

Sabato mattina scrisse un messaggio che fece recapitare da Charles alla stazione di polizia di Bishopsgate. Nel biglietto, indirizzato all'ispettore Collard, vi era un resoconto dettagliato di quanto aveva appreso negli ultimi giorni parlando con Alice McKenzie e poi con Mary Pearcey.

Charles non fece domande, ma le chiese in maniera brusca perché aveva frugato tra le sue cose. Sybil rispose che non aveva affatto frugato, ma che, giocando a nascondino con Joseph, era incappata in un'asse sconnessa e nel tentativo di rimetterla a posto aveva scoperto il vano nel pavimento. Il che era più o meno la verità.

Charles, alterato ma non troppo, spiegò che si trattava dei suoi vecchi attrezzi da lavoro e che era costretto a nasconderli perché non finissero nelle mani dei bambini. Il che era verosimile. Non si arrabbiò, come Sybil aveva temuto e come era accaduto in occasione dei quotidiani finiti tra le fiamme del camino, tuttavia, ora, c'era qualcosa di diverso nei suoi occhi quando osservava la giovane cugina, una luce nuova, che lei trovava inspiegabilmente sgradevole. E poi, perché era arrivato a un passo dall'entrare nella sua camera la notte precedente?

Il resto di quella giornata Sybil lo trascorse in casa, aiutando

Harriet nelle faccende domestiche, mentre, fuori, Londra era bagnata da una pioggerellina fitta e fredda che consigliava di rimanere al caldo.

Domenica fu ancora peggio. Il tempo si guastò ulteriormente e l'appartamento di Tooley Street cominciò a sembrare a Sybil una prigione soffocante. Le ore non passavano mai e Harriet era più noiosa del solito. Sybil la trovava ormai insignificante, una donna passiva che aveva messo il proprio destino nelle mani degli altri. Al contrario, sua madre, Catherine Eddowes, pur con tutte le scelte sbagliate e i presumibili rimpianti, era stata artefice della propria esistenza. Nel bene e nel male. E questo, agli occhi della figlia, era senza dubbio un merito.

Anche Joseph era lagnoso. Avrebbe voluto fare una passeggiata, ma il tempo non lo consentiva. Riuscì a occuparlo con qualche partita di Tiddlywinks, con la lettura di facili passi da uno dei libri che aveva sottratto alla ricca biblioteca della signora Hoghart e portato con sé e giocando, purtroppo, alla inquietante macelleria Fernley.

Nel tardo pomeriggio la piccola Nellie ebbe una crisi respiratoria molto violenta dalla quale si riprese a fatica.

Sybil ribadì la convinzione, peraltro già espressa dalla madre di Harriet, che fosse necessario far visitare la bambina da uno specialista e aggiunse che aveva letto di un certo medico, a Glasgow, che era riuscito a guarire casi simili. Ma la cugina ancora una volta rispose che non avevano i mezzi e che comunque quel genere di malattie era incurabile.

Sybil non le disse che gli aveva già scritto. Forse si stava illudendo lei stessa.

Prima di cena cercò di riordinare le idee rileggendo gli appunti del quadernetto dall'inizio, ma ottenne soltanto di ingarbugliare ancora di più i suoi già ingarbugliati pensieri.

L'apice in negativo di quel fine settimana, però, giunse la sera.

Charles rientrò di pessimo umore. Aveva bevuto, si vedeva da come gli occhi gli si erano fatti liquidi e da come biascicava certe parole.

«Ti hanno vista a Whitechapel» disse a Sybil senza mezzi termini puntandole addosso l'indice della mano monca. «In compagnia delle puttane! Te la fai con loro, adesso?»

Sybil era allibita. Si voltò verso Harriet, voltata di spalle davanti alla stufa, impassibile a quello che, con ogni probabilità, sapeva già o non riteneva affar suo.

«Sto parlando con te» insisté Charles. «È questo che ti ha insegnato tua zia? A frequentare quelle donnacce?»

«Non sono donnacce» ribatté Sybil con la bocca asciutta dall'agitazione.

«E tu che ne sai? Ah, ecco, forse vuoi diventare come loro! Perciò ci stai assieme! Ho ragione? Una donna facile!»

«Non sai di cosa parli» disse lei alzandosi e avviandosi verso la camera da letto. Non riusciva a controllare il tremore delle mani e della voce.

«Oh, lo so bene di cosa parlo, invece! Quelle donne non meritano rispetto, non meritano niente!»

«O magari meritano di morire!» esclamò Sybil meravigliandosi per la veemenza con cui gli si era rivolta. «È così? Meritano di essere cancellate dalla faccia della Terra! Vero?»

Charles ghignò. «Tu l'hai detto.»

«Ma tu lo pensi.» *E lo pensa anche quel mostro che gira per le strade di Londra*, si disse.

Lui alzò le spalle. «Non meritano niente» ripeté scandendo le parole. «Proprio come tua madre.»

Sybil si fermò. Quindi lentamente ruggì: «Non azzardarti a parlare di mia madre». Sentiva gli occhi farsi gonfi di lacrime ma le ricacciò giù a forza. Era furiosa. «Mi hai capito bene?»

Charles le sorrise. «Va bene, va bene. Come vuoi, cuginetta. Ma stai al tuo posto perché se ti trovo ancora una volta a ficcanasare tra le mie cose te ne farò pentire.»

Sybil guardò un'ultima volta in direzione di Harriet, ma la donna seguitava a trafficare con la teiera evitando non solo di dire qualcosa ma anche di guardarla. Raggiunse la camera ad ampie falcate e sbatté la porta dietro di sé. Poi si guardò intorno, afferrò un candelabro e lo scagliò urlando contro la parete.

Quella notte fece un sogno.

Almeno ritenne si trattasse di un sogno, volle crederlo, anche se le era parso incredibilmente reale.

Si era svegliata avvertendo una presenza nella stanza. Aveva pensato immediatamente a Charles e si era chiesta come avesse fatto a entrare dal momento che la porta era chiusa a chiave. Ma non era Charles. Al chiarore della luna che filtrava attraverso le tende tirate aveva percepito una figura di donna, ferma in prossimità della finestra. Era voltata verso di lei, sembrava guardarla.

Sybil si era sollevata dal letto per osservare meglio,

socchiudendo gli occhi così da abituarsi alla penombra. La figura, capelli ramati e sciolti sulle spalle, indossava un abito bianco o forse una camicia da notte lunga fino ai piedi e giocherellava con un ciondolo appeso al collo.

«Chi siete?» aveva chiesto Sybil, per nulla spaventata.

Dalla figura non emanava alcun senso di pericolo, ma un alone di dolcezza e benevolenza che si irradiava accompagnato da un profumo, un sentore di fiori. Iris.

«Chi siete?» aveva ripetuto scendendo dal letto.

La figura aveva alzato una mano, come per fermarla e Sybil aveva distinto nettamente due lettere tatuate con inchiostro scuro sull'avambraccio sinistro: TC.

Si era fermata. Sua madre?

La donna misteriosa aveva afferrato nuovamente il ciondolo e l'aveva aperto, guardandoci dentro. Poi, dopo aver rivolto a Sybil un sorriso, era scomparsa dietro le tende. E quando la ragazza le aveva scostate, non aveva scoperto che uno spazio vuoto affacciato sulla finestra e, al di là di essa, i tetti e le strade assonnate della città.

Sua madre era morta da un mese e l'assassino non aveva commesso altri omicidi. Che avesse smesso? Che fosse fuggito temendo di essere preso?

Che fosse morto?

Lunedì, 29 ottobre 1888

Sybil salutò l'inizio della settimana (e il cessare della pioggia) come una benedizione.

Aveva molte cose da fare, la maggior parte delle quali, naturalmente, aveva a che vedere con le testimonianze raccolte i giorni precedenti.

Proprio quella mattina arrivò un telegramma da parte di zia Elizabeth, la quale si chiedeva cosa trattenesse ancora sua nipote a Londra. Non era forse tempo di tornare a casa?

Fu quello il pretesto che Sybil utilizzò per sgattaiolare nuovamente dall'appartamento (e dalle sfuggenti occhiate di Harriet): rispondere a zia Elizabeth. «La saluterò da parte tua» disse alla cugina prima di uscire.

«Posso venire con te?» le chiese Joseph quando già stava accostando la porta.

«Adesso?»

«Sì» disse Harriet apparendo come un ectoplasma con la sua pallida bambina in braccio. «Potrebbe venire con te. Il telegrafo è qui vicino.»

«Ma...»

«Per favore» la pregò il piccolo.

A Sybil si strinse il cuore. Fosse uscita solo per dettare il telegramma avrebbe di sicuro accettato, ma la verità era ben diversa. Voleva andare allo «Star», il giornale dove lavorava Francis Craig, per avere notizie sull'articolo ma soprattutto su Karpenko. I cronisti avevano spesso fonti alternative a quelle della polizia. E, considerò, la sede di un quotidiano non era posto per un bambino di sette anni.

«Torno presto» disse abbassandosi in modo da mettere il proprio viso all'altezza di quello di Joseph. «Te lo prometto. E poi andiamo al parco. Ti va l'idea?»

Il bambino si sforzò di sorridere. «Va bene. Ma l'hai promesso.»

Sybil fece una specie di croce sul cuore, un giuramento solenne. Gli diede un bacio sulla testa e volò fuori di casa, felice, dopo due giorni di reclusione, di poter godere dell'aria che la pioggia aveva ripulito dalle scorie di carbone.

Mentre camminava, Sybil rifletté sul fatto che, se zia Elizabeth si era premurata di avere notizie della nipote, lo stesso non si poteva dire dell'ispettore Collard: nessun messaggio di risposta al biglietto fattogli pervenire attraverso Charles. Concluse che avrebbe atteso un giorno o due. In fondo era solo lunedì mattina e Collard poteva essere appena arrivato in ufficio.

La sede dello «Star» si trovava in Stonecutter Street, oltre la cattedrale di St. Paul.

Sybil, dopo la seconda esperienza non del tutto soddisfacente a bordo dell'omnibus, scelse una carrozza. Zia Elizabeth le aveva lasciato un po' di denaro (in verità poco meno di una sterlina) che unito a quello che lei aveva messo da parte lavorando per la signora Hoghart costituiva un discreto gruzzoletto. Decise, perciò, che poteva permetterselo.

Il palazzo che ospitava il giornale era imponente e austero, disposto su quattro piani, con grandi archi, colonne e numerose finestre. All'usciere che la intercettò, Sybil spiegò che cercava il signor Craig. L'uomo controllò un elenco che aveva in un cassetto della scrivania, quindi, laconicamente, disse: «Provate al secondo piano. Redazione».

La redazione era un caos di scrivanie, scaffalature, porte che si aprivano e che si richiudevano, persone che parlavano tra loro, reggevano fogli di carta o di giornale o camminavano avanti e indietro all'apparenza senza una direzione precisa. A Sybil diede l'impressione di una piccola Londra tutta concentrata in un singolo edificio.

Un giovanotto la urtò. «Perdonate, signorina. Cercate qualcuno?»

«Sì. Il signor Craig. Mi ha intervistata per un articolo.»

L'uomo la osservò meglio. «Allora dovete essere una persona famosa!»

Sybil rise. «No, non credo. Potete dirmi dove posso trovarlo?»

«Craig, avete detto?» Il giovane si mise le mani sui fianchi e guardò in alto, il soffitto, come se questo potesse aiutarlo a ricordare meglio. Infine ammise: «Non mi pare di conoscere nessuno con questo nome. Chiediamo a qualcuno che lavora in questo formicaio da più tempo di me», e presala sottobraccio la portò in fondo alla sala, in un piccolo ufficio le cui pareti erano di legno e vetro così da poter vedere all'interno o, più probabilmente, il contrario.

«Lui è il signor Henry Massingham, il vicedirettore.»

Dietro una scrivania enorme, sedeva un uomo minuto, capelli e baffi chiari e spioventi e un paio di antiquati *pince-nez* sul naso. Leggeva la bozza del giornale che sarebbe andato in stampa qualche ora dopo (lo «Star» era un quotidiano serale) e senza sollevare gli occhi disse: «Che c'è?»

«Questa signorina cerca un collega, ma non mi pare di conoscerlo, un certo Craig.»

Finalmente il vicedirettore alzò la testa. Si tolse gli occhiali e rimase per un po' a fissare Sybil. «Chi avete detto che cercate?» chiese infine.

«Il signor Francis Craig. Doveva scrivere un articolo su mia madre.»

«Vostra madre. E chi sarebbe, di grazia, vostra madre?»

«Catherine Eddowes.»

Un guizzo di sorpresa agitò lo statico volto del signor Massingham. «Esci e chiudi la porta, Coxon» disse al giovanotto senza guardarlo.

Coxon ubbidì e, a un gesto del vicedirettore, Sybil prese posto su una delle seggiole sistemate davanti alla scrivania.

«Francis Craig non lavora più qui» la informò Massingham mantenendo lo stesso piatto tono di voce di ogni sua frase. «Da circa tre settimane.»

La notizia gelò Sybil. «Impossibile» fu la prima parola che le uscì di bocca.

«Invece è possibile, dal momento che l'ho licenziato io stesso.»

«È stato da me, a casa mia... una decina di giorni fa. Ha detto che avrebbe scritto un articolo su mia madre. Gli ho raccontato tutto quello che so di lei...» Sybil rifletté qualche istante, in silenzio. «Perché avrebbe dovuto mentirmi?»

«Non so dirvi che cosa affliggeva il signor Craig, ma una cosa è certa: in quest'ultimo periodo non era più lui.»

«Che intendete?»

«Non portava a termine i pezzi affidatigli, arrivava in ritardo, a volte sembrava del tutto assente, perso in chissà quali pensieri. Poi, un giorno, ha preso a pugni un mio collaboratore soltanto perché questo si era permesso di fare una battuta sui favoriti che si stava lasciando crescere. Non stava bene, credetemi. Così l'ho licenziato.» Henry Massingham osservò la ragazza che gli stava davanti. Poi, da un supporto in legno, prese una pipa calabash e cominciò a caricarla. «Vi aveva fatto qualche tipo di promessa?»

«Promesse? No, diceva soltanto di voler scrivere un articolo...»

«Su vostra madre. Ho inteso. Mi domando perché.»

Anche Sybil se lo domandava, anzi, non riusciva a pensare ad altro. All'improvviso fu colta da un'intuizione. «Potrei vedere la sua scrivania?» domandò.

«La sua scrivania, dite? C'è un altro cronista, ora, al suo posto. Non trovereste nulla. E comunque tutto quello che ha lasciato qui gli è stato fatto recapitare, compresa la borsa.»

«Quale borsa?»

«Una borsa di pelle nera che utilizzava per i suoi appunti.»

Sybil rimase come pietrificata, incapace di ragionare. Mille folli idee le si riversarono addosso simultanee, tutte orribili.

«Qualcosa non va?» le chiese Massingham.

«No, no. Niente.»

Cilindro e borsa di pelle nera. *Quanti uomini, a Londra, indossano cilindri e utilizzano borse di pelle nera per i loro uffici?*, si disse. Migliaia, di sicuro. Una borsa di pelle nera non faceva del suo proprietario un sospetto assassino. Tuttavia qualcosa di strano e misterioso aleggiava intorno alla figura di Francis Craig. Non le era parso per nulla un pazzo quando lo aveva incontrato.

«Potrei avere l'indirizzo della sua abitazione?» domandò. «Vorrei parlargli.»

«Non posso darvelo» rispose asciutto l'uomo. «Non senza il suo permesso.»

«Ma l'articolo...»

«Quell'articolo era una scusa, signorina. Oppure ora sta lavorando per conto di un altro giornale, per quanto dubiti che un direttore sano di mente assumerebbe un individuo di umore mutevole come Craig. Datemi retta, non lo cercate. E se tornasse a trovarvi non apritegli. Non si sa mai cosa passa per la testa di certe persone.»

Quell'ultima frase risuonò nella piccola stanza come il rintocco di una campana, la cui eco risuonò a lungo nella testa di Sybil.

Uscendo si soffermò, senza una ragione precisa, a leggere la frase che, contornata da una preziosa cornice in radica, torreggiava sulla parete principale della redazione. Era firmata da Thomas Power O'Connor, il fondatore del giornale.

I RICCHI, I PRIVILEGIATI, I BENESTANTI, NON HANNO BISOGNO
DI GUARDIANI O DIFENSORI; I POVERI, I DEBOLI, I VINTI
RICHIEDONO IL LAVORO E LA PAROLA DI OGNI UOMO
E OGNI DONNA PER RESTARE IN PIEDI TRA LORO E IL MONDO.

«Tutto bene, signorina?» Coxon, il giovane che l'aveva introdotta nell'ufficio del vicedirettore, le era comparso di fianco.

«Come? Tutto bene, grazie. Tutto bene.»

Si ritrovò in strada come inebetita.

La gente la sfiorava, le passava accanto, ma era come se lei non fosse lì, sul marciapiede di quella via affollata. Sybil era in un altro luogo, in una stanza dentro la sua testa dove passava in rassegna, come se fosse una biblioteca, le informazioni che aveva raccolto e che stavano disordinatamente affastellate sugli scaffali.

L'uomo con la borsa nera e il cappello a cilindro. E se invece di Karpenko fosse stato Craig? Cercò di ragionare. Possibile che tra tutti gli uomini di Londra dotati di cilindro e borsa di pelle nera lei si fosse imbattuta proprio nell'assassino di Whitechapel? Anzi, a volerla dire tutta, non era stata lei a imbattersi in Craig, ma lui a presentarsi da lei. Poteva davvero essere l'uomo che aveva accompagnato sua madre in Mitre Square? Lo stesso di cui parlava Bachert (sempre che Bachert risultasse estraneo alla vicenda e che la sua testimonianza fosse autentica)? E a proposito di Bachert, aveva detto che il misterioso uomo al Three Nuns sembrava non vederci bene. Che fosse Craig senza gli occhiali? Non aveva baffi o barba e nemmeno favoriti, ma il vicedirettore dello «Star» aveva raccontato di quella zuffa, nata proprio da una presa in giro per via dei favoriti che stavano crescendo, dunque presumibilmente non li aveva prima della morte di Catherine Eddowes e di Elizabeth Stride. E l'accento nordico? Un trucco molto semplice da realizzare per sviare le indagini verso un immigrato. Magari uno come Karpenko.

Le sembrava di impazzire. Ogni ipotesi faceva crollare la precedente.

Uscì dalla stanza nella sua testa e si rese conto di trovarsi in mezzo alla strada. Il vetturino di una carrozza, costretto a evitarla, le urlò qualcosa di poco educato e lei, scusandosi, riguadagnò il marciapiede.

Tornò a Bermondsey a piedi, impiegandoci un'eternità. Pensava che camminare le avrebbe raddrizzato le idee. Ma non fu così.

Una volta a casa, Joseph la aggredì colpendola con i piccoli pugni sulle gambe. «Avevi detto che tornavi presto! Bugiarda! Bugiarda!» gridava.

Sybil guardò la pendola nell'angolo della stanza: segnava le 12.50. Harriet e i bambini avevano già pranzato.

«Mi dispiace, Joseph» disse afferrandogli i polsi e cercando di calmarlo. «Mi farò perdonare, te lo prometto.»

«Anche prima avevi promesso! Mamma dice che vai a parlare con gente cattiva!»

Sybil alzò gli occhi su Harriet, seduta sulla poltrona con in braccio Nellie. Le aveva messo uno straccio bagnato sulla fronte e le accarezzava il visetto scarlatto a causa della febbre.

«Sono molto preoccupata per lei» disse la donna tenendo lo sguardo fisso sulla figlia. «E tu, invece di aiutarmi, vai in giro a fare chissà che.»

Sybil avvampò. «Non vado in giro a fare chissà che. Sto cercando di capire cos'è accaduto a mia madre!»

«Le è capitato quel che capita a chi fa quel genere di vita» disse con freddezza «a chi vive per strada.»

«E cosa capita, di solito? Di essere fatti a pezzi? È questo che pensi? Che se lo meritava? Era tua cugina!»

«Era un'estranea» replicò l'altra con lo stesso tono piatto.

Sybil strinse i pugni fino a piantarsi le unghie nei palmi. Non aveva mai picchiato nessuno in vita sua, ma in quell'occasione fu a un passo da lanciarsi su Harriet e colpirla con tutta la forza che aveva. Poi si ricordò di Joseph, con gli occhi lucidi e la bocca piegata all'ingiù, che stava ancora di fronte a lei, sperando forse di ricevere le attenzioni che gli mancavano.

Prese un profondo respiro. «Sai cosa facciamo?» disse inginocchiandosi. «Andiamo subito al parco, a giocare con gli scoiattoli!»

«Quali scoiattoli?»

«Quelli del parco! E se non ce ne sono, li andremo a cercare. Che ne dici?»

Il bambino si voltò verso la madre. «Posso andare?»

Harriet annuì, ma non disse una parola. Continuò ad accarezzare la piccola Nellie, che dormiva un sonno malato, mentre le sue guance, silenziosamente, si bagnavano di lacrime.

Martedì, 30 ottobre 1888

Da Bachert non aveva cavato nulla. Karpenko era sparito, così come John Kelly, e Craig non lavorava più al giornale. Hills (il boxeur e guardiano alcolizzato) le era stato di scarso o nullo aiuto e da Collard nessuna notizia.

Inoltre si era dimenticata di rispondere al telegramma di zia Elizabeth.

Le uniche fonti di informazioni interessanti erano state

Mary Pearcey, e Rose Mylett e Alice McKenzie, che l'avevano fatta arrivare a Karpenko e le avevano spiegato parecchie cose sulle donne uccise dallo Squartatore, cose che la stampa aveva più o meno volontariamente ignorato.

Alice, prima di lasciarla, le aveva fatto i nomi di Amelia ed Ellen, testimoni fondamentali nelle indagini e amiche rispettivamente di Polly Nichols e Annie Chapman, le prime vittime dell'assassino.

Sybil aveva annotato tutto nell'inseparabile quadernetto, e ora, secondo le indicazioni di Alice, si trovava davanti al laboratorio sartoriale Jones di Heneage Street, dove lavorava una delle due donne, Amelia Palmer.

Amelia era impegnata e Sybil fu costretta ad attendere che finisse il turno.

Mentre passeggiava avanti e indietro impaziente, riconobbe il giovane macellaio che aveva incontrato (o meglio, con il quale si era scontrata) in vicinanza di Mitre Square, quando giorni prima aveva parlato con il signor Morris, il sorvegliante dei magazzini.

Era fuori dalla sua bottega, appoggiato al montante della porta, il grembiule di cuoio macchiato di sangue. Stava fumando una sigaretta. Quando si avvide della ragazza, l'uomo rimase per un attimo incerto, forse cercando di ricordare dove l'avesse veduta in precedenza. Poi dovette tornargli in mente, perché alzò la mano che reggeva la sigaretta e accennò un sorriso impacciato.

Sybil si guardò istintivamente la gonna. Non era la stessa sulla quale si era rovesciata la carne destinata al signor Morris, eppure, per un istante, le parve di vedere un alone scuro sopra l'ultima balza.

L'uomo gettò la sigaretta e raggiunse Sybil dall'altro lato della strada. «Buon g-giorno, signorina» le disse.

Sybil si finse sorpresa, non voleva che il giovane capisse che l'aveva riconosciuto. «Prego? Ah, sì, ora ricordo! L'incidente della carne!»

«Mi spiace per q-quello che ho c-combinato. È venuto p-pulito?»

«Il vestito? Sì, sì, non vi preoccupate. È tornato come nuovo.»

«Ne sono c-contento.» Dalla tasca del grembiule tirò fuori un pacchetto di caramelle. «Ne volete una?» chiese. «P-profumano l'alito.»

«No, grazie.»

Lui ne mise in bocca due. Aveva delle fessurazioni sulle rime boccali. «Il signor M-morris mi ha detto c-che siete la figlia di q-quella donna.»

Quella donna. Era così che anche lei aveva definito spesso sua madre. Ora, però, non era più *quella donna*, era una persona, con un nome e un cognome. E una vita alle spalle.

Annuì.

«N-non ne avevo idea q-quando vi ho inc-incontrata...»

«Non potevate averne. Dunque stavate facendo una consegna.»

«Sì, una consegna.»

Sybil guardò l'insegna sopra il negozio. HARDIMAN, c'era scritto. CARNE DI CAVALLO. «Il signor Hardiman vi concede di fumare le vostre sigarette quando ne avete desiderio?» chiese. «Deve essere un buon titolare.»

Il giovane macellaio rise. «S-sono io Hardiman! La b-bottega è mia.» E subito dopo arrossì, come un ragazzino che si vergogna di essersi mostrato immodesto.

«Complimenti. Siete giovane per avere un'attività tutta vostra.»

«B-be', non è t-tutta mia. Ho un s-socio, che mi ha aiutato a m-mettere insieme il d-denaro. Lo avete c-conosciuto, è il signor M-morris.»

«Il signor Morris? L'uomo che si occupa dei magazzini di Mitre Square è vostro socio in affari?» Le sembrava una cosa decisamente insolita.

«Faceva il p-poliziotto, una volta. Ma p-poi dovette lasciare p-per problemi di s-salute. Ottenne un in-indennizzo, che in-investì nella m-mia attività. E così adesso s-siamo s-soci.»

«Buon per voi.» Sybil sbirciò in direzione del laboratorio di sartoria sperando di veder comparire Amelia Palmer. Quella conversazione le pareva priva di senso.

«S-state aspettando q-qualcuno?»

«Sì, un'amica. Dovrebbe arrivare a momenti.»

Hardiman annuì e deglutì rumorosamente una delle caramelle. Poi si grattò la schiena. «Voi non s-siete di Whitechapel, v-vero?»

«Non sono nemmeno di Londra, a dire il vero.»

«D-dovreste stare at-tenta alle p-persone che f-frequentate» le disse osservando distrattamente un carro che transitava lungo la strada.

«Come dite?»

«C-certe c-compagnie non p-portano niente di b-buono.»

«A che compagnie vi riferite?»

«Lo dico p-per il vostro b-bene.»

«Vi ringrazio, ma lasciate che al mio bene ci pensi io.»

«C-come volete. P-però fate attenzione.»

«A cosa dovrei fare attenzione?»

Ma l'uomo non le rispose. Fece un cenno del capo e le diede le spalle, tornando alla propria bottega.

In quello stesso istante, una donna uscì dal laboratorio guardandosi intorno.

«Signora Palmer!» la chiamò Sybil. «Signora Palmer! Sono qui!» La raggiunse camminando spedita, più di quanto in realtà fosse necessario, come se desiderasse liberarsi in fretta della sgradevole patina di disagio che le ultime parole di Hardiman le avevano rovesciato addosso. Aveva voluto spaventarla? Avvertirla? Se sì, per quale ragione?

L'aspetto di Amelia Palmer ricordava quello, con qualche anno in più, di Harriet. Avrebbe potuto benissimo essere scambiata per una sorella maggiore. Il carattere, invece, era quanto di più lontano dalla giovane cugina si potesse immaginare e richiamava indiscutibilmente quello di zia Elizabeth. Amelia Palmer era una donna coriacea, sferzante nei pareri, inappellabile nei verdetti.

«Qui fanno le migliori costolette di maiale di tutto l'East End» disse quando insieme a Sybil prese posto a un tavolo d'angolo del ristorante Walkowitz.

Sybil aveva scoperto che una tazza di tè o di caffè e una fetta di torta (o una costoletta di maiale) avevano il potere di far diventare le persone più loquaci e disponibili. Il fatto poi che lei fosse direttamente coinvolta in quanto figlia di una delle vittime rendeva tutto più facile. Uomini e donne erano inclini ad aiutarla, a fornirle dettagli o chiarimenti più di quanto, paradossalmente, lo fossero nei confronti della polizia. Così Sybil ordinò due piatti di cotolette di maiale, uno per Amelia Palmer e l'altro per sé.

«Quando conobbi Annie Chapman, ne divenni subito amica» le raccontò la donna. «Era spiritosa, intelligente e fine, molto fine. Allora viveva in una topaia in Dorset Street, una camera ammobiliata che costava dieci pence a notte. Un furto. Una stanza senza finestre, con il pavimento e il soffitto marci e un bagno puzzolente in cortile. Molto diverso da quello a cui era abituata...»

«Perché dite questo?»

«Perché è la verità. Annie era una vera signora, che credete?» Poi, osservando l'espressione meravigliata di Sybil, proseguì: «Dovete togliervi dalla testa le scemenze che scrivono i giornali o i pregiudizi dei poliziotti, fantocci in mano ai ricchi borghesi, a cui conviene credere che tutte le donne che non sono sposate e non vivono a Belgravia sono delle poco di buono. La verità dovete cercarla nelle persone e nei loro cuori.»

Sybil annuì. «Comincio a farmene un'idea piuttosto chiara.»

«Prendete vostra madre. Io non l'ho conosciuta, ma sono sicura, ci scommetto i mutandoni che porto, che era una brava donna e che finì per strada perché la vita le aveva messo i bastoni tra le ruote. Sbaglio?»

«No, non sbagliate. Io stessa mi sono ricreduta su di lei.»

«Annie, la mia Annie, era figlia di un soldato di cavalleria e trascorse l'infanzia all'ombra della residenza reale di Windsor, passeggiando per Mayfair. Sposò il cocchiere di un aristocratico, ebbe due figlie e nella sua bella casa a Knightsbridge prese a servizio perfino una domestica.»

Sybil era più che meravigliata. Era sbalordita. Come aveva potuto, Annie Chapman, gettare all'aria tutto quello che possedeva? Si pentì immediatamente di aver avuto quel pensiero. Stava imparando a non giudicare le persone, a non avere preconcetti. La vita, come aveva detto Amelia, a volte ti metteva i bastoni tra le ruote, a volte sembrava divertirsi e forse accanirsi, non dare tregua. Non sempre era una semplice questione di scelte.

«Ma c'era un'ombra nera nel cuore di Annie» continuò la donna come se le avesse letto nella mente. «Quando era solo una ragazzina, suo padre, a cui era molto legata, si uccise tagliandosi la gola. Lei ne fu sconvolta. E cominciò a soffrire di emicranie, forti, dolorose. Avete mai bevuto?» domandò Amelia all'improvviso.

«In che senso?»

«Brandy, sherry, vino, alcol in generale» disse sollevando il bicchiere di birra che aveva di fronte a sé e bevendone un sorso.

«Ho preso del brandy caldo con acqua, una volta che avevo un brutto raffreddore» rammentò Sybil. «E in un'altra occasione zia Elizabeth mi diede del cordiale perché mi calmassi dopo che avevamo avuto un incidente con la carrozza.»

«Vedete? Medicine e alcolici sono interscambiabili. Fu così che Annie cominciò a bere, per lenire i mal di testa che la torturavano. Poi scoprì che l'alcol, mescolato al laudano, la faceva sentire meglio, la rilassava, le faceva scordare che suo padre aveva lasciato lei, sua madre e le sue sorelle, le rendeva meno pesante la solitudine delle lunghe giornate passate in una casa vuota mentre il marito era al lavoro. E giorno dopo giorno, quella di Annie divenne una vera e propria dipendenza, un problema che la condusse più di una volta in sanatorio per disintossicarsi.»

Amelia Palmer parlava e allo stesso tempo mangiava senza curarsi dell'etichetta, che imponeva a una signora di masticare a bocca chiusa o, addirittura, coprendosi con un tovagliolo. Le uniche pause erano destinate al bere.

«A un certo punto il marito decise di allontanarla dalle figlie» riprese «stabilendo di passarle dieci scellini a settimana convinto che sarebbe andata a stare dalla madre. Ma dalla madre Annie durò qualche giorno soltanto. Poi se ne andò. Non riusciva a smettere di bere e questo, da parte della sua famiglia, era inaccettabile. Sola, incapace di crescere le figlie, di accudire la casa e il marito, di salvare se stessa, Annie divenne per tutti una reietta, una donna da emarginare. E questo la indusse a bere ancora di più per annegare la vergogna.

«Due anni fa suo marito morì e con esso venne a mancare anche il piccolo sostentamento su cui Annie contava. Non aveva mai smesso di amarlo e la sua perdita le gettò addosso un'ulteriore croce. Conobbe alcuni uomini a cui si accompagnò, non le importava più cosa la gente diceva di lei. Credeva che avrebbe avuto qualche possibilità in più appoggiandosi a loro. Uno la illuse, un certo Billy, un giovane che aveva un negozio di non so cosa e che lei incontrò proprio in questa strada, un giorno che mi aveva accompagnata al lavoro. Non me lo presentò mai né mi disse chi era, perché aveva moglie e una figlia. Quando però lui scoprì che

Annie era gravemente malata, la loro relazione finì e Annie cadde in una prostrazione da cui non uscì più.»

«Era malata?»

«Consumata, non solo malata. Alcol, tubercolosi e mal francese.»

Sybil non era tanto provinciale e sprovveduta da ignorare cosa fosse il mal francese. Si trattava della sifilide, una malattia conosciuta da tempo, che veniva trasmessa attraverso i rapporti sessuali e che, sotto varie forme, poteva condurre a morte.

«Era onesta, operosa...» stava dicendo Amelia Palmer. «Sapete cosa scrissero di lei i giornali? Che quel genere di donna, proprio così scrissero, quel *genere*, ma quale genere dico io, si alzava dal letto solo quando le tenebre le permettevano di esercitare il suo esecrabile mestiere. Sapete qual era l'esecrabile mestiere di Annie? Lavorava all'uncinetto, vendeva centrini e, a volte, fiammiferi e fiori. Altro che prostituta! Provai a farla assumere nel laboratorio di sartoria, si guadagnano cinque pence a camicia e io ne faccio anche tre al giorno, ma quando scoprirono che beveva non ne vollero più sapere. Il padrone si rifiutò perfino di incontrarla.» Buttò giù il resto della birra, tutto d'un fiato.

«Signora Palmer...»

«Chiamatemi Amelia. Non lo concedo a molti, ma a voi sì. Mi piacete.»

«Amelia, sapete se Annie aveva mai incontrato o vi aveva mai parlato di una certo Francis Craig, giornalista allo "Star"?»

«Mai sentito.»

«E Ivan Karpenko?»

«Non mi risulta.»

«Albert Bachert?»

«Oh, lui sì.»

«Davvero?»

«Certo. Il suo nome è su tutti i giornali. Sembra che abbia addirittura ricevuto una lettera da quel mostro in persona. Ma non credo che Annie lo conoscesse. In ogni caso, lei era molto riservata. Io ero una delle poche persone con cui si era aperta. Mi considerava degna della sua fiducia. Chissà poi perché» aggiunse scuotendo la testa. «Se solo avessi saputo, quella notte l'avrei portata con me, l'avrei fatta dormire nel mio stesso letto...»

«L'avevate incontrata?»

«La vidi nel pomeriggio, pallida, stanca, che risaliva Spitalfields Church. Le chiesi se sarebbe andata a vendere i suoi lavori all'uncinetto a Stratford e lei mi rispose che si sentiva troppo debole per fare qualsiasi cosa. Mi offrii di accompagnarla in ospedale, ma lei disse che si sarebbe arrangiata. Così le diedi un paio di pence raccomandandomi che non li spendesse per comprare dell'alcol e mi feci promettere che sarebbe andata a farsi visitare. Poche ore dopo la trovarono morta... Avrei dovuto insistere, trascinarla via con me. Oggi, forse, sarebbe ancora viva.»

Inevitabilmente Sybil ripensò alla sua, di occasione, quando era rimasta a guardare sua madre bussare alla porta di casa sotto la pioggia. Se solo avesse aperto...

Lasciò Amelia Palmer ringraziandola per il tempo che le aveva dedicato e per le belle parole spese per sua madre.

«Tutti noi facciamo degli errori» concluse la donna.

«Non per questo meritiamo di essere etichettati a vita come perdenti.»

Sybil lo aveva capito da tempo. Ascoltare le storie di quelle donne sfortunate le consentiva di sentirle vicine, e sapere che esse avevano condiviso le stesse avversità di sua madre le rendeva ai suoi occhi vecchie conoscenze. Nelle loro vite, Sybil ritrovava la vita di Catherine e insieme sentiva che lei stessa stava cambiando, crescendo. Le pareva di capire meglio il mondo che aveva intorno e le persone che lo popolavano. Non un mondo fatto di stereotipi e luoghi comuni, bensì di opinioni vere, obiettive, di conoscenza e comprensione, e di umanità, un'umanità che in quei giorni la gente sembrava aver perso.

Come si poteva anche solo pensare che quelle donne avessero meritato la triste fine che avevano fatto? E non si trattava soltanto di Charles (e forse anche Harriet), ma di moltissimi londinesi. Ricordava con orrore un articolo del «Times» risalente al 1° ottobre, scritto da Edward Fairfield, un membro del Governo: "È un bene che queste reiette siano finite nelle mani di un genio chirurgico sconosciuto. L'assassino ha dato il suo contributo alla soluzione del problema di come liberare l'East End dai suoi abitanti dissoluti".

Sybil stava dirigendosi verso Thrawl Street avendo intenzione di cercare l'altra donna di cui Alice le aveva parlato, Ellen Holland, detta Nelly, che aveva condiviso con la prima vittima, Polly Nichols, una stanza al Wilmott's Lodging House, un pensionato più decoroso di quelli che si trovavano in Dorset o Flower e Dean Street.

Camminava sovrappensiero, riflettendo su quanto Amelia

le aveva detto. Ma non solo. Di tanto in tanto sbirciava le pagine del suo quadernetto zeppo di appunti, rincorrendo il filo di pensieri che, purtroppo, sembrava non condurla da nessuna parte.

Nonostante i tanti avvertimenti, non si accorse della persona che la stava seguendo da un po'.

Né delle poderose braccia che le si avvicinavano alle spalle.

All'improvviso, si sentì sollevare e spingere contro una porta che si aprì senza resistenza.

Sybil cercò di gridare, ma una mano glielo impedì, premendo con forza su naso e bocca. Scalciò, ma i suoi calci non produssero alcun effetto.

Non vedeva il suo assalitore perché le stava alle spalle, ma ne percepiva l'odore, pungente, di tabacco e fatica, un afrore malevolo da cui scaturivano rabbia e veleno. E sentiva il suo respiro, accelerato, come quello di un animale.

In pochissimi secondi si ritrovò, senza nemmeno capire come, all'interno di un sotterraneo cieco, un posto scuro e umido.

Quando l'uomo la scaricò a terra, Sybil si voltò di scatto, come una fiera pronta a mordere, ma scorse soltanto una sagoma, in controluce, un istante prima che la porta si chiudesse di schianto e un chiavistello scorresse bloccandola con un rumore secco e definitivo.

Vi si lanciò contro gridando e battendo i pugni e i piedi, mentre sentiva i passi dell'uomo che l'aveva aggredita allontanarsi.

Cercò un'altra via d'uscita, procedendo con le mani tese a tentoni, perché il buio era quasi assoluto.

Ma non trovò finestre o porte lungo le pareti di mattoni.

Il pavimento era di terra battuta e Sybil si muoveva cautamente, per paura di inciampare, strisciando le suole degli stivaletti.

Temeva di imbattersi in un cadavere dello Squartatore o nei resti di qualcuno rinchiuso lì dentro prima di lei.

Provò a calmarsi. Farsi prendere dal panico non avrebbe risolto nulla. Respirò a fondo pensando a come uscire da lì e stette in ascolto.

Qualcosa si muoveva lungo una parete. Piccoli passetti e poi silenzio. Altri passetti e ancora silenzio. Topi, quasi certamente.

Meglio i topi che un assassino, pensò.

Il tempo passava lento. E Sybil era sempre dentro a quel sotterraneo, seduta contro la parete.

Non era riuscita a farsi venire alcuna idea geniale. Non c'erano uscite, se non la porticina chiusa dall'esterno con il saliscendi. L'unica possibilità, pensò, era aggredire il suo carceriere quando fosse tornato. *Se fosse tornato*, si disse. L'idea di marcire in quel buco non era preferibile a quella di essere uccisa con un colpo di coltello alla gola.

Si impose di non pensare a certe cose e scacciò dalla testa quei cupi pensieri scrollando il capo e ripetendo a voce alta: «Smettila, Sybil! Smettila!»

Si alzò di scatto e si mise carponi a tastare il terreno alla ricerca di una pietra, di un bastone, di qualsiasi cosa che potesse fungere da arma. «Accidenti!» gridò dopo aver setacciato inutilmente tutta la stanza.

Poi udì i passi. Pesanti, circospetti. Scendevano le scale. «C'è qualcuno?» domandò una voce profonda e roca.

Sybil smise di respirare e rimase immobile. Doveva rispondere? E se fosse stato un trucco di quell'uomo? Un trucco per indurla a non aggredirlo, naturalmente.

Si acquattò dietro la porta. Forse poteva scagliarsi contro di lui non appena fosse entrato e poi infilare le scale, di corsa, più veloce che poteva.

Il chiavistello gemette. La porta si aprì cigolando e una lama di luce finalmente penetrò l'oscurità.

Nessuno entrò.

Sybil restò dov'era, cercando di non fare il minimo rumore, malgrado il cuore cercasse di uscirle dal corpetto. Magari lo avrebbe indotto a pensare che era svenuta. O addirittura morta.

«C'è qualcuno?» ripeté la voce.

Vedeva un'ombra proiettarsi sul pavimento della stanza, ma il corpo a cui era attaccata rimaneva fuori. Le parve anche di aver già sentito quella voce.

C'era la possibilità che quell'individuo, chiunque fosse, richiudesse la porta e se ne andasse, negandole forse l'unica possibilità di salvezza che le si era presentata. Decise che doveva rischiare. Si preparò, nel caso, a seguire il consiglio di Leech: una bella ginocchiata in mezzo alle gambe.

«C'è nessuno?» chiese la voce per la terza volta.

Sybil avanzò lentamente verso il rettangolo di luce prodotto dallo schiudersi della porta.

«Voi?» L'uomo, alto e robusto, era il signor Morris il sorvegliante dei magazzini di Mitre Square.

«Voi?» ripeté Sybil a sua volta. La paura aveva lasciato il posto a un senso di sollievo mai provato prima.

«Che ci fate quaggiù?» domandò Morris spalancando del

tutto la porta e porgendole una mano per aiutarla a uscire. «Il vostro abito... è strappato.»

Sybil si accorse solo allora di aver perso la mantella, il suo ingenuo travestimento per credere di poter attraversare le strade di Whitechapel passando inosservata. Vide che ce l'aveva il signor Morris, la teneva stretta nell'altra mano.

L'uomo seguì lo sguardo della ragazza. «Era sulle scale» chiarì. «È vostra?»

«Come sapevate che ero qui dentro?»

«Non lo sapevo. Stavo facendo il mio giro, per controllare i magazzini, e ho trovato questa mantella. Ma siete certa che sia vostra? Mi sembra logora e...»

«È mia» rispose Sybil afferrandola. «Grazie.»

«Si può sapere che diavolo ci fate qui? Chi vi ha chiusa dentro?»

«È quello che mi piacerebbe sapere. Vi dispiace se ora usciamo? Ho bisogno di aria fresca.»

Morris la fece passare e la seguì all'esterno.

Sybil respirò a fondo. L'aria di Londra, maleodorante e inquinata, le sembrò buonissima rispetto a quella fetida del sotterraneo. Non sapeva per quanto tempo era rimasta chiusa là sotto, ma la luce era cambiata e le ombre dei palazzi erano lunghe e oblique. Guardò Morris. Probabilmente l'uomo attendeva una spiegazione.

«Qualcuno mi ci ha spinta dentro» disse. «Stavo camminando e mi sono sentita afferrare da dietro.»

«Dio mio! Uno scherzo di cattivo gusto.»

«Lo chiamate scherzo?»

«Cosa pensate volessero farvi?»

«Non ne ho idea. Fortuna che siete capitato voi. Altrimenti...»

«Ci sarei capitato comunque. Questo stabile è della Kearley e Tonge, la ditta per cui lavoro. Ricordate? Ha magazzini in tutta Whitechapel.»

Sybil annuì. Anche i magazzini custoditi dal signor Morris in Mitre Square appartenevano a quella società. Rammentò inoltre come, solo poche ore prima, Hardiman, il macellaio, le avesse nominato proprio il signor Morris. «Qualcuno mi ha parlato di voi, giusto poco fa» disse rassettandosi l'abito. Lo strappo nella stoffa era all'altezza di una delle balze, lo avrebbe ricucito.

Morris parve sorpreso. «Di me? Chi?»

«Il vostro socio in affari, il macellaio di Heneage Street.»

«Ah, William! Siete stata a fare acquisti da lui?»

«No, l'ho incontrato per caso. Ero da una mia conoscente.»

«In Heneage Street?»

«Un laboratorio di sartoria.»

«Capisco. E che vi ha detto il buon William di me?»

«Che eravate un poliziotto.»

«È la verità.»

«E ora invece fate il custode.»

«Sono più un sorvegliante, direi. Controllo che sia tutto a posto, capite? Che non ci sia gente che utilizza i magazzini per dormire o per farci la propria casa, che non ci siano allagamenti o cose del genere. E a volte ci faccio la guardia, quando sono pieni di merce. Si fidano di me perché, come vi ha detto William, ero un poliziotto.»

«Posso chiedervi com'è che non lo siete più?»

«Problemi di salute» disse massaggiandosi l'addome

pronunciato. «Lo stomaco. Non potevo proprio continuare. Lavoravo nel distretto metropolitano di Bow ed è per questo motivo che conosco molti agenti... Ma io sto qui a discorrere mentre voi dovete essere stanca e prostrata. Permettete che vi accompagni a casa o dovunque vogliate andare. Questa cosa, se non era uno scherzo, va denunciata alla polizia.»

«Sì, be'... Non datevi pena. In realtà ho preso solo un grosso spavento. Non mi è stato fatto alcun male. E forse è come dite voi, uno scherzo di cattivo gusto.»

Pensò rapidamente alle conseguenze di un'eventuale denuncia.

Collard avrebbe avvertito immediatamente zia Elizabeth, che era la sua tutrice legale, e Charles non l'avrebbe più lasciata uscire di casa fino a che la suocera non fosse venuta a prenderla per riportarla a Wolverhampton. No, meglio non dire niente a nessuno e sperare che davvero si fosse trattato solo di una bravata.

«Girano ovunque bande di giovani delinquenti» considerò Morris scuotendo la testa contrariato. «Meriterebbero una severa lezione.»

«Grazie, signor Morris» concluse Sybil allungando la mano per congedarsi. «Vi devo molto.»

«Non mi dovete nulla. Ma se proprio desiderate sdebitarvi, allora lasciate che vi accompagni per un pezzetto.»

«Hai visto che ore sono?»

Harriet, insolitamente agguerrita, fronteggiava Sybil, le mani sui fianchi, lo sguardo, per una volta, acceso.

Al di là del ritardo, Sybil si chiese se la ragione di

quell'atteggiamento dipendesse da una reale preoccupazione della cugina per la sua incolumità o dal timore di un'eventuale reazione del marito. In quei giorni aveva notato un livido comparso all'improvviso una mattina sul volto di Harriet, appena sotto lo zigomo sinistro. Sybil non gliene aveva chiesto la ragione e la cugina, a sua volta, aveva preferito sorvolare. Ora però, anche alla luce degli strani comportamenti di Charles, si domandava se lui non la picchiasse. Magari quando aveva bevuto.

«E cosa ti è successo alla gonna? È strappata!»

«Sono inciampata.»

«Ma dove sei stata?»

«Avevo delle cose da fare. Come sta Nellie?»

La domanda parve placare l'agitazione della donna. «Un po' meglio.»

Sybil annuì e si sedette. Era esausta.

«Si può sapere che combini?» volle sapere Harriet, ma il suo tono non era più severo e ostile come in precedenza. Sembrava che davvero avesse a cuore i patimenti della ragazza.

Sybil decise che non poteva più mentire. «I bambini sono di là?» chiese.

«Stanno riposando.»

«Anche Joseph?»

«Ti ha aspettata tutto il giorno. Voleva leggere insieme a te. Poi ha cominciato a frignare e si è addormentato.»

«Mi dispiace. Domani starò con lui.»

«Ti si è affezionato molto.»

«E io a lui. Dunque, vuoi sapere che combino. È così?»

«So che giri per Whitechapel e che parli con quelle… quelle donne.»

«E non ti sei chiesta per quale motivo?»

«Charles dice che…»

«Lo sto chiedendo a te, non a Charles.»

Harriet abbassò lo sguardo e si prese qualche istante. «Quello che ti ho detto ieri» mormorò senza sollevare gli occhi «che tua madre meritava quel che le è capitato. Non lo penso davvero. Scusami.»

Sybil annuì. «Erano solo donne sfortunate. È proprio questo che sto facendo per le strade di Whitechapel, cerco di capire chi era davvero mia madre e cosa l'ha portata a vivere quella vita. E parlando con le donne che la conoscevano, che come lei si sono trovate all'improvviso sole e abbandonate e magari malate, comprendo meglio anche le scelte di Catherine. Sai cosa ti accadrebbe se Charles se ne andasse o morisse?»

«Ti prego, non dire certe cose.»

«Anche se non le dico potrebbero ugualmente accadere. Ti ritroveresti sola con due figli, non potendo mantenere né loro né te stessa. Li affideresti a un istituto e intanto cercheresti di sbarcare il lunario con qualche lavoretto di ricamo o come domestica o sguattera in un ristorante. Perderesti quest'appartamento e, in cambio, guadagneresti un posto letto a Dorset Street, tra ubriaconi e parassiti. Forse zia Elizabeth ti prenderebbe con sé, ma conoscendola ti renderebbe la vita impossibile e probabilmente te ne andresti prima che lei avesse l'occasione di cacciarti, come fece con mia madre. Cercare conforto nella bottiglia o in un altro uomo sarebbe solo una questione di tempo e da quel momento in avanti saresti bollata, marchiata a fuoco come donna traviata, compromessa, immorale. E i tuoi figli? Affidati alla nonna o a un'altra famiglia nella migliore delle ipotesi, orfani a vita in caso contrario.»

Aveva sputato parole dure, cattive, gonfie di veleno, ma non le importava perché credeva fossero necessarie. Harriet aveva bisogno che qualcuno le gettasse in faccia un secchio di acqua ghiacciata. E lei, quel secchio, l'aveva riempito e glielo aveva scaraventato addosso. Lo faceva per il suo bene.

Harriet la fissava con occhi dilatati, come se riuscisse davvero a contemplare tutto l'orrore e l'angoscia della condizione che Sybil aveva descritto.

Forse non era la prima volta che certi timori la assalivano. Forse era quello il motivo che la teneva legata e sottomessa al marito, un uomo che non dimostrava certo di amarla e rispettarla.

«Ecco cos'è capitato a mia madre» concluse Sybil.

«Ma lei ti ha… ti ha abbandonata! Come puoi perdonarla?»

«Non so se posso perdonarla. Ma posso cercare di capirla.»

«E non hai paura?»

«Paura di cosa?» Sybil sorrise un sorriso amaro. «Mia madre dormiva per strada due notti su tre, mangiava quando poteva e tutti i suoi miseri averi erano riposti nelle tasche della gonna che indossava. Questo fa davvero paura. E sai cos'altro fa paura? L'indifferenza di chi ti passa accanto e fa un commento sarcastico o un'espressione di disgusto solo perché non hai la loro stessa fortuna. E fa paura la scarsa o nulla considerazione di cui noi donne godiamo in questa maledetta società. Ecco di cosa dovremmo aver paura.»

Harriet non replicò. Le tremavano le labbra pensando forse a quanto il suo futuro fosse legato agli umori e agli intenti di Charles.

Dall'altra stanza si levò la voce di Joseph. «Mamma?»

Sybil si levò in piedi. «È un bravo bambino» disse. «Dovrebbe avere un'istruzione.» Dopodiché andò a salutarlo.

Giovedì, 1 novembre 1888

Se Charles avesse scoperto quanto sua moglie stava per fare sarebbe andato su tutte le furie.

Harriet se ne rendeva perfettamente conto e aveva cercato di declinare l'invito di Sybil in ogni modo e adducendo le scuse più diverse. Ma l'insistenza della ragazza era stata tale che alla fine si era arresa.

Però non si trattava solo di questo. E Sybil l'aveva capito.

Harriet era scossa, turbata da quanto la cugina le aveva detto e da quanto, nei giorni e nelle settimane precedenti, le sue ricerche e il suo girovagare per il quartiere più malfamato di Londra avevano prodotto. Le fondamenta della sua relazione con Charles scricchiolavano, la condiscendenza nei confronti delle norme sociali e la loro accettazione passiva le sembravano tutt'a un tratto assurde e profondamente ingiuste. Camminava sull'orlo di un burrone e sarebbe bastato pochissimo, un soffio, un alito imbevuto di gin, per farla precipitare di sotto. Esattamente come Catherine Eddowes, Polly Nichols, Annie Chapman o Elizabeth Stride.

Sistemarono Joseph dalla vicina di casa, la signora Trogdon, una donna anziana che talvolta si prestava a tenere il piccolo per brevi periodi di tempo, mentre Harriet preferì portare Nellie con sé: era ancora troppo piccola per essere traviata dai costumi e dal lessico volgare di Whitechapel e troppo cagionevole per essere affidata a una donna di quasi settant'anni.

«Devo essere impazzita» continuava a ripetere durante il tragitto in carrozza (pagato da Sybil).

«Non sei impazzita» le rispondeva la giovane cugina con aria soddisfatta. «Stai cominciando a capire.»

Si fecero lasciare davanti alla Christ Church di Spitalfields dove le aspettava Ellen Holland, la donna che aveva diviso la stanza al Wilmott's Lodging House di Thrawl Street con Polly Nichols. Sybil le aveva fatto avere un biglietto tramite Alice McKenzie al quale Ellen aveva risposto immediatamente (anche a ragione della promessa di una ricompensa di dieci scellini). La scelta di quel "terreno neutro" era stata dettata dalla necessità di far sentire Harriet maggiormente a suo agio: l'ombra di una chiesa aveva un sapore decisamente più rispettabile di una taverna o di un pub in Dorset Street.

Stando agli investigatori di Scotland Yard, Mary Ann Nichols, detta Polly, era stata la prima vittima dell'assassino di prostitute chiamato Jack lo Squartatore.

Seguitava a essere considerato *assassino di prostitute* nonostante, come la stessa Sybil aveva avuto modo di riscontrare, nessuna delle donne uccise praticasse il mercimonio. Aver avuto relazioni con altri uomini al di fuori del matrimonio non poteva essere considerata prostituzione, ma era più agevole e conveniente per tutti ricondurre quella lunga scia di omicidi a una semplice convinzione, ovvero che esistessero donne meritevoli di vivere e altre indegne di insudiciare il mondo con la loro presenza e dunque sacrificabili. Per alcuni, come Edward Fairfield, Jack era un fustigatore di costumi corrotti, un giustiziere di donne immorali.

Ellen Holland aspettava seduta sopra una panchina nel vecchio cimitero, ora adibito a giardino. Era una donna anziana e in carne, con lunghi capelli grigi raccolti in un elegante chignon, senza cappello. Reggeva un fiore a stelo lungo tra le mani, un crisantemo, il segno che Sybil aveva suggerito per poterla riconoscere.

«Lei chi è?» domandò subito Ellen quando si accorse che Sybil era accompagnata da una donna con in braccio una bambina.

«La cugina di mia madre» spiegò Sybil. «Possiamo sederci?»

La donna annuì. Poi fece una carezza a Nellie e le chiese se voleva il suo fiore. La bambina disse di sì e lo annusò e quel semplice gesto strappò un sorriso a Harriet.

«Grazie per aver acconsentito a parlare con noi» disse Sybil per rompere il ghiaccio.

«Ho detto tutto quello che sapevo alla polizia e ai giornalisti, ma sulle pagine dei quotidiani è finito assai poco.»

«Che intendete?»

«Che alla fine hanno scritto quello che volevano scrivere.»

«Una vecchia storia» commentò Sybil sbirciando la cugina.

«Hanno travisato gran parte delle mie parole. Quando, per esempio, ho detto che Mary Ann, lasciata la stanza alla Wilmott's Lodging House e preso un letto alla White House, mi confessò che avrebbe preferito tornare alla Wilmott perché alla White c'erano sia uomini sia donne e lei, invece, preferiva la Wilmott perché ospitava solo donne, loro hanno riportato che Polly Nichols dormiva insieme a un mucchio di uomini e donne. Vi sembra corretto questo?»

Sybil scosse la testa. «Affatto.»

«Nemmeno a me. Dicono che faceva la prostituta, ma non era vero.»

«Altra vecchia storia» sottolineò Sybil.

Harriet ascoltava attenta. Di tanto in tanto si guardava intorno, timorosa di incrociare qualcuno che la conosceva. Nellie invece se ne stava tranquilla, in braccio alla madre, giocando col crisantemo che Ellen Holland le aveva donato.

La storia di Polly somigliava a quella di tante altre donne. Suo padre lavorava come stampatore di caratteri per una tipografia e Polly, che poté frequentare la scuola fino ai quindici anni, imparò presto a convivere con libri e romanzi. Destino volle che si innamorò di un magazziniere della tipografia con l'ambizione di mettersi in proprio e diventare a sua volta tipografo. Si sposarono e Mary Ann Walker divenne la signora Nichols. Cinque figli, uno dopo l'altro, e il tradimento del marito con una vicina di casa, Rosetta, la condussero a una scelta definitiva: stanca di essere lo zimbello del vicinato e incapace di opporsi al marito, lasciò la casa affidando i figli al nonno, suo padre, che viveva a pochi isolati di distanza. Al fine di ottenere dal marito un po' di denaro per il mantenimento, Polly fu costretta a dimostrare di essere indigente entrando volontariamente in una *workhouse*, un'esperienza per lei, fiera e rispettabile, degradante. Nichols, che nel frattempo aveva preso in casa l'amante e ci aveva fatto un figlio, le accordò cinque scellini a settimana, bastanti sì e no per una stanza ammobiliata. Il resto era storia nota. La depressione, l'abuso di alcol, l'idea di essere una fallita, la percezione da parte degli altri di una donna immorale e dissoluta, e così ecco spuntare Polly, la prostituta.

«Eravate molto amiche?» chiese Harriet e Sybil si stupì non tanto della domanda quanto del tono dolce, comprensivo, col quale era stata pronunciata.

«Avevamo condiviso a lungo la stanza. Non so se questo faccia di due donne due amiche, ma so che Mary Ann con me si era aperta. Forse perché, avendo molti anni più di lei, le ricordavo sua madre, morta quando lei era una bambina...»

Sybil pensò a come anche sua madre fosse rimasta orfana molto presto. Un tratto in comune che sembrava aver segnato irrimediabilmente entrambe le donne.

«Vi rivelò nulla riguardo un russo di nome Ivan Karpenko?» volle sapere Sybil.

Ellen Holland fece segno di no.

«Francis Craig o Albert Bachert?»

«Non li ho mai sentiti nominare. Non credo avesse un uomo» disse pensando che Sybil alludesse a qualche amante. «Era un tipo malinconico e solitario, anche quando alzava un po' il gomito. Qualche volta mi aveva parlato di un'amica, che però era morta.»

«Sapete come si chiamava?»

«Martha Tabram. La ricordo perché fece anche lei una fine orribile, accoltellata per strada, di notte.»

«Quando accadde?»

«All'inizio di agosto di quest'anno. Erano state insieme, in un pub, la notte stessa in cui quella donna era stata uccisa. Mary Ann non riusciva a toglierselo dalla testa.»

Sybil ricordò che Leech le aveva parlato di una donna aggredita quell'estate con trentanove coltellate, un particolare raccapricciante. Curiosa coincidenza che fosse stata amica di Polly Nichols, la quale aveva trovato la morte alla fine di quello stesso mese in un modo molto simile.

Eppure, considerò Sybil, Martha Tabram non risultava nell'elenco delle vittime dell'assassino di Whitechapel.

«A proposito di quella donna, Martha» proseguì Ellen «Mary Ann mi disse che aveva qualche sospetto su chi potesse averla uccisa.»

«Davvero?»

«Così disse. Una brutta faccenda nella quale mi pare c'entrasse la cognata di questa Martha e il suicidio di un uomo. La sera in cui Mary Ann morì, la incontrai verso mezzanotte che usciva dal Frying Pan, una taverna in Thrawl Street. Aveva bevuto parecchio. Le dissi che era meglio che andasse a dormire e mi offrii di accompagnarla. Lei mi rispose che aveva bisogno di denaro e che di lì a poco ne avrebbe avuto un bel po'. Non so cosa intendesse. Io pensai che stesse farneticando, ma ora, riflettendo su quello che è accaduto...»

«Credete che volesse ricattare qualcuno per quella storia? Che pensasse di poter ottenere del denaro?»

«Non so... può darsi.»

«Non vi ha mai fatto dei nomi?»

«Tom o Thomas, così si chiamava l'uomo che si era impiccato. Non so altro.»

«Ne avete informato la polizia?»

«Non avevo mai collegato quella faccenda a Mary Ann, prima di oggi...»

Sybil si disse che la vicenda di Martha Tabram apriva nuove e inattese prospettive nella storia degli omicidi di Whitechapel.

Poteva Polly Nichols essere stata uccisa perché conosceva il responsabile della morte della sua amica Martha Tabram? In questo caso l'assassino di Polly e quello di Martha avrebbero potuto essere la stessa persona e le sue vittime salire così a cinque.

In nessun articolo che Sybil aveva letto si era mai parlato di Martha Tabram. Doveva controllare i quotidiani più vecchi, quelli di inizio agosto.

«Sei pensierosa» osservò Harriet mentre attendevano una carrozza libera per tornare a casa.

«E tu? Ti ho vista molto attenta quando Ellen parlava.»

«Ammetto che mi ha impressionata. Quella donna, Polly... Mary Ann, suo marito l'ha tradita e per strada ci è finita lei.»

«Non è stata una brutta idea, allora, chiederti di accompagnarmi.»

«Spero solo che qualcuno non dica a Charles di avermi vista.»

«E anche se fosse? Non stavi facendo nulla di male. Parlavi con un'altra donna. È forse vietato?»

«No, ma...»

«Dovresti cominciare a opporti a lui, soprattutto quando non sei d'accordo.»

«La fai facile tu. Non sei sposata. Non hai due bambini. Non dipendi da un marito.» Harriet si stava infervorando. «Sono venuta con te, ma questo non ti dà il diritto di criticare la mia vita o la mia famiglia.»

Sybil capì di averla colpita nel vivo. «Hai ragione» ammise. «Ti chiedo scusa. Non sono cose che dovrebbero riguardarmi.» Le prese dalle braccia la piccola Nellie e la coccolò baciandola sulla testa.

«Tu non sai niente di me e di Charles» insisté Harriet manifestamente offesa. «Niente!» La donna si riprese la bambina, quasi strattonandola.

«Mi dispiace» mormorò Sybil.

Arrivò una carrozza e Harriet salì a bordo.

Sybil richiuse lo sportello e pagò la corsa al vetturino dicendogli dove condurre la cugina e sua figlia.

«Tu non sali?» chiese Harriet sporgendosi sorpresa dal finestrino.

«Vi raggiungo più tardi. Devo sbrigare ancora un paio di faccende.»

Le *faccende* concernevano un passaggio alla stazione di polizia di Bishopsgate, dieci minuti appena dalla Christ Church di Spitalfields.

Non aveva più avuto notizie dell'ispettore Collard, e inoltre c'era quella nuova pista, Martha Tabram.

In quanto al suo misterioso sequestro nel magazzino, si impose di non farne parola: una denuncia avrebbe fatto piombare zia Elizabeth a Londra e in men che non si dica l'anziana donna l'avrebbe caricata su un treno e ricondotta a forza a Wolverhampton.

Collard la ricevette subito. Pareva in preda a una premurosa sollecitudine. «Stavo per mandare un uomo a casa vostra per avvertirvi» le disse non appena Sybil fu nel suo ufficio.

«Avvertirmi di cosa?»

«Abbiamo trovato John Kelly.»

«Era nel Kent?»

L'ispettore annuì. «Purtroppo è morto.»

La ragazza lo guardò con aria interrogativa aspettando il seguito.

«Un incidente, con tutta probabilità» la informò Collard. «È stato trovato in un canale di scolo. Annegato.»

Sybil non ne fu particolarmente colpita. Non aveva mai visto John Kelly, non lo conosceva, e il suo interesse per lui derivava esclusivamente dalla vicinanza che l'uomo aveva avuto con sua madre. Tuttavia provò un moto di tristezza per come anche la vita di John Kelly si fosse chiusa malamente, così come era stata vissuta nell'arco discendente della sua parabola. Quel che forse sapeva di Catherine Eddowes era morto con lui.

Una volta esaurito l'argomento Kelly, Sybil chiese che ne era stato del messaggio fatto recapitare dal marito di sua cugina.

«Quale messaggio?» ribatté Collard. «Non ho ricevuto alcun messaggio.»

Mandò a chiamare l'agente di turno alla guardiola, ma questi confermò che nessun messaggio per l'ispettore era stato consegnato negli ultimi giorni.

«Ha poca importanza» tagliò corto l'uomo. «Ora siete qui. Cosa volevate dirmi?»

Sybil fece del proprio meglio per esporre in modo ordinato le sue scoperte e le sue deduzioni, a cominciare dalle testimonianze che aveva raccolto parlando con Alice McKenzie e Rose Mylett e, soprattutto, Mary Pearcey. Quindi arrivò a Ivan Karpenko (insistendo particolarmente sulla questione dei bottoni di metallo) e da Karpenko ad Albert Bachert passando per Francis Craig, colpevole, a suo avviso, di possedere un cilindro e una borsa di pelle nera e di essere stato licenziato dallo «Star» avendo tenuto un comportamento a dir poco sospetto. Infine ci infilò anche il recente colloquio con Ellen Holland e la morte di Martha Tabram.

L'ispettore Collard la ascoltò paziente e, altrettanto pazientemente, cercò di spiegarle che i suoi erano soltanto sospetti infondati e che, in qualche caso, rappresentavano addirittura mere illazioni. In ogni caso promise che avrebbe eseguito delle ricerche su Karpenko, l'unico, a suo modo di vedere, che meritasse un minimo di considerazione.

Riguardo a Bachert, sua vecchia conoscenza, non era sicuro che potesse essere davvero in combutta con qualcuno coinvolto negli omicidi, più facile che si fosse inventato ogni cosa. Craig, invece, sembrava innocuo: un giornalista che prende a pugni un collega perché ha fatto una battuta sui suoi favoriti non era motivo di indagine, e di gente con il cappello a cilindro che portava borse di pelle sotto il braccio, Londra ne era piena. «Non posso mica mettermi ad arrestarli tutti!» esclamò cercando di sorridere.

Ma Sybil non sorrideva affatto. Le sembrava che lui stesse sminuendo le sue scoperte, i fili che stava, seppur disordinatamente, tessendo. Aveva la sensazione che si stesse burlando di lei, che non la prendesse per nulla sul serio.

Relativamente all'omicidio Tabram, infine, l'ispettore ricordava perfettamente il caso: una donna caduta in disgrazia (il marito l'aveva lasciata) che viveva per strada vendendo oggettini riciclati. La notte prima di morire era stata vista in un pub con un'amica e due soldati, forse granatieri, ma tutti i controlli effettuati in seguito tra i militari di stanza a Londra non avevano dato esito. L'indagine si era conclusa con un verdetto di omicidio da parte di persona o persone sconosciute, e l'idea più diffusa negli ambienti di Scotland Yard era che si trattasse di una banda di giovani criminali, le cosiddette *high-rip gang*, tra le quali le più feroci e organizzate erano quelle di Fitzroy Square, Marylebone Road e, per l'appunto, Spitalfields. In quest'ottica poteva avere un senso il coinvolgimento di una figura come quella di Gafin, il capo di Leech. Ma Sybil si rifiutava di credere che Leech avesse a che fare anche lontanamente con i delitti di Whitechapel.

L'ipotesi che Polly Nichols fosse stata uccisa dalla stessa mano che aveva assassinato anche Martha Tabram non sembrò infiammare particolarmente la fantasia dell'ispettore Collard, il quale, con il dovuto tatto, rammentò a Sybil che, a differenza delle altre vittime, a Martha Tabram non era stato asportato alcun organo né le era stata tagliata la gola.

«Potrebbe essere stato il suo primo omicidio» replicò Sybil, per nulla disposta a rinunciare a un'idea che le sembrava avesse un fondamento. «Una specie di prova.»

«Di... prova? Si può sapere cosa vi siete messa in testa, signorina Conway? Non è un gioco e questo mestiere non si improvvisa. Lasciate che se ne occupi chi sa cosa fare e come farlo.»

«Mia madre è stata uccisa» ribatté Sybil. «Non ho mai pensato che fosse per gioco.»

«Non fraintendetemi, vi prego. Vorrei solo che non la prendeste così...»

«Così come?»

«Oh, mi avete capito! Vi prometto che farò investigare sugli spunti che mi avete suggerito e andrò a parlare con quella donna, Georgina Bachert, e con la sua domestica. Ora però tornate a casa, siate buona. E smettete di gironzolare per Whitechapel alla ricerca di indizi.»

Sybil era indispettita e anche umiliata. Le sembrava di essere stata trattata come un bambino piccolo, al quale si concedono sorrisi e false promesse solo per levarselo dai piedi. Si alzò di scatto e senza dire una parola guadagnò l'uscita.

Quando fu con la mano sulla maniglia rammentò un altro dettaglio. Si voltò verso l'ispettore, rimasto con un sorriso di circostanza stampato sulla faccia. «Avete trovato un ciondolo con una catenina, addosso al corpo di mia madre?» chiese perentoria.

«Un ciondolo? No, non mi risulta.»

«Nemmeno sul terreno circostante?»

«No, mi spiace. Era qualcosa di importante?»

«No» rispose Sybil aprendo la porta. «Niente di importante.»

Quella notte, mentre Sybil era in dormiveglia, qualcuno tentò di aprire la porta della sua camera da letto. Non era un sogno. Si svegliò di soprassalto e rimase a fissare atterrita nella semioscurità il pomolo, che pareva rifulgere di una luce propria. Ruotò ancora un paio di volte, quindi smise. E l'ombra che stazionava davanti all'uscio si allontanò silenziosa.

Sabato, 3 novembre 1888

Dopo aver trascorso l'intero venerdì in casa, sabato mattina Sybil manifestò l'intenzione di uscire subito dopo colazione per andare a comprare dei fiori freschi al mercato di Bermondsey. L'idea era quella di portarli a Mitre Square e depositarli nel punto in cui si era spenta sua madre.

Harriet si offrì di accompagnarla. Charles era a casa dal lavoro e avrebbe potuto badare ai bambini.

L'uomo, a dire il vero, apparve piuttosto contrariato da quel proposito inatteso (naturalmente la gita a Whitechapel gli era stata taciuta) e Harriet fu sul punto di rinunciare, ma Sybil insistette e alla fine riuscì a portare con sé la cugina.

«Vedete di non fare tardi» berciò Charles mentre le due donne uscivano. «Ho un appuntamento. Capito?»

Per non destare sospetti e tornare in un tempo ragionevole, Sybil decise di prendere ancora una volta una carrozza (l'omnibus, con Harriet, era da escludere), sebbene le sue finanze fossero ormai ridotte al lumicino.

Comprarono delle margherite per Catherine e dei fiori di campo per vivacizzare l'appartamento di Tooley Street.

«Charles dirà che ho buttato i soldi» osservò Harriet mentre sceglieva i fiori.

«Fregatene di Charles» disse Sybil. «Di' che te li ho regalati io.»

Harriet sollevò le spalle come a dire che ci avrebbe pensato in seguito. «Non sarà pericoloso?» domandò riferendosi al luogo nel quale si stavano recando.

«Mitre Square di giorno è un posto pieno di fattorini che caricano o scaricano merce nei magazzini. Abbiamo corso più rischi al mercato dei fiori!»

Era contenta che Harriet fosse insieme a lei. Era una brava donna, se solo avesse avuto un briciolo di coraggio in più. E di curiosità per la vita.

Giunsero a Mitre Square che non erano nemmeno le 9.

«Ma non c'è quasi nessuno» fece notare Harriet.

Sybil aveva dimenticato che di sabato i magazzini erano chiusi. «Meglio così» rispose. «Meno gente a curiosare. Ecco, è qui che è successo» disse indicando alla cugina il rettangolo di marciapiede a ridosso dello steccato. Il fiore che aveva visto la prima volta non c'era più. Si chinò e depositò con dolcezza il mazzo di margherite contro il muro di mattoni.

Harriet annuì e recitò sottovoce una breve preghiera.

Rimasero per qualche minuto in silenzio. Attorno a loro suoni vaghi e ovattati, che provenivano dalla trafficata Mitre Street. Ma lì, in quel grigio cortile dominato dagli alti edifici adibiti a magazzini, tutto sembrava fermo o rallentato, una bolla d'aria dove il tempo scorreva diversamente dal resto della città.

Il rumore di un portone sbattuto le fece istintivamente voltare. Un uomo stava uscendo da uno dei magazzini, quello dove si trovava la panchina del signor Morris.

Sybil lo riconobbe.

E l'uomo riconobbe lei.

Era Hardiman, il macellaio di Heneage Street.

Sybil guardò alle spalle dell'uomo, nella speranza di intravedere il signor Morris. Lo avrebbe salutato volentieri. Ma Hardiman era solo. Fece un cenno con la mano e attraversò la piazzetta in direzione delle due donne.

«B-Buongiorno» le salutò.

«Buongiorno a voi, signor Hardiman. Lei è mia cugina, Harriet Eddowes.»

«Robinson» la corresse Harriet.

L'uomo si toccò il frontino del berretto in segno di rispetto. «S-sono belli» disse poi riferendosi ai fiori.

«Li abbiamo appena acquistati. Siete stato dal signor Morris?»

«Già.»

«Il vostro socio in affari.»

«G-Già.»

«Quasi quasi gli faccio visita.»

«Non c-c'è» si affrettò a specificare Hardiman. Quindi si accese una sigaretta.

«Ma voi eravate nel magazzino. Avete le chiavi?»

«S-sì, nel caso debba consegnargli della m-merce e lui s-sia via.» Tirò fuori dalla tasca della giacca una scatola di caramelle per l'alito marca Cachou. «P-posso offrirvene una?» chiese.

Le due donne rifiutarono, ma non poterono fare a meno di notare una brutta ulcera che l'uomo presentava sul dorso della mano destra, come quelle che Sybil aveva veduto in certi libri di medicina che la vecchia signora Hoghart, vedova di un medico, teneva in biblioteca. Anche le fessurazioni agli angoli della bocca sembravano peggiorate dalla volta precedente.

«Cosa vi è successo?» volle sapere la ragazza.

Hardiman infilò rapidamente la mano in tasca con la scusa di riporre la scatola di caramelle. «Un in-incidente al la-lavoro» rispose.

«Il signor Hardiman è un macellaio» spiegò Sybil a vantaggio della cugina. «Ha una bottega sua a Whitechapel.»

«C-chiamatemi B-Billy» disse Hardiman. «Gli a-amici mi c-chiamano Billy.»

«Anche mio marito è macellaio» intervenne Harriet. «E anche lui si è ferito. Solo che gli è andata peggio, ha perso due dita della mano sinistra per colpa di un'accetta.»

«M-mi rincresce.»

«Suppongo che certe cose accadano a chi lavora con lame e coltelli.»

«E ora c-cosa f-fa?»

«Ha trovato un posto da magazziniere a Buck's Row. Sa, abbiamo due bambini. Non è facile di questi tempi...»

Un'ombra malinconica oscurò il volto di Hardiman.

«Ho detto qualcosa di sbagliato?» chiese Harriet.

«N-no... Solo p-pensavo alla mia, di fa-famiglia.»

«Avete famiglia?»

«L'avevo. Mia moglie e la mia b-bambina se ne s-sono andate insieme...»

«Andate?»

«Sono m-morte, a pochi g-giorni l'una d-dall'altra. Ora c'è s-solo m-mia madre.»

«Oddio» mormorò Harriet visibilmente toccata. «Che cosa terribile...»

«Sono dispiaciuta» le fece eco Sybil. «Com'è accaduto?»

«Una b-brutta malattia, che mia m-moglie ha passato alla b-bambina.»

«Oddio...» ripeté Harriet.

«E voi non siete stato contagiato?» Forse non era nulla, ma le sembrava che anche sulla fronte e sul collo l'uomo avesse strani segni, come minuscole piaghe.

Hardiman tirò una lunga boccata dalla sigaretta, quindi la gettò lontano. «Voglio che s-sappiate che io n-non p-penso male di vostra madre» disse all'improvviso rivolgendosi a Sybil.

«Come dite?»

L'uomo fissava le margherite poggiate al muro.

«Perché dovreste pensare male di mia madre?» insisté Sybil.

«P-perché faceva il m-mestiere.»

Sybil sentì il sangue salirle alla testa. «Quale mestiere?»

«La p-prostituta.»

«Mia madre non era una prostituta.» Cercava di stare calma, ma le pulsavano le tempie e il respiro era affannato. Harriet le poggiò una mano sul braccio per calmarla. «Avete inteso?» domandò Sybil guardando l'uomo dritto negli occhi.

Ma Hardiman sembrava perso in un dialogo con se stesso e prestava poca attenzione alla ragazza che lo fronteggiava. «Mia m-madre dice b-brutte cose sulle p-prostitute. Che sono f-feccia...»

«Vi dico che mia madre non praticava il mercimonio. Mi avete sentito? E comunque vostra madre non sa quello che dice. Dovrebbe avere più rispetto per delle donne del tutto uguali a lei.»

«Dice che q-quello che è s-successo è g-giusto, che è stata una p-punizione del Cielo.»

«Dio avrebbe mandato un assassino per le strade di Whitechapel? Voi state delirando, signor Hardiman!»

«Non io. M-mia m-madre. Chiamatemi B-Billy.»

«Invece non vi chiamerò in nessun modo. Non sono tenuta a rimanere qui mentre offendete la memoria di mia madre!» Prese la cugina per il gomito. «Andiamo, Harriet, prima che faccia qualcosa di irreparabile.»

Lasciarono Hardiman nella piazza semivuota. Lui le osservò allontanarsi senza dire una parola, lo sguardo fisso sui fiori. Pareva un bambino abbandonato, in attesa che qualcuno si ricordasse di lui. Qualcosa che Sybil rammentava bene per averlo vissuto in prima persona.

Per un istante, un solo brevissimo istante, provò una profonda pena per William Hardiman. E in qualche modo pensò che avrebbe potuto capirlo e forse addirittura giustificarlo. Aveva perso i suoi affetti più cari e probabilmente era soggiogato dalla figura della madre, così come Harriet lo era stata dalla sua e, ora, dal marito.

Ma poi si disse che quanto era stato detto, anche se si trattava di opinioni della vecchia madre, non meritava alcuna comprensione, né giustificazione.

«Quel tizio non ha tutte le rotelle al loro posto» commentò Harriet mentre imboccavano Mitre Sreet.

«E sua madre è una carogna!» sbottò la cugina.

«Sybil!»

«Hai sentito quello che ha detto?»

«Sì, ho sentito. Ma usare quel linguaggio… Meno male che non abbiamo portato i bambini.»

«Purtroppo non è l'unica a pensarla così» osservò amareggiata Sybil.

Harriet non fece commenti. Suo marito si era espresso più o meno negli stessi termini e anche lei, almeno fino a qualche giorno prima, aveva accarezzato quell'idea balorda. Fu dunque più per un vago senso di colpa che per altro, che se ne uscì con quella frase: «I fantasmi delle donne morte dovrebbero andare, di notte, a tirare i piedi a quella vecchia».

Sybil si fermò all'improvviso. «Come hai detto?»

Harriet se n'era già pentita. «Niente. Lascia stare. Era una sciocchezza.»

«Hai detto fantasmi. L'ho sentito.»

«D'accordo, ma chi crede ai fantasmi?»

«Un sacco di gente!»

«Anche tu?»

«Non esattamente, ma non è detto che non ci siano.»

«Cos'è questa storia, Sybil? Mi vuoi spaventare?»

«No, voglio portarti da una persona.»

Leman Street distava pochi minuti.

Questa volta accanto all'entrata del Brown Bear non c'era nessuno in fila ad aspettare.

Adrianus Blavatsky, infatti, non riceveva di sabato.

Sybil indicò il cartello appeso sotto una delle finestre del primo piano.

«Stai dicendo sul serio?» le chiese Harriet con un'espressione a metà tra la sorpresa e il divertimento. «Vorresti parlare con… con… chiunque sia quell'uomo perché mandi qualche spirito a tormentare la madre di Hardiman?»

«Non essere sciocca, cugina. Certo che no. Sono solo curiosa.»

«Curiosa di cosa?»

Era stato il sogno. *Quel* sogno. Era quella la ragione.

Non l'aveva raccontato a nessuno (a chi avrebbe potuto confidarlo?), ma da allora le era rimasto incollato addosso come un segugio rimaneva aggrappato alla lepre dopo averla fiutata. Ci pensava spesso, al punto da confondere il ricordo di un sogno con quello di un evento reale, e in quei momenti provava qualcosa – un senso di incompiutezza, domande senza risposta, l'impressione di trovarsi sul margine di un precipizio – che la angustiava più di quanto avrebbe voluto.

La donna con il ciondolo e il tatuaggio sul braccio. Sua madre, presumibilmente.

Sybil non credeva ai fantasmi, tuttavia la sua era soltanto un'opinione personale, una supposizione razionale, non una verità universale. E se si fosse sbagliata? Se quello non fosse stato un sogno?

«Vieni» disse salendo le scale che portavano al primo piano.

«Ci vuoi andare davvero?» domandò Harriet sbigottita. «C'è scritto che riceve lunedì, mercoledì e venerdì... E poi, chissà quanto costa.»

Sybil non la ascoltò. Giunta di fronte alla porta sulla quale campeggiava una targa in ottone con la scritta DR. ADRIANUS BLAVATSKY – MEDIUM, si fermò a pensare. Cosa gli avrebbe chiesto, se mai lo avesse davvero trovato? Decise di improvvisare.

Bussò. Nessuna risposta.

«Sybil...» sussurrò Harriet guardandosi intorno nel pianerottolo deserto. «Andiamo via.»

Sybil bussò di nuovo, con maggior convinzione ed energia.

Si udì un trapestio al di là della porta e finalmente qualcuno venne ad aprire.

«Prego?» Apparve un uomo alto, dal fisico prestante. Aveva occhi verde scuro che gli donavano uno sguardo magnetico, lunghi capelli rossicci e crespi, e folti baffi sopra le labbra strette.

Sybil si presentò.

Nel sentire il nome di Catherine Eddowes, Adrianus Blavatsky fu tradito da un lieve fremito. «*Quella* Catherine Eddowes?» chiese.

«È vero che siete in grado di parlare con i morti?» replicò lei senza giri di parole.

«Io preferisco il termine *comunicare*.»

«So che vi eravate offerto di comunicare con gli spiriti delle vittime di quell'uomo, lo Squartatore.»

«Questo è vero. Ma la polizia non ha ritenuto che potessi essere utile.»

«E se io invece volessi comunicare con mia madre?»

«Come? Be', non mi aspettavo certo una simile richiesta... proprio oggi.»

«È un giorno come un altro» insisté Sybil.

«Il sabato solitamente non ricevo.»

«Potreste fare un'eccezione. Per me.»

Blavatsky guardò la ragazza e, alle sue spalle, l'altra giovane donna che gli era stata presentata come la cugina della defunta Catherine Eddowes. Esitava.

«Se è una questione di soldi...» disse Sybil.

«Non è una questione di soldi. Per voi lo farei gratuitamente. Ne avreste ogni diritto.»

«Allora vi prego, dottor Blavatsky, fate una prova.»

L'uomo sospirò. «E va bene» disse spalancando la porta del suo appartamento-studio. «Accomodatevi.»

L'interno era scarsamente illuminato e dominato da velluti scuri e arazzi alle pareti.

C'erano oggetti di varia foggia e provenienza disseminati su ogni superficie libera, una stanza così fittamente stipata da suscitare un lieve senso di soffocamento. Nell'aria c'era profumo di incenso, che si mescolava all'odore della polvere depositata sugli oggetti creando una combinazione insolita, una specie di museo sacro.

Dopo aver acceso alcune candele, Blavatsky condusse le due donne a un tavolino rotondo sul quale era disposto un disco di legno dello spessore di un quarto di pollice. La superficie del disco era incisa con lettere, numeri e due parole soltanto: sì e NO. «Sedete» disse.

Sybil e Harriet, incuriosite, presero posto intorno al tavolo. L'uomo fece altrettanto. Quindi tirò fuori dal taschino del gilet una moneta da un penny e la posizionò al centro del disco di legno.

«Premetto che non sempre i tentativi di entrare in contatto con il mondo dell'aldilà sono coronati da successo. A volte è estremamente difficile, i flussi psichici non sono costanti e le entità sono distratte o impedite a raggiungerci. Tuttavia farò del mio meglio. Ora, posizionate insieme a me il dito indice della mano destra sopra la moneta, così. Sgombrate la mente da qualunque pensiero estraneo e concentratevi sulla figura della defunta Catherine. Immaginatene il volto per come lo ricordate, il suo sorriso, vestitela con il suo abito più bello e fissatene le sembianze. Ecco. Restate concentrate, proverò a evocarla... Catherine!» chiamò con voce stentorea. «Catherine Eddowes! Ci stai ascoltando? Qui con me ci sono tua figlia, Sybil, e tua cugina Harriet! Catherine puoi sentirci? Ti prego, se puoi sentirci, dacci un segno!»

Si udì uno schiocco provenire dal tavolo, come il suono di un ramo secco che si spezza.

«È lei» mormorò Blavatsky con aria sorpresa. «È qui.»

Sybil si guardò intorno, pensando di poter realmente scorgere la bianca figura che era apparsa nella sua camera da letto (o nel suo sogno). Ma non vide nulla, se non la stanza sovraffollata di oggetti di Adrianus Blavatsky.

Harriet, invece, sembrava spaventata. Il suo dito indice, a contatto con quello di Sybil, era gelato e la sua mano tremava leggermente.

«Catherine Eddowes» continuò Blavatsky «gradiresti rispondere alle nostre domande?»

Il penny cominciò a vibrare e lentamente, ma senza esitazioni, si diresse verso la parola sì.

«Oddio!» esclamò Harriet.

«Fatele una domanda» disse Blavatsky.

«Chi è Jack lo Squartatore?» proruppe la donna, gli occhi dilatati dall'eccitazione.

Sybil la fulminò con lo sguardo. Davvero Harriet si aspettava di ricevere su un piatto d'argento (o su una tavoletta di legno) nome, cognome e magari indirizzo dell'assassino più ricercato d'Inghilterra?

Ma inesplicabilmente il penny riprese a ondeggiare, spostandosi da una lettera all'altra. La parola che compose fu UOMO.

«Conosci il suo nome?» domandò Blavatsky.

Il penny scivolò su NO.

«Non sa chi è» chiarì il medium.

«Dicci qualcosa di te» intervenne Sybil scettica.

«Dovete essere più precisa» le disse Blavatsky. «Per esempio potete chiederle se sta bene o se vi sta proteggendo da dove si trova.»

Sybil non era interessata a quel genere di risposte. Lei voleva capire se davvero Blavatsky aveva il potere di evocare gli spiriti o meno. Sapere che sua madre, lo spirito di sua madre, sebbene privato del corpo esisteva ancora era un'idea confortevole. Era come credere a una sorta di immortalità dell'anima. Ma prendere per vera quella rappresentazione era ben altra cosa.

Decise di metterlo alla prova. «Dov'è John Kelly?» chiese.

Il penny restò fermo per alcuni lunghissimi secondi. Quindi si mosse, questa volta incerto, formulando le parole NON SO.

Sybil si disse che, se realmente lo spirito di sua madre era presente nella stanza, avrebbe dovuto sapere che John Kelly era morto annegato in un canale di scolo nel Kent. Anzi, forse lui avrebbe dovuto essere lì con lei, avrebbe potuto rispondere personalmente. SONO QUI, ACCANTO A TUA MADRE. Invece lo spirito di Catherine Eddowes non lo sapeva.

Blavatsky dovette percepire i dubbi della ragazza perché, alquanto tempestivamente, ritirò il dito dal penny e cominciò a tremare volgendo gli occhi all'indietro.

«Misericordia!» se ne uscì Harriet impaurita. «Che gli sta succedendo?»

«*Shhh*» la zittì Sybil.

«Si sta servendo di me...» mormorò Blavatsky. «Catherine

desidera comunicare direttamente con voi...» La sua voce stava cambiando, diventava più sottile, quasi un falsetto. Faceva impressione sentire un uomo grande e grosso, imponente come Blavatsky, parlare con una voce simile.

Harriet era letteralmente terrorizzata. Fece per alzarsi.

«Non ti muovere!» le intimò Sybil sottovoce.

«Sono Catherine Eddowes» disse Blavatsky con quella voce che non era la sua. «Sono felice di vedervi qui. Sappiate che sto bene e che le sofferenze provate in vita ora sono solo uno sbiadito ricordo. Vi voglio bene...»

«Cosa è successo quella notte?» volle sapere Sybil. «La notte in cui moristi.»

«C'era un uomo, quando uscii dalla stazione di polizia. Mi aspettava nell'ombra, vicino a Mitre Square...»

«Descrivilo.»

«Era buio, molto buio... Basso... di carnagione chiara... aveva un berretto di panno che gli copriva gran parte del viso... Mi offrì dei soldi e io accettai... ma invece del denaro all'improvviso estrasse una lama...»

Harriet fece per alzarsi e Sybil fu costretta ad afferrarle un polso per trattenerla.

«E il bracciale?» domandò la ragazza. «Dove l'hai perduto?»

«Il bracciale? L'ha preso lui, l'assassino...»

«Puoi dirci qualcosa di più per trovare il responsabile della tua morte?»

Blavatsky indugiò. Aveva la testa ciondoloni e le palpebre serrate. Il corpo era scosso da piccoli tremiti. Poi sollevò il capo e mostrò il bianco degli occhi. «Cercate colui che ha il potere magico supremo... cercate nell'*Albanum Maleficarum*...

L'uomo con la pipa colpirà ancora!» Detto ciò la testa gli ricadde sul petto e cessò di tremare.

«Cosa significa?» si domandò Harriet senza smettere la sua aria atterrita.

«Lo so io» bisbigliò Sybil a denti stretti.

L'uomo con la pipa era quello descritto da Israel Schwartz, il testimone ungherese che aveva visto per ultimo Elizabeth Stride viva. In quanto all'*Albanum Maleficarum*, Sybil non aveva idea di cosa fosse, ma puzzava incredibilmente di stregoneria da quattro soldi.

Blavatsky si riprese. Si stropicciò gli occhi e la faccia, e si lisciò i lunghi capelli spostandoli all'indietro. «Perdonate il mio stato di trance» disse con la sua consueta voce. «Catherine è un'entità potente, che ha preferito interagire direttamente con voi tramite la mia persona. Spero che vi abbia detto cose interessanti.»

«Voi non ne serbate ricordo?» domandò Harriet.

L'uomo scosse energicamente il capo e i capelli gli ondeggiarono sulle spalle. «Quando sono in trance perdo ogni connessione con la realtà che mi circonda.»

«Avete parlato di un certo *Albanum Maleficarum*» disse Sybil.

«Non io» la corresse Blavatsky alzandosi e sgranchendosi la schiena. «Vostra madre. *L'Albanum Maleficarum* è un grimorio, un libro di magia che consente di creare incantesimi, preparare medicine e pozioni e invocare entità soprannaturali.»

«Voi, cioè… mia madre ha detto: "Cercate colui che ha il potere magico supremo"» ricordò la ragazza.

«Interessante» rifletté Blavatsky mettendosi a camminare per la stanza con i palmi premuti sui lombi. «In alcuni passi di quel libro vengono forniti i dettagli al fine di ottenere, per l'appunto, il potere nero supremo. Si tratta di compiere delle azioni, legate a sacrifici umani, per diventare infinitamente potenti. Dopo tre sacrifici, si dice, lo stregone otterrebbe il dono dell'invisibilità. Ricordate infatti come, in occasione dell'omicidio della vostra parente, l'assassino sembrò essersi volatilizzato nel nulla. I poliziotti cercarono ovunque, ma Jack era sparito.»

A Sybil tornò in mente la leggenda di Jack dai tacchi a molla.

«E l'uomo con la pipa sarebbe quello stregone?» volle sapere Harriet.

Sybil notò che aveva la stessa espressione di Joseph quando lei gli raccontava le storie che aveva letto nei libri della signora Hoghart, l'ingenua sorpresa di chi è pronto a credere a qualsiasi cosa.

«Può darsi» rispose Blavatsky.

Sybil si alzò. Ne aveva abbastanza. «Grazie, dottor Blavatsky. È stato molto… istruttivo.»

«Spero davvero che vi abbia confortato sapere che vostra madre sta bene» concluse l'uomo salutandola.

«Che persona colta e affascinante» dichiarò Harriet quando furono nuovamente in strada.

Certo, pensò Sybil, *se paragonato a Charles.* «È un imbroglione» sancì categorica.

«Come sarebbe?»

«Ma dai, Harriet! Svegliati! Ha riferito semplicemente quanto riportato dai giornali, informazioni banali, di seconda mano. L'uomo nell'ombra con la pipa, quello con il berretto di panno. Ha preso per buona la versione che mia madre facesse la prostituta, quando ora sappiamo bene che non era così. Tutto vago, tutto prevedibile. Non ha detto nulla che già non sapessi.»

«Ha detto che Catherine sta bene, che è in un bel posto. Non desideri che sia così?»

«Ciò che desidero non ha niente a che vedere con quello che ho sentito in quella stanza. Non ha detto che non ha memoria di quanto avviene durante lo stato di trance? Allora come poteva ricordare le parole di mia madre? E poi la storia del bracciale…»

«Già, il bracciale.»

«Era una scusa. Non esiste nessun bracciale. Volevo vedere cosa s'inventava. E se proprio lo vuoi sapere, l'oggetto che davvero mia madre portava su di sé e che è misteriosamente scomparso era un ciondolo.»

«Un ciondolo?»

«Esatto. Con all'interno qualcosa di cui nessuno, a parte lei, sembrava essere a conoscenza.»

Harriet ammutolì. Poi sospirò, delusa. «È tardissimo. Charles sarà in pensiero.»

E anche piuttosto in collera, formulò Sybil. Ma ovviamente si guardò bene dal dirlo. «Prendiamo una carrozza» propose invece. «Faremo prima.»

Ancora una volta, però, quando fu sul punto di salire, Sybil fu colta da un ripensamento. «Vai tu» disse alla cugina.

«E tu dove vai?»

«Alla Biblioteca Nazionale. Devo controllare una cosa.»

«Il libro magico?» domandò Harriet sporgendosi dal finestrino mentre la carrozza iniziava la sua corsa.

Sybil fece un cenno con la mano. Quindi si mise in marcia.

Sì, avrebbe controllato anche la faccenda del grimorio, ma c'erano due fatti che quel giorno l'avevano particolarmente colpita e ora che Harriet se n'era andata li trascrisse nel suo quadernetto.

Il primo riguardava le caramelle che Hardiman aveva sempre in tasca, le Cachou.

Non ci aveva fatto caso subito, ma le erano venute in mente quando si trovava da Blavatsky, all'improvviso, come se davvero un'entità sovrannaturale glielo avesse suggerito. Lo stesso tipo di caramelle erano state trovate sul corpo di Elizabeth Stride, sebbene lei non fumasse. Un'altra curiosa coincidenza.

Tuttavia, ciò che la stava conducendo a passo sostenuto verso la Biblioteca di Londra non era tanto quell'ultima scoperta, quanto la necessità di verificare qualcosa che aveva notato sempre durante la sosta a Mitre Square: le lesioni sulla pelle di Hardiman.

Domenica, 4 novembre 1888

Il *Trattato pratico di Dermatologia dei dottori Cazenave e Schedel* riportava numerosi disegni raffiguranti le lesioni tardive di una malattia venerea nota da tempo e chiamata mal francese o sifilide. Descriveva accuratamente le varie forme della malattia, non ultima quella che si manifestava con piaghe, noduli ed eruzioni cutanee su mani, collo, testa e bocca. La trasmissione avveniva per via sessuale, ma anche attraverso baci, posate e vestiti condivisi, oltre che dalla madre al feto. C'era un libro simile, di un autore inglese, in casa della signora Hoghart, ma questo era molto più dettagliato.

Sybil cominciò a pensare che William Hardiman fosse affetto da sifilide, il che non rappresentava certo un problema, ma nella sua testa si mise in moto qualcosa. Forse stava esagerando con i collegamenti fantasiosi o forse la sua ammirazione per Auguste Dupin la stava portando su sentieri sconosciuti e rovinosi. Tuttavia, se la si vedeva da un certo punto di vista, la cosa sembrava funzionare.

Hardiman le aveva raccontato di aver perso moglie e figlia a causa di una brutta malattia. Poteva essere la sifilide? Poteva. Tanto più che era comprovata la trasmissione dalla madre al feto. Lui stesso mostrava le lesioni tipiche di chi la malattia la contraeva in forma lieve e probabilmente a lento decorso. Ma c'era dell'altro.

Amelia Palmer, parlando di Annie Chapman, aveva detto che per un certo tempo aveva intrattenuto una relazione con un giovane uomo incontrato in Heneage Street, il quale aveva un'attività in proprio, moglie e una figlia, e che quando scoprì che Annie era malata la lasciò. Amelia Palmer non vide mai quell'uomo ma sapeva che la sua amica lo chiamava Billy.

William Hardiman, detto Billy, possedeva un negozio di macelleria in Heneage Street. Aveva moglie e una figlia.

La domanda a quel punto era: l'uomo che ebbe una

relazione con Annie Chapman era William Hardiman? In tal caso la sifilide l'aveva contratta da Annie? Possibile.

Dunque poteva essere stato lui, attraverso il suo atteggiamento imprudente e adultero, a causare la sofferenza e la morte della moglie e della figlioletta? Anche questo era plausibile.

E tale accadimento, poteva averlo portato a odiare Annie Chapman ritenendola responsabile delle sue disgrazie?

A sentire la madre di Hardiman, le prostitute avrebbero meritato tutte feroci punizioni divine. E se il pensiero della madre di Hardiman fosse stato lo stesso del figlio?

In definitiva, Sybil si chiedeva se William Hardiman potesse aver ucciso Annie Chapman.

E se c'era anche una sola possibilità che William Hardiman avesse ucciso Annie Chapman, poteva aver ucciso anche le altre donne, ritenendole, seppur erroneamente, depravate e malate quanto Annie Chapman?

Se fosse stata un poliziotto, Sybil avrebbe controllato gli alibi di Hardiman relativamente alle notti in cui erano avvenuti gli omicidi a Whitechapel.

Ma, sfortunatamente per lei, non era un ispettore di Scotland Yard e il suo intento, per una persona normale, sarebbe risultato oltremodo gravoso. Ne avrebbe però parlato a Collard. Lui poteva fare qualcosa in questo senso.

In quanto all'*Albanum Maleficarum*, Blavatsky aveva detto la verità. Si trattava di un antico libro di magia scritto in arabo e risalente al X secolo, nel quale si elencavano pratiche di stregoneria comprendenti riti di evocazione del demonio e dei diavoli dell'abisso. Qualcosa a metà strada tra la fiaba e la leggenda. Sybil, tuttavia, nutriva seri dubbi che l'assassino di Whitechapel fosse realmente uno stregone con il dono dell'invisibilità. Blavatsky non era altro che un ciarlatano che sfruttava per scopi personali il dolore di chi aveva subito una perdita.

Di questo tenore erano le riflessioni di Sybil quella domenica mattina, mentre, seduta su una panchina di Hyde Park, osservava Nellie e Joseph giocare sull'erba passandosi un caleidoscopio artigianale.

Harriet, accanto a lei, guardava i suoi figli con aria dolce e serena, nonostante un livido violaceo le sporcasse la mandibola, la risposta di Charles al suo ritardato arrivo a casa il giorno precedente. Durante quello stesso accesso d'ira, i profumati e vivaci fiori di campo acquistati al mercato di Bermondsey erano miseramente finiti nella stufa e quindi in fumo.

Tutto questo era accaduto prima che Sybil rientrasse. Poi, quando Charles era uscito (probabilmente per andare a bere), Sybil non aveva potuto far altro che consolare la cugina e cercare di convincerla che la colpa di quanto accaduto, di quel comportamento prepotente e brutale, non era sua, di Harriet, ma di suo marito, di Charles, che legittimava con la violenza e la sopraffazione i propri diritti nei confronti della moglie, dimenticando di avere altresì dei doveri. E non c'era giustificazione che reggesse, perdita del lavoro, incidente alla mano, preoccupazione per la salute di Nellie, Sybil lo disse in modo chiaro, e Harriet rimase ad ascoltare, questa volta senza cercare improbabili e pretestuose scusanti, ma lasciando scorrere senza frenarle lacrime di rabbia e frustrazione.

Il giorno dopo, domenica, avevano deciso di andare insieme al parco.

«Stai sempre con lei, adesso?» aveva abbaiato Charles vedendole pronte a uscire.

«Puoi venire anche tu con noi» gli aveva risposto Sybil sfidandone lo sguardo.

«Per tirare su dal lago un'altra volta quel ragazzino?»

«*Quel ragazzino* è anche tuo figlio» aveva osato replicare Harriet.

Lui l'aveva guardata con aria di scherno. «La compagnia della cuginetta non ti fa bene. Forse è ora che se ne torni a casa sua.»

«Dovresti andartene» disse Sybil a un certo punto seguitando a guardare i bambini.

Gli alberi di Hyde Park, mossi da una lieve brezza, disegnavano ombre mutevoli sul prato erboso e sui volti delle due donne, sedute una accanto all'altra sotto un'enorme quercia che probabilmente esisteva già ai tempi di Enrico VIII, quando il parco era la riserva di caccia del re.

«Come dici?»

«Dovresti prendere i tuoi figli e andartene.»

Harriet sorrise sorpresa. «Andarmene? E dove?»

«Vieni a Wolverhampton, a stare da tua madre.»

«L'hai detto tu stessa che non resisterei più di una settimana.»

«Magari mi sbaglio.» Sorrise. «Io ci resisto da otto anni. Non è così male, in fondo.»

Harriet scosse la testa, come a voler convincere se stessa. «Non posso. E poi Charles mi verrebbe a riprendere. Oppure finirei come… come quelle donne, a elemosinare un giaciglio o a far crescere i miei figli in una *workhouse*. Mio Dio, non ci posso nemmeno pensare. Non ti hanno insegnato niente tutte quelle storie?»

Sybil si voltò a guardarla. Le prese le mani nelle sue. «Mi hanno insegnato che per cambiare le cose bisogna volerlo» disse con gentile fermezza. «E mi hanno insegnato che ci vuole coraggio per fare la cosa giusta. Un coraggio enorme.»

Lunedì, 5 novembre 1888

In Thrawl Street, dove si era recata per salutare zia Eliza (pensava ormai che la sua permanenza a Londra avesse i giorni contati), Sybil incrociò Timbley, il fratellino di Leech. Le sue gote fuligginose erano solcate da righe più chiare: aveva pianto.

«Cosa succede?» gli chiese Sybil inginocchiandosi davanti a lui e pulendogli il viso sporco con il proprio fazzoletto.

Ma quello singhiozzava e non riusciva a spiegarsi.

«Te lo dico io, cos'è successo» intervenne zia Eliza apparendo sulla soglia di casa.

Leech era stato arrestato dopo un tentativo di furto finito male a un banco di pegni. L'avevano portato a Newgate, la prigione più dura della città.

«Stavolta resta dentro parecchio, te lo dico io» chiosò la donna.

«Perché?»

«Perché era già stato beccato. E i poliziotti, con quelli come lui, non sono per niente teneri.»

Sybil era scossa. Leech era un ragazzo. Come se la sarebbe cavata in un posto tanto orrendo?

Qualcosa le disse che uno come Leech se la sarebbe cavata ovunque. Ma non ne era del tutto convinta. Aveva sentito dire che i prigionieri venivano incatenati e torturati, a volte lasciati senza cibo né acqua per giorni, e che qualcuno, tra i carcerieri, estorceva denaro anche solo per garantire qualche minuto di aria aggiuntiva.

«C'è qualcosa che possiamo fare?» chiese.

Zia Eliza scosse la testa. «Non dipende da noi.» Teneva in braccio Timbley, che non smetteva la sua espressione addolorata.

Sybil però pensava che qualcosa avrebbe potuto fare. Avrebbe parlato con Collard, per esempio. Avrebbe perorato la causa di Leech, o Archibald, come preferiva chiamarlo. Gli avrebbe spiegato che da solo pensava al sostentamento dell'intera famiglia, sebbene non ne fosse del tutto sicura.

«Chi vive ora con Timbley?» si accertò.

«Le sue sorelle, quattro, e gli altri due maschi della famiglia.»

«E i genitori?»

«Morti. Entrambi. La madre soltanto un anno fa. Ma non preoccuparti, le sorelle sono grandi e lavorano tutte in fabbrica. I maschi al porto.»

«Ma allora, Leech…»

«Perché sta attaccato alle braghe di quel poco di buono di Gafin? Perché gli piace quella vita, ecco perché. Ci ha provato pure lui a lavorare in fabbrica, a fare l'operaio. E poi è scappato.»

«Mi dispiace.»

«È lui che dovrebbe essere dispiaciuto» replicò acida Eliza Gold. «E forse, ora, avrà tempo per pensarci.»

«Quando torna Archibald?» piagnucolò Timbley.

«Non lo so, piccolo mio» rispose la donna arruffandogli i capelli. «Davvero non lo so.»

Sybil si augurò che, lontano dalla cattiva influenza di Archibald, Timbley avesse la possibilità di ricredersi circa la sciagurata idea di prendere a modello il fratello. Sperava che quella lezione gli sarebbe servita. E come se fossero appesi a un filo trasportato dal vento, i suoi pensieri si posarono su Joseph, per il quale auspicava altresì un'infanzia fuori dalle mura di un cantiere o di una manifattura tessile.

Avrebbe parlato con zia Elizabeth. Avrebbero fatto in modo di far avere a Charles e Harriet del denaro per l'istruzione di Joseph. In fondo, era pur sempre suo nipote.

Il problema, piuttosto, sembrava quello di dover convincere Charles che suo figlio meritava un'opportunità.

Prima, però, doveva cercare Collard.

Erano trascorsi quattro giorni da quando aveva parlato con l'ispettore di Karpenko, Bachert e Craig.

A che punto sono le indagini?, si chiedeva. *Cos'ha scovato la polizia?*

Inoltre c'era la questione Hardiman, la scoperta della probabile malattia che aveva decimato la sua famiglia e del sospetto che potesse essere l'uomo con cui Annie Chapman aveva intessuto una relazione. Cos'avrebbe detto l'ispettore questa volta?

Sybil lo apprese meno di mezz'ora più tardi, quando giunse alla stazione di Bishopsgate.

L'ispettore stava andandosene, ma acconsentì a rimanere per parlare con la ragazza.

Dall'ultima volta, il suo atteggiamento nei confronti di

Sybil era cambiato. Non mostrava più la pazienza di un genitore comprensivo ma riluttante, bensì l'interesse di chi nutre aspettative insperate. Fu lui a parlare per primo e con una certa urgenza.

«Abbiamo trovato i bottoni di cui parlavate, quelli rinvenuti nel camino della camera di Ivan Karpenko. Li custodiva la proprietaria della pensione, la signora Georgina Bachert.»

Sybil pendeva dalle sue labbra e intanto registrava tutto nella sua testa, in modo da poterlo trascrivere nel quadernetto una volta tornata a casa. «Ebbene?»

«Sono identici a quello ritrovato accanto al corpo di vostra madre. O quantomeno, sono dello stesso tipo.»

«Oddio! Questo significa che...»

«Significa che Karpenko dovrà darci delle spiegazioni. Ovunque sia.»

«Non l'avete trovato?»

L'ispettore scrollò la testa. «È questa la cosa strana. È scomparso. Letteralmente svanito. Non esistono documenti. È come se non fosse mai esistito. Uno spettro.»

Sybil fu scossa da un brivido. «Uno spettro?»

«Ma lo troveremo. Prima o poi salterà fuori. Abbiamo la sua firma, sul registro della pensione, e stiamo confrontando la calligrafia con quella delle lettere spedite dall'assassino.» La guardò negli occhi. «Grazie, Sybil. Il vostro aiuto è stato prezioso. Mi spiace di avervi biasimato, la scorsa volta. Tuttavia devo ripetervi di fare attenzione. Londra, e in particolare Whitechapel, è un luogo estremamente pericoloso, infido, dove perfino i poliziotti devono stare in guardia.»

«Capisco. Ed è anche per questo che oggi sono passata da

voi. Un mio amico, un ragazzo che mi faceva da guida nel quartiere, è stato arrestato per un furto a un banco di pegni...»

Gli raccontò la vicenda di Leech, calcando la mano sul fatto che da lui dipendevano i fratelli, compreso un bambino di soli sei anni costretto a lavorare come spazzacamino.

«Mi rincresce che consideriate vostro amico un ladruncolo di strada. E comunque non è rubando che si sostiene la propria famiglia» osservò Collard contrariato.

«Lo so e gliel'ho detto. Ma, vedete, quei poverini sono senza genitori e hanno dovuto imparare molto presto a cavarsela da soli. E poi quell'uomo, quel Gafin, se ne approfitta e se ne serve, li usa per i suoi spregevoli scopi...»

«Conosciamo Gafin e quelli che agiscono per suo conto» ribatté l'ispettore. «Stiamo lavorando per prenderlo e mettere fine una volta per tutte ai suoi loschi traffici. In quanto al vostro amico, sempre se volete continuare a considerarlo un amico, non credo di poter fare nulla. Non dipende da me e, a quanto mi dite, è stato colto in flagrante. Sono desolato. Avrà quello che gli spetta.»

«Ma...»

L'uomo la zittì sollevando una mano. «Non insistete, vi prego. Piuttosto, abbiamo controllato le vostre dichiarazioni a proposito del signor Bachert e del signor Craig. Abbiamo verificato gli alibi e ciascuno dei due ha dei testimoni attendibili in almeno uno degli omicidi. Nessuno di loro è l'uomo che stiamo cercando.»

«Allora lasciate che vi racconti di Billy Hardiman.»

«E chi sarebbe?»

Gli disse tutto quello che aveva dedotto, dalle lesioni

riconducibili alla sifilide, alle affermazioni di Amelia Palmer, dalla confessione dello stesso Hardiman relativamente alla morte della moglie e della figlia, all'uso di caramelle Cachou, le stesse trovate in mano a Elizabeth Stride.

«Dunque riterreste questo Hardiman un possibile sospetto?» concluse Collard. «Non vi basta quel che abbiamo su Karpenko?»

Sybil non ci aveva pensato. Eppure la vicenda di Hardiman, se le sue conclusioni avevano un fondamento, sembrava una pista più che promettente. Magari i bottoni di Karpenko erano solo simili a quello trovato accanto a sua madre. Valeva la pena verificare ogni possibile teoria.

«Fa il macellaio!» insisté. «La polizia ha sempre dichiarato che l'assassino potrebbe essere un macellaio. O sbaglio?»

«Quindi ciò escluderebbe Karpenko. In ogni caso, sapete quanti macellai lavorano a Whitechapel?»

«Ma non tutti hanno avuto una relazione con una delle vittime. Lui odia le prostitute.»

«Come fate a dirlo?»

«Ne ha parlato dicendo che è sua madre a considerarle cattive persone, ma secondo me è lui a pensarlo.»

«Via, Sybil! Vi ho sottovalutata, lo ammetto, ma ora non vi sembra di esagerare con le vostre deduzioni? E poi, non avete detto voi stessa che le vittime di Jack non erano prostitute?»

«Non usate quel nomignolo, vi prego. Sì, è vero, non erano prostitute, ma Hardiman lo crede. E purtroppo quel che conta è ciò che crede lui, anche se non dovesse coincidere con la verità.»

«State davvero ipotizzando che Hardiman abbia ucciso

Annie Chapman per punirla di avergli trasmesso la malattia? Voi state delirando!»

«Anche quando vi parlavo di Karpenko deliravo?»

Collard sospirò. «D'accordo. Avete vinto. Accerteremo pure questa storia. Però, vi supplico, smettete di andare a caccia di sospetti!»

Ma le sorprese, per quel giorno, non erano ancora terminate.

«Quel giornalista, è venuto qui» le disse Harriet non appena Sybil mise piede in casa.

«Craig?»

«Mi pare si chiami così.»

«Cosa voleva?»

«Non l'ha detto.»

«Ha lasciato un messaggio, qualcosa?»

«Nulla. Se n'è semplicemente andato.»

«Ma non ha detto se torna?»

«No.» Poi abbassando la voce e guardandosi dietro le spalle: «Charles l'ha cacciato...»

«Cosa fai?» domandò l'uomo apparendo in quel momento dalla camera da letto. Si rivolgeva a Sybil. «Inviti i tuoi amichetti in casa mia?»

Lei lo fissò con rabbia. «È un giornalista. Sta scrivendo un articolo su mia...»

«Non me ne frega un accidente di chi è e di cosa fa!» ringhiò avanzando minaccioso.

Harriet si voltò verso di lui. Non lo fronteggiava apertamente, ma si era messa a difesa di Sybil, frapponendosi tra la cugina e l'uomo che aveva sposato.

Charles ebbe un'esitazione. Non era contemplato dalle regole della casa (stilate da lui, naturalmente) che la moglie osasse in qualche modo contraddire il marito, anche se soltanto con un gesto.

Si arrestò e guardò entrambe con un ghigno feroce. «Va bene» disse scuotendo la testa. «Vi siete alleate, capisco.» Poi alzò un dito e lo puntò minaccioso verso Sybil. «Ascolta quello che ti dico, cuginetta. Tu da questa casa te ne vai, hai capito? Scriverò oggi stesso a tua zia per dirle che razza di persona sei e con chi te la fai. E le dirò di venirti a prendere quanto prima.» Quindi spostò lo stesso dito in direzione della moglie. «In quanto a te, quando la ragazzina se ne sarà andata, qui dentro tutto tornerà com'è sempre stato e io e te faremo una bella chiacchierata.» Detto questo infilò la porta sfiorando volutamente con la propria spalla quella di Sybil e uscì di casa.

Le due donne rimasero immobili, senza dire nulla.

Tremavano entrambe.

Molto più tardi, nel silenzio della propria camera, dopo che Nellie e Joseph erano stati messi a letto, e mentre stava riordinando gli appunti nel quaderno, Sybil sentì un pianto sommesso provenire dal salotto.

Sbirciò dalla porta e vide Harriet, seduta al tavolo. Le sue esili spalle si muovevano appena. Fu sul punto di raggiungerla e, magari, di abbracciarla. Poi pensò che non avrebbe potuto dire molto per lenire la pena che la tormentava. Una pena facile da intuire. E forse la colpa era anche sua, anzi, prevalentemente sua, di Sybil. Era stata lei a metterla contro Charles, ad aprirle gli occhi, a farle vedere come il mondo era degli uomini e avrebbe continuato a esserlo ancora a lungo, se qualcuno non avesse cominciato a fare qualcosa.

Ma Sybil capiva anche che, una volta che lei fosse tornata a Wolverhampton, da zia Elizabeth, Harriet sarebbe rimasta sola a combattere la sua battaglia. E per questo le sembrò ipocrita andare a consolarla sapendo che presto lei stessa l'avrebbe abbandonata al suo destino.

E a proposito di battaglie, le venne in mente Leech. Come se la stava cavando nella prigione di Newgate? Avrebbe dovuto inviargli un messaggio? Per dirgli cosa? Che il suo colloquio con l'ispettore Collard non era servito a nulla?

Tuttavia, anche se non poteva fare niente per lui, poteva fargli sentire la sua vicinanza, la sua amicizia. Perché, seppur in un modo strano, un modo che non avrebbe mai immaginato possibile, quel ladruncolo di strada era diventato suo amico, il primo vero amico della sua vita.

Strappò un foglio dal quadernetto e scrisse.

Scrisse di getto, con impeto, cercando di mettere nelle parole (ma anche nella calligrafia) tutto quello che provava, per far sì che davvero la sua vicinanza fuoriuscisse dalla pagina e avesse il potere di scaldare il cuore e le pareti della cella nella quale Archibald era rinchiuso. Ci mise tutta se stessa.

Quando firmò, si accorse di avere il viso in fiamme. Si sentiva strana.

Non aveva mai scritto a un ragazzo prima di allora. Rilesse la lettera e si accorse di avere esagerato. Si stava mostrando troppo preoccupata per lui. Aveva composto frasi come *ti auguro con tutto il cuore*, *ti sono vicina*, *con affetto*, *desidero il tuo bene*.

Pensò se non fosse il caso di gettarla e scriverne un'altra, ma proprio in quel momento sentì Charles che rientrava. Si alzò lesta e chiuse la porta a chiave. Poi spense la lampada e rimase in attesa.

Udì rumori confusi, un trascinare di sedie e la voce alterata dall'alcol di Charles che investiva Harriet di improperi.

Sybil si disse che se l'avesse picchiata sarebbe uscita dalla stanza e... I suoi occhi si posarono sul candelabro di ottone e decise che sarebbe servito allo scopo.

Lo prese e tornò alla porta, pronta a spalancarla e a precipitarsi fuori se solo avesse udito il suono delle percosse.

Ma non ci fu altro che silenzio. Charles doveva essere crollato addormentato. Oppure non voleva che Sybil fosse testimone di quel che sarebbe toccato a Harriet di lì a qualche giorno.

Quel pensiero la raggelò. Non c'erano solo uomini che uccidevano per le strade; molti uccidevano e usavano ogni forma di violenza possibile anche in casa. Soprattutto in casa.

Rimase stesa a letto a fissare il buio sopra la sua testa a lungo, finché non fu sicura che nelle altre stanze non si stesse consumando alcun dramma.

L'ultimo pensiero prima di addormentarsi lo ebbe per Francis Craig.

Perché era venuto a cercarla? Cosa voleva da lei? Piuttosto, era Sybil a reclamare delle spiegazioni. Avrebbe aspettato l'indomani e se il cronista non si fosse ripresentato o non le avesse lasciato un messaggio, sarebbe tornata allo «Star» e stavolta avrebbe preteso il suo indirizzo.

Martedì, 6 novembre 1888

Al mattino il biglietto che Sybil aveva scritto per Leech era ancora sopra il tavolino, lì dove l'aveva lasciato la sera precedente con l'intenzione di gettarlo e riscriverlo. Invece, prima di uscire dalla stanza, lo piegò in quattro ripromettendosi di imbustarlo e spedirlo così com'era. Voleva che Archibald percepisse la sua sincerità. Perché quella lettera era sincera, le era uscita dal cuore, senza starci troppo a pensare. Voleva che lui serbasse di lei quel ricordo, di una persona vera, onesta, leale, quale riteneva di essere.

Attraversò il corridoio guardandosi intorno. Charles, fortunatamente, non c'era. Harriet e i bambini facevano colazione. Si unì a loro con discrezione, pensando quasi di dare disturbo.

Harriet le rivolse un sorriso debole, spento, che Sybil ricambiò.

Si sentiva in imbarazzo, come se fosse responsabile di aver combinato un grosso guaio. E forse era davvero così. Cercò sul volto e sulle braccia della cugina i segni di colpi silenziosi, che Charles aveva potuto assestarle a sua insaputa. Ma con grande sollievo non ne vide alcuno.

Concentrò la propria attenzione su Joseph e sulla piccola Nellie, che, come al solito, appariva patita e sofferente nonostante stesse ingoiando con avidità cucchiaiate di porridge da una ciotola.

«Buongiorno, bambini» disse sforzandosi di essere allegra. «Che facciamo oggi?»

«Pensavo di fare il bucato» rispose Harriet. «E speravo mi potessi aiutare.»

«Certo. E quando finiamo, Joseph e io ci mettiamo a leggere un po'. Che ne dici, Joseph?»

Il piccolo annuì. «Però giochiamo anche.»

«D'accordo.»

«Non dovresti illuderlo» sussurrò Harriet. «Lo sai come la pensa Charles.»

Finalmente, pensò Sybil. Non era lei, Harriet, a credere che Joseph non fosse portato per lo studio. Era *lui*, era Charles. «Già» replicò. «E tu, invece, come la pensi?»

«Penso che non abbiamo soldi per una scuola come si deve.»

«Scuola?» intervenne Joseph. «Chi va a scuola?»

«Tu dovresti andarci» rispose Sybil toccandogli il naso a patata con un dito.

«Sarà molto più utile alla famiglia portando a casa una paga anziché dei voti» ribatté Harriet.

«Non sarà utile per lui, però.»

«Voglio andare a scuola!» esclamò Joseph all'improvviso. «Scuola! Scuola!»

«Smettila!» gridò sua madre.

«Ora parli come tuo marito» la rimproverò Sybil.

«A scuola! A scuola!»

«Taci!» Harriet alzò la destra e colpì suo figlio sulla testa. Joseph scoppiò a piangere, subito imitato dalla sorellina.

Sybil scattò in piedi e cinse con le braccia il corpo singhiozzante del bambino. Fissava la cugina con un'espressione di ferma condanna. «Non lo devi picchiare» disse.

Harriet sollevò Nellie e se la strinse al petto. «Ecco cos'hai fatto con le tue idee» sibilò rivolta alla cugina. «Hai rovinato tutto!»

Nel pomeriggio qualcuno bussò alla porta.

Era un portalettere, con il berretto a visiera rigida, lo stemma della Royal Mail e il sacco sulle spalle. «È per la signorina Sybil Conway» disse porgendo una piccola busta.

«Sono io» disse Sybil, che era andata ad aprire.

L'uomo accennò un saluto e ridiscese le scale.

Sybil si rigirò la busta tra le mani per qualche istante mentre il cuore accelerava all'impazzata.

L'inchiostro con cui erano stati scritti il suo nome e l'indirizzo era color rosso sangue.

Lurida puttana.
Hai ficcato il naso dove non dovevi. E per questo meriti di finire come tutte le altre.
Sentiranno le tue grida fino a St. Paul quando ti aprirò la pancia con il mio coltello affilato.

Jack lo Squartatore

Sybil la lasciò cadere a terra, spaventata e confusa.

«È di mia madre?» chiese Harriet apparendo in quel momento.

Sybil si affrettò a raccoglierla. «No, no...» balbettò cercando di controllarsi. «È un messaggio dell'ispettore... Dice che ci sono delle novità.»

«Che novità?»

«Non lo so. Devo andare da lui... Domani.»

Se avesse potuto sarebbe uscita di casa in quel preciso istante per correre alla stazione di Bishopsgate. Chiunque fosse stato a mandarle quella lettera, aveva probabilmente ottenuto il suo scopo: spaventarla.

Cercò di calmarsi. Joseph le chiese di leggergli qualcosa e Sybil pensò che fosse un buon modo di placare quella nera tempesta emotiva che sentiva pronta a scatenarsi dentro di sé. Distrarsi, pensare ad altro per un po'. Anche se non era facile. Per niente.

«Cos'hai?» volle sapere Harriet.

«Come? No, stavo solo pensando a quali potrebbero essere queste novità» mentì. Poi, ficcando la lettera e la busta nella tasca della gonna, continuò: «Joseph, vuoi essere così gentile da prendere il libro che ho sul comodino?»

Lesse alcune pagine de *Il mulino sulla Floss* seduta in poltrona con il bambino accoccolato in grembo, ma non capì una sola parola. La sua mente non riusciva a pensare ad altro che a quella lettera orribile.

Era stata davvero la mano dell'assassino di Whitechapel a vergarla?

Ivan Karpenko, il sospettato numero uno. Magari era già lì sotto, che gironzolava fingendo di aspettare un amico. Invece aspettava lei pregustando quello che le sarebbe capitato. L'avrebbe seguita, per strada, e alla prima occasione l'avrebbe infilzata con il suo coltellaccio, da parte a parte, con un ghigno sul viso.

Le venne la tentazione irresistibile di alzarsi e andare alla finestra, a spiare da dietro le tende.

«Perché ti sei fermata?» le chiese Joseph.

Riprese a leggere le vicende di Maggie Tulliver che, singhiozzando per l'ennesima ramanzina di Mrs. Tulliver, sua madre, fuggiva nel solaio a torturare il feticcio a cui faceva scontare tutte le sue disgrazie, una vecchia bambola di legno.

E se invece fosse stato Charles?

Una beffa, uno scherzo di cattivo gusto. Come quando era stata trascinata in quel sotterraneo. Charles avrebbe potuto volerla spaventare, ne aveva motivo, per costringerla a lasciare Londra e tornarsene a Wolverhampton. Perché no? Non era poi un'idea tanto folle. E sicuramente immaginare Charles che scriveva una messaggio di minacce era preferibile all'idea che quella lettera giungesse direttamente dalle mani dello Squartatore.

Per la prima volta da quando era arrivata a Londra, Sybil percepì un alone di paura aleggiare intorno a sé.

Non la paura che aveva provato quando era stata rinchiusa nel magazzino, né quella nel vicolo quando quell'operaio si era messo in testa di divertirsi un po' con lei ed era arrivato Leech a salvarla, come il principe azzurro delle fiabe. E nemmeno la paura che certe volte le incuteva Charles, soprattutto quando aveva bevuto. Questa era più simile al terrore, all'angoscia terrificante che dovevano aver provato le vittime di quel mostro quando avevano capito che stavano per essere uccise. Lo stesso terrore cieco e oscuro che aveva invaso sua madre.

Ora c'era lei sul palcoscenico, Sybil, lei era la nuova protagonista dello spettacolo messo in scena da Jack lo Squartatore.

Le parve che lo spazio nel quale si muoveva si stesse sgretolando, che si decomponesse, come se qualcosa di invisibile lo stesse divorando. E presto sarebbe arrivato a sgretolare, a divorare anche lei. Provò a dargli un nome. *Panico.* Una parola che spalancava una voragine sotto i suoi piedi.

Non doveva cedere al panico. Il panico impediva di ragionare, mandava in frantumi i pensieri, che diventavano schegge impazzite proiettate in ogni direzione.

Si impose di tenere insieme i suoi pensieri, di mantenerli razionali, sensati.

«Yap, Yap, Tom ritorna a casa!» lesse Joseph. Quindi alzò gli occhi, due puntini neri e vivaci, pieni di aspettativa.

Sybil riemerse dalla palude nella quale era momentaneamente sprofondata. «Come?»

«Sono stato bravo?» Il piccolo teneva il dito sulla riga che aveva appena letto. «Anch'io vorrei un cagnolino come Yap.»

Lei gli carezzò la testa. «Sei stato bravissimo» disse, mentre la sua mente all'improvviso formulò la frase: *Yap, Yap, Sybil ritorna a casa.*

Mercoledì, 7 novembre 1888

Sì, forse era davvero tempo di tornare a casa.

Sybil cominciava a pensare che tutta quella faccenda fosse troppo grande per lei, un gioco del quale non conosceva le regole e che avrebbe finito per ritorcersele contro.

Ma forse, a giudicare dalla lettera, era già troppo tardi.

Aveva saputo quel che c'era da sapere su sua madre e aveva

dato un nome al proprietario del bottone di metallo ritrovato accanto al suo corpo.

Con un po' di fortuna, la polizia avrebbe dimostrato che quell'uomo era l'assassino di Whitechapel. Cosa cercava ancora?

I passi falsi venivano commessi quando ci si sopravvalutava, quando si aveva di sé una considerazione superiore alla realtà dei fatti. E lei forse si era sopravvalutata.

Restavano tuttavia due cose da fare.

Parlare con Collard e con Craig. Poi sarebbe partita.

Mentre si preparava per uscire, un altro portalettere giunse al numero 3 di Tooley Street.

Questa volta fu Harriet ad aprirgli.

Sybil apparve sulla soglia della sua stanza con il corpetto ancora da chiudere. Aveva il viso allungato dall'ansia e gli occhi fissi, acquosi.

La cugina teneva il telegramma tra le dita, davanti alla faccia. «È per te» disse solamente.

Sybil si sentì sollevata. Aveva temuto che si trattasse di un'altra lettera di minacce.

Ma il misterioso scrittore, chiunque fosse, non avrebbe certo mandato un telegramma per prometterle che l'avrebbe uccisa.

Lo aprì con movimenti nervosi delle dita, strappandone un brandello, mentre Harriet stava in piedi di fronte a lei, curiosa.

Charles era al lavoro e sia la sera precedente che quel mattino, a colazione, si era mostrato fin troppo sicuro di sé, rifilando occhiate sprezzanti a entrambe le donne, quasi non gli importasse nulla della loro presunta alleanza, come se pensasse che fosse un gioco, uno scherzo che sarebbe finito presto, molto presto. Sybil, al contrario, aveva l'impressione che fosse rimasto assai turbato dal moto di ribellione (poco più che un balbettio, in verità, ma sufficiente a far nascere il lecito sospetto che si trattasse di un seme pronto a germogliare) scorto nell'atteggiamento della moglie il giorno prima. Stava perdendo il suo potere su di lei e ne era preoccupato. Ecco il motivo del suo disinteressato cinismo e della sua fretta di liberarsi della cugina.

Si chiese ancora cosa ne sarebbe stato di Harriet una volta che lei fosse partita e ventilò l'ipotesi di informare zia Elizabeth di quanto accadeva in quella casa.

La stessa zia Elizabeth che le mandava quel telegramma.

In tono lapidario e stringato, com'era sua abitudine e come richiedeva la tipologia del messaggio, ordinava alla nipote di tornare immediatamente a Wolverhampton. Ne aveva abbastanza di quella storia. Se Sybil avesse rifiutato, sarebbe venuta a prenderla di persona.

La minaccia di Charles di scrivere alla suocera era evidentemente stata messa in atto e questo spiegava il suo atteggiamento di superiorità.

Sybil voltò il telegramma in direzione della cugina. «È tua madre. Vuole che torni a casa.»

Harriet annuì senza mostrare chiaramente cosa provava.

Era contenta o dispiaciuta? Sybil tentò di indagare il suo animo scrutandole nello sguardo, che era, però, vacuo come sempre. Non vide nulla, nulla di percepibile. Così ripiegò il messaggio e disse semplicemente «Devo uscire.»

Una volta in strada si guardò intorno nervosa, alla ricerca di individui sospetti che la tenessero d'occhio. Se quel tizio,

Karpenko, l'aveva davvero presa di mira allora doveva stare più che attenta. Doveva fare in modo di essere sempre in mezzo alla gente, di non imboccare vicoli bui, di non dare confidenze a persone che non conosceva.

Contò quanti soldi le rimanevano. Decisamente pochi per una carrozza. C'era sempre l'omnibus, però. Attraversò la strada e percorse la breve distanza che la separava dalla fermata, dove, in paziente attesa, c'erano un paio di donne e un uomo anziano. Attaccò conversazione con loro, per sentirsi protetta, al sicuro e, nel caso, chiedere aiuto.

L'omnibus arrivò annunciato dal consueto sferragliare unito allo scalpiccio dei cavalli e al vociare confuso di chi era già a bordo. Sybil pagò il penny dovuto e trovò un posto a sedere, da cui poteva sorvegliare gli altri passeggeri. La prudenza, si diceva, non era mai troppa.

La prima sosta la fece in Stonecutter Street, alla sede dello «Star».

Questa volta non si fermò dall'usciere, ma infilò decisa (come se sapesse perfettamente da chi andare e avesse un appuntamento) il grande scalone che portava alla redazione. Allo stesso modo, una volta giunta al secondo piano, attraversò i corridoi puntando, come lo scafo di una nave lanciata a tutta velocità, l'ufficio del vicedirettore Massingham.

Bussò ed entrò senza attendere la risposta.

«Prego?» le chiese Massingham con la sua solita aria pacata da dietro i *pince-nez*.

«Sono Sybil Conway, la figlia di Catherine Eddowes.»

«Mi ricordo di voi, signorina. Avete bisogno di qualcosa?»

«Esattamente. Dovrei parlare con Francis Craig.»

«Vi ho già detto che non lavora più per questo giornale.»

«Lo so. Ma...»

«Così come vi ho già detto che non posso darvi il suo indirizzo. Non senza la sua autorizzazione. E inoltre vi ho anche detto di stare alla larga da un uomo imprevedibile.»

«Ma voi dovete sapere che...»

Massingham si alzò dalla scrivania. Era più basso di Sybil e gracile, con gambe secche che si perdevano all'interno di pantaloni che parevano di un paio di taglie più grandi. «Non devo sapere niente» disse con piglio autoritario sostenendo il gomito di Sybil e sospingendola con delicatezza verso la porta. «Vi auguro una buona giornata.» Detto questo chiuse la porta dell'ufficio sul volto costernato della ragazza.

«Siete tornata!» esclamò una voce alle sue spalle.

Sybil si voltò. Era Coxon, il giovane redattore incontrato la volta precedente.

«Che succede?» le chiese. «Dalla vostra faccia sembrerebbe niente di buono.»

«Quell'uomo è un tipo impossibile...»

Il giovanotto rise. «Avete perfettamente ragione, ma meglio non dirglielo.» La seguì verso l'uscita. «C'è qualcosa che posso fare per voi?»

Sybil rallentò il passo e lo guardò. «Qualcosa ci sarebbe» disse. Le era venuta un'idea.

Uscì dal palazzo che ospitava lo «Star» con un biglietto in tasca e l'espressione soddisfatta di chi ha ottenuto quel che voleva.

Sul biglietto, infatti, era riportato l'indirizzo della casa di Francis Craig: 110 Goulston Street.

Era bastato fare gli occhi dolci e raccontare a Coxon che stava lasciando Londra e che voleva ringraziare il signor Craig per l'articolo che aveva scritto su sua madre. Ma il vicedirettore era troppo indaffarato per simili piccolezze e così l'aveva messa alla porta dicendole di non fargli perdere tempo.

«Mettere alla porta una signorina come voi?» aveva ribattuto il giovane simulando indignazione, quindi si era subito messo in moto riuscendo a scovare, nell'archivio, i dati personali dell'ex collega, e accontentandosi, infine, di una calorosa stretta di mano come ricompensa.

Sybil prese al volo un omnibus che passava proprio in quel momento (ormai si sentiva abbastanza a proprio agio con quel mezzo) e scese in prossimità della stazione di polizia di Bishopsgate.

Voleva parlare con Collard.

Aveva parecchie cose da dirgli. Innanzitutto sapere a che punto era la ricerca di Karpenko. Finché quell'uomo restava a piede libero, era possibile che commettesse altri omicidi (scacciò con forza il pensiero che uno dei prossimi delitti potesse riguardare lei). In secondo luogo desiderava mostrargli la lettera che le era arrivata e chiedere di confrontarla con le altre attribuite allo Squartatore. Infine voleva informarlo che stava per partire e che, in ogni caso, avrebbe seguito l'andamento delle indagini da Wolverhampton, sempre se l'ispettore fosse stato tanto gentile da ragguagliarla.

Mentre entrava nella stazione, si chiese se avrebbe dovuto accennare anche a Craig, al fatto che aveva intenzione di andare a parlargli.

Ma tutte queste richieste rimasero meri propositi perché

l'ispettore Collard non era in ufficio e per motivi di lavoro non sarebbe rientrato prima di venerdì.

«Ditegli che devo assolutamente parlargli» ribadì all'agente in guardiola chiedendosi se il caso che portava l'ispettore fuori sede avesse a che fare con le sue recenti informazioni. «Mi raccomando, ditegli che Sybil Conway l'ha cercato.»

«Sybil Conway?» ripeté un secondo poliziotto che stava controllando dei fascicoli. «L'ispettore ha lasciato un messaggio per voi, nell'eventualità che foste passata a cercarlo.» Pescò una busta da un portadocumenti e gliela allungò al di là del bancone.

Sybil la afferrò pensando che l'ispettore aveva doti da preveggente, oppure molto semplicemente cominciava a conoscerla. Aprì la lettera e la lesse lì, davanti alla guardiola.

Collard la informava di aver indagato su William Hardiman e di non aver rilevato nulla di sospetto. Aveva davvero perso moglie e figlia per una forma acuta di sifilide e lui stesso era in cura per le sue lesioni con preparati a base di mercurio. Ma oltre questo null'altro, a parte che anche sua madre era morta, ma ben cinque anni prima. Nessuna prova del suo presunto rapporto con una donna che potesse essere Annie Chapman. Inoltre, per uno degli omicidi, quello di Polly Nichols, aveva un alibi inattaccabile: parlava con un poliziotto durante un incendio nel bacino di carenaggio di Shadwell. Hardiman era un vicolo cieco. Non restava che puntare su Karpenko.

Goulston Street distava soltanto mezzo miglio da Bishopsgate, pochi minuti a piedi.

Un paio di poliziotti, usciti anch'essi dalla stazione, stavano scendendo lungo la trafficata Wormwood Street, nella direzione in cui doveva andare Sybil. Decise di seguirli.

Camminava tenendosi a una ventina di passi di distanza, abbastanza per non destare in loro dei sospetti (avanzava scrutando intorno, furtiva, come una persona che ha qualcosa da nascondere), ma non troppi per non essere udita nel caso qualcuno avesse tentato di aggredirla.

Quando fu in Duke Street non riuscì a resistere alla tentazione di infilare Church Passage e sbucare in Mitre Square. Forse quella era davvero l'ultima occasione di salutare sua madre prima di tornare a Wolverhampton.

Dal giorno del funerale non era più tornata all'Ilford Cemetery. Non voleva pensare a sua madre rinchiusa in una cassa di legno. Preferiva quel posto, Mitre Square, dove l'anima di Catherine era volata via in una notte di settembre, dove non c'erano tristi croci o fredde lapidi a ricordare un corpo sepolto e divorato dai vermi e dalla muffa. Dove Sybil aveva l'impressione che sua madre fosse semplicemente andata in un altro luogo, un luogo migliore.

Entrare e sostare in Mitre Square significava perdere la protezione dei poliziotti, la cui ronda li stava portando più giù, verso Aldgate. Tuttavia confidava nella presenza degli operai che lavoravano ai magazzini. Ne udiva il vivace vocio, che giungeva alle sue orecchie trasportato dall'imbuto del passaggio coperto.

Il mazzo di margherite era ancora al suo posto. I carri e gli scaricatori vi transitavano davanti senza degnarlo di un'occhiata. Si faceva l'abitudine a tutto, anche alla pietà.

Dalla parte opposta, Sybil scorse il signor Morris. Stava

discutendo con alcuni operai addetti alla sistemazione della merce. La scritta KEARLEY & TONGE giganteggiava sopra le loro teste.

«Signor Morris!» lo chiamò.

L'uomo si voltò e quando riconobbe la ragazza il suo viso rude si stemperò in un sorriso. Quindi diede le ultime disposizioni agli uomini con cui stava parlando e le andò incontro. «Signorina! Che piacere vedervi. Come state? Vi siete ripresa dalla vostra ultima brutta avventura?» Alludeva alla faccenda del sotterraneo.

«Sto bene, grazie. E voi?»

«A parte il mal di schiena, la vista che sta calando e lo stomaco perennemente in fiamme, direi che sto bene» scherzò il signor Morris.

La battuta strappò un sorriso anche a Sybil. «Non date l'idea di un uomo con molti acciacchi» disse.

«So fingere molto bene» ribatté lui. Poi aggiunse: «Qualcuno ha lasciato delle bellissime margherite per vostra madre».

«Sono stata io» rispose Sybil. «Il vostro amico non ve l'ha detto?»

«Il mio amico?»

«Il signor Hardiman, Billy. Era qui, quel giorno. Usciva da uno dei magazzini. Ma voi non c'eravate.»

«Vedete, a volte aiuto William con le consegne. Lui mi lascia i pacchi nel magazzino e io li recapito. D'altra parte siamo soci, giusto?»

Sybil annuì. «Anche quella volta, il giorno in cui facemmo conoscenza, lui vi stava portando un pacco da consegnare» disse. «Lo ricordo perché la carne mi finì sulla gonna.»

«Sulla gonna? Com'è possibile?»

Gli raccontò quello che era accaduto quel giorno di tre settimane prima, quando si era scontrata con il macellaio. Sembrava passato un secolo da allora.

«Spero che la gonna non si sia rovinata» osservò Morris. «Le macchie di sangue, quand'è secco, faticano a venir via.»

Sybil avvertì un brivido freddo sfiorarle il corpo e i suoi occhi scivolarono, come la prima volta, sul marciapiede, alla ricerca del sangue di sua madre. Ma, proprio come quella volta, non ne vide traccia.

Morris colse l'imbarazzo del momento, perché si affrettò a cambiare discorso. «Posso chiedervi dove state andando?» volle sapere. «Sapete che non è prudente girare da sola per certi quartieri.»

Sybil avrebbe voluto rispondergli che lo sapeva fin troppo bene e che per questa ragione era arrivata fin lì alle calcagna di una coppia di poliziotti. Le venne in mente di domandare a lui di accompagnarla. Sempre se avesse avuto un po' di tempo a disposizione. E non si trattava soltanto di fare la strada.

Un dubbio atroce, infatti, l'aveva assalita mentre percorreva Wormwood Street: e se Craig avesse avuto a che fare con gli omicidi?

Se per qualche ignoto motivo Karpenko non fosse stato l'assassino?

In tal caso Sybil si stava cacciando da sola nella tela del ragno. Morris era stato un poliziotto, l'uomo giusto per difenderla. E già una volta l'aveva salvata.

«Verreste con me?» chiese senza troppi giri di parole.

«Con voi? E dove?»

«Devo incontrare una persona, a casa sua. Sempre che ci sia.»

Morris si grattò il mento ispido fermandosi a riflettere. «È una cosa importante?» domandò infine.

«Non lo so ancora. Forse. Ma voi sicuramente non avrete tempo da perdere con una ragazzina che si mette in testa di...»

«Ho tutto il tempo che voglio» la interruppe Morris. «Almeno fino alle 5 di oggi pomeriggio» aggiunse poi con il suo solito tono scherzoso «quando comincia il mio turno.»

Durante il tragitto, Morris volle sapere chi fosse la persona misteriosa alla quale Sybil era decisa a fare visita.

«Si chiama Craig, Francis Craig, ed è un giornalista.»

«Ah, brutta razza i giornalisti. Quand'ero poliziotto ci ho avuto spesso a che fare.»

«Avevamo un patto» continuò Sybil. «Lui doveva fare una cosa per me, per mia madre. Ma non ha mantenuto la parola.»

«E chissà perché ho la sensazione che ora se la vedrà brutta. Ho ragione?»

Sybil sorrise. «Voglio solo delle risposte. Ha lasciato il lavoro al giornale e due giorni fa è venuto a casa a cercarmi. Ma io non c'ero.»

«Ecco la vostra strada» disse Morris fermandosi improvvisamente sotto la targa che recitava GOULSTON STREET. «Siamo arrivati.»

Sybil controllò il biglietto che le aveva dato Coxon, quindi si rimise in moto, alla ricerca del civico.

Morris, che la seguiva, a un certo punto richiamò la sua attenzione: «Signorina! Credo sia questo» disse indicando l'androne scuro di un palazzo mal tenuto al civico 108.

Sybil, che era qualche passo avanti, si era fermata di fronte a un laboratorio di ceramica corrispondente al numero 110. Guardò nuovamente il biglietto con l'indirizzo. Coxon doveva aver confuso i numeri. Oppure l'errore era nella cartella di Craig pescata dall'archivio.

«Venite» ripeté Morris. «È qui.»

Salirono una scala buia e attraversarono pianerottoli su cui si affacciavano appartamenti rumorosi, privi spesso di un nome che ne identificasse gli occupanti.

«Non posso bussare a tutte le porte» si lamentò Sybil.

«No, non potete» convenne Morris pensieroso. Passò in rassegna alcune porte avvicinandovi l'orecchio e a un certo punto, dopo una dozzina di queste operazioni, disse: «Qui non si sentono rumori. Potrebbe essere l'appartamento di un uomo che vive solo. Proviamo?»

«Va bene. Però non fatevi vedere. Se avrò bisogno di aiuto griderò il vostro nome.»

«Di aiuto?» Morris si mostrò sorpreso. «Perché dovreste aver bisogno di aiuto? È pericoloso?»

«Non lo so ancora.»

«Allora lasciate che entri con voi. Se vi accadesse qualcosa, io...»

Sybil lo fermò con un gesto della mano. «Meglio di no. Vedrete che andrà tutto bene.»

Morris esitava poco convinto.

«Forza» insisté Sybil. «Mettetevi in quell'angolo e aspettatemi.»

L'uomo finalmente acconsentì. «Al minimo rumore sospetto, entro sfondando la porta. D'accordo?»

Sybil sorrise. «Vedrò di non fare rumori che vi mettano in allarme.» Poi bussò.

«Chi è?» chiese una voce sommessa da dietro la soglia.

«Signor Craig? Siete voi?»

«Chi è?» ripeté la voce.

«Sybil Conway. Ricordate? Siete venuto da me l'altro ieri. Dovevate scrivere un pezzo su Catherine Eddowes, mia madre...»

La porta si schiuse. Apparve una faccia pallida e smunta. Era indiscutibilmente Craig, ma sembrava invecchiato di dieci anni. «Entrate» disse l'uomo controllando che la giovane fosse sola.

Aveva i capelli scarmigliati e i favoriti erano cresciuti andandosi a unire alla barba di alcuni giorni. Non c'era traccia dell'uomo distinto che era stato a trovare Sybil una ventina di giorni prima. Si sistemò sul naso gli occhialetti rotondi, che gli scivolavano a causa, forse, di un recente dimagrimento.

«Come state, signor Craig?» chiese Sybil guardandosi intorno.

L'appartamento era in disordine e vi regnava un puzzo di chiuso e di cibo cotto.

«Non sto molto bene» rispose senza guardarla. Trafficava con la cintura della veste da camera.

«Siete malato? È per questo che avete lasciato il vostro posto al giornale?»

Craig alzò repentinamente lo sguardo sulla ragazza. «Come sapete che non lavoro più al giornale?» sibilò diffidente.

«Sono stata a chiedere vostre notizie.»

«E cosa vi hanno detto?»

«Niente di che. Quello che vedo, che non state bene.»

«Non preoccupatevi per me. Cosa volete?»

«Sapere perché mi avete cercato.»

L'uomo tornò a occuparsi di altro. Spostò alcuni oggetti che non avevano alcun bisogno di essere spostati, camminò avanti e indietro, si sistemò gli occhiali più volte. «Io... io...» bofonchiava.

Era a dir poco irriconoscibile, preda di uno stato di insana agitazione.

«Voi cosa?» lo incoraggiò Sybil.

«Io desideravo dirvi...»

«Dirmi cosa?»

«Che mi dispiace per vostra madre...»

«Vi ringrazio. Ed eravate venuto da me per questo?»

«Mi dispiace» disse nuovamente. «È stato... è stato... terribile. E ingiusto, ecco, ingiusto...»

Sybil lo osservò con attenzione. Era come se Craig non trovasse le parole o il modo o il coraggio per dire quanto aveva da dire, che, Sybil lo capiva da sé, non poteva essere soltanto una dichiarazione di partecipato rammarico.

«E poi dovete sapere che... che lo farà ancora.»

«Chi? E cosa farà?»

«Lo farà ancora» ripeté Craig. «Nessuno lo ferma...»

Sybil sentì il sangue andarsene dalle vene e una sensazione di freddo. «Di cosa state parlando?» Non osava nemmeno chiedere se si trattasse di Jack, ma qualcosa nella sua testa le diceva che era proprio quello il soggetto del farfugliamento del cronista.

Ma Craig non le rispose. Si mise a controllare le foglie delle asfittiche piante che adornavano il salottino, le quali, con tutta probabilità, aveva dimenticato di innaffiare.

«Sapete qualcosa?» domandò Sybil avanzando verso di lui. «Se sapete qualcosa dovete dirlo alla polizia, subito, prima che qualcuno ci vada di mezzo!»

L'altro scuoteva la testa, non era chiaro se per negare le affermazioni di Sybil o per scacciare dalla propria mente cattivi, orribili pensieri.

«Se non volete parlare con la polizia, allora parlate con me» insisté Sybil. «Dite a me quello che sapete. Ne va della vita di persone innocenti!» Cercò di non alzare troppo il tono della voce, non voleva che Morris irrompesse nell'appartamento sfondando la porta a spallate.

«Statene fuori, anche voi» sussurrò Craig voltandosi finalmente a guardarla. «Statene fuori. Era questo che ero venuto a dirvi. Perché lui sa di voi, sa tutto di voi... È stato lui a mandarmi per quella faccenda dell'articolo...»

«Lui chi?»

Craig si mise i palmi delle mani sulle tempie, come chi non vuole sentire o prova un dolore insopportabile, che lo fa impazzire. Ed era esattamente quella l'impressione che Sybil aveva, di un individuo sull'orlo della follia, del tutto fuori controllo.

La prova la ebbe qualche istante dopo, quando, dalle labbra tumide dell'uomo, uscirono queste parole: «Gli occhi dei morti...»

«Gli occhi dei morti? Cosa intendete?»

«Ostrogoff... lui li fotografa.»

«Non capisco... Cosa volete dire?»

«Cattura le ultime immagini... quello che vedono prima di morire.»

«Spiegatevi meglio.»

«Basta. Dovete andarvene...»

«Aspettate...»

«Dovete andarvene!» gridò Craig. Si gettò sulla porta e la spalancò. «Dovete andare via... Subito!»

Sybil attese qualche istante, ma l'uomo sembrava irremovibile. Se ne stava con la mano sulla maniglia, fissando il pavimento e spostando il peso inquieto da una gamba all'altra.

Quando Sybil gli passò davanti per uscire, sentì che, come una litania, mormorava a voce bassissima: «Mi dispiace... mi dispiace... mi dispiace...»

Nel pianerottolo allagato dalla penombra, il bagliore di una brace.

Morris attendeva appoggiato alla parete, nel buio. Fumava la sua pipa. «Com'è andata?» disse emergendo dall'ombra.

Sybil era scossa da quel che aveva visto e sentito. Craig era andato fuori di senno. Delirava. «Non bene» rispose lei scuotendo la testa.

«Avrei dovuto intervenire?» domandò Morris preoccupato.

«No, però...» Possibile che Craig stesse davvero parlando dell'assassino di Whitechapel? Cosa significava che lui sapeva tutto di lei? «Lasciate stare» concluse infilando le scale. Si sentiva confusa, le gambe le tremavano. Si appoggiò al corrimano.

«Sicura di stare bene?» si informò Morris.

«Sto bene, grazie.»

Uscirono in strada. La luce era accecante nonostante un cielo metallico.

«Vi ha detto perché è venuto a casa vostra?» volle sapere Morris. «E perché ha lasciato lo "Star"?»

Sybil respirò a fondo. Non sapeva come interpretare quanto aveva visto. Craig era davvero pazzo oppure aveva tentato di dirle qualcosa? Senza un motivo valido sollevò la testa verso le finestre del palazzo da cui erano appena usciti. Vide il volto diafano di Craig attraverso il vetro: stava guardando giù, lei e Morris fermi sul marciapiede. Quando i loro occhi si incrociarono, il giornalista rientrò precipitosamente e tirò le pesanti tende.

«Vi chiamo una carrozza» disse Morris.

«Non serve, grazie.»

Ma l'uomo la ignorò. Fischiò con due dita agli angoli della bocca e subito una delle vetture in sosta a bordo strada si mosse nella loro direzione.

«Vi ho detto che non serve» ribadì Sybil.

«Non posso accompagnarvi fino a Bermondsey e non voglio che andiate a casa in questo stato.»

«Non ho denaro sufficiente» disse finalmente Sybil e subito avvampò per la vergogna.

Morris rise. «Bastava dirlo. Ci penserò io.»

«No, vi prego...»

La carrozza accostò e Morris allungò al vetturino uno scellino. «Portatela dove desidera» disse.

Sybil a quel punto fu costretta ad accettare.

Prima di salire si girò verso di lui. «Cosa sapete di un certo Ostrogoff?» domandò.

L'uomo sollevò le spalle e fece una faccia perplessa. «Mai sentito prima. Perché?»

«Niente. Probabilmente è solo una sciocchezza. Grazie della vostra generosità, signor Morris. Sono sempre più in debito con voi.»

E, ancora una volta, Morris le rispose: «Non mi dovete nulla». Quindi, dopo aver richiuso lo sportello della carrozza, chiese: «Vi rivedrò?»

«No, non credo. Sto per partire. Torno a casa mia.»

«Forse è meglio così.»

Si strinsero la mano attraverso il finestrino, mentre il cavallo raspava con gli zoccoli il selciato e il vetturino guardava il cielo, da cui cominciavano a cadere piccole gocce di pioggia fredda.

Un algido, ostile sipario sulla permanenza di Sybil a Londra.

Giovedì, 8 novembre 1888

Vinta dallo scrupolo di non lasciare nulla di intentato, Sybil si mise a cercare notizie su Ostrogoff, l'uomo che, stando alle parole di Craig, fotografava gli occhi dei morti per catturare le loro ultime immagini.

In realtà, la sua sensazione era che Craig avesse seri problemi psichici. Probabilmente soffriva di allucinazioni, forse sentiva delle voci, vaneggiava o era ossessionato da idee fisse. In ogni caso era poco attendibile. Un po' come la questione dell'*Albanum Maleficarum* di Blavatsky.

Nonostante ciò poteva concedersi almeno la curiosità di verificare se quel tale, Ostrogoff, esisteva davvero o se era frutto della fantasia malata dell'ex giornalista dello «Star»

Cercò informazioni alla Biblioteca Nazionale. Purtroppo

senza esito. All'addetto al servizio di sala, chiese anche se esisteva un elenco dei fotografi di Londra. Gliene fu portato uno, ma risalente a circa dieci anni prima, e comunque non c'era nessun Ostrogoff.

Uscì dalla biblioteca dicendosi che, in fondo, era meglio così.

Non esisteva alcun Ostrogoff se non nella testa malata di Craig. E poi lei sarebbe partita presto, nel volgere di un giorno o due, prima che zia Elizabeth fosse costretta a venire a prenderla.

Il timore di essere aggredita a ogni angolo di strada dall'autore del messaggio intimidatorio che aveva ricevuto era sensibilmente diminuito.

Forse lei stessa gli aveva dato troppo peso, soprattutto considerando che con tutta probabilità si trattava di uno scherzo di cattivo gusto. Si era convinta infatti che dietro quel biglietto ci fosse Charles, deciso a scacciarla di casa.

La sola cosa che ancora la tratteneva, a quel punto, era il destino di Harriet. E di Joseph.

Tuttavia, più di mettere a conoscenza zia Elizabeth di come andavano le cose nell'appartamento di Tooley Street non poteva fare. Se Harriet mancava della forza necessaria o del coraggio per contrastare (o lasciare) suo marito, Sybil non poteva biasimarla, né costringerla.

E infine l'ispettore Collard. A Bishopsgate le avevano detto che non sarebbe tornato in ufficio prima di venerdì. Avrebbe parlato con lui e poi, finalmente, sarebbe tornata a casa. Fine della storia. Al resto ci avrebbe pensato la polizia.

Mentre stava per infilare il London Bridge diretta a Bermondsey, le venne in mente qualcosa che le fece cambiare idea. Anziché proseguire, tornò sui propri passi risalendo King William Street.

C'era un solo posto dove, se Ostrogoff esisteva veramente, l'avrebbero saputo.

E si trovava, tanto per cambiare, a Whitechapel.

Stavolta ci andò da sola, capitasse quello che doveva capitare. D'altra parte non c'era nessuno che potesse per così dire scortarla e denaro per pagare carrozze non ne aveva più.

Camminava a passo spedito, stando più possibile in mezzo alla gente (e comunque sempre protetta dalla mantella con cappuccio), e in una ventina di minuti fu di fronte alla chiesa di St. George.

Sapeva dove andare per averlo letto a suo tempo sui giornali.

Costeggiò il lato destro della chiesa e attraversò il cimitero sfilando platani maturi e seguendo un sentiero sconnesso formato da vecchie lastre di pietra. In fondo al cimitero, a un centinaio di iarde dalla canonica e addossata al muro di cinta, sorgeva una piccola struttura in mattoni rossi con il tetto spiovente.

L'obitorio di Whitechapel.

Se Ostrogoff aveva l'abitudine di fotografare gli occhi dei cadaveri, lì dovevano conoscerlo.

Bussò alla porta chiusa e attese.

Venne ad aprire un uomo dall'aria trasandata. «Dovete riconoscere un cadavere?» chiese senza nemmeno salutare.

Sybil sbirciò alle sue spalle. In uno spazio angusto che prendeva luce da due grandi finestre laterali e da un lucernaio sul tetto, erano disposti alcuni tavoli di metallo sopra i quali, coperti da lenzuoli ingialliti, si intravedevano le sagome di un paio di corpi.

«Dovete riconoscere qualcuno?» ripeté l'uomo che già iniziava a spazientirsi. Indossava un grembiule di cuoio e coprimaniche come quelle degli impiegati degli uffici. Aveva un volto rotondo e rubizzo che si addiceva più a un frequentatore di taverne che a un custode di cadaveri. *Ma in fondo*, pensò Sybil, *una cosa non esclude necessariamente l'altra. Del dottore non ha decisamente l'aria.*

«No» disse. «Avrei bisogno di un'informazione. Siete il custode?»

«Il sagrestano. Che genere di informazione cercate?»

«Conoscete un certo Ostrogoff?»

«Certo» rispose l'altro con noncuranza, come se fosse la cosa più naturale del mondo. «Perché?»

Sybil non riusciva a crederci. «E fotografa i... i morti?»

«Non precisamente. Michael fotografa gli occhi dei morti. Ma lui saprà sicuramente spiegarvelo meglio.»

«È qui?»

«Certo che no! Viene quando c'è un cadavere da fotografare. Ma deve essere morto da meno di un giorno, altrimenti dice che le immagini si perdono, una cosa del genere.»

«Come posso contattarlo?»

«Non ne ho idea. Non so dove vive. Mi spiace. Perché vi interessa tanto?»

«Sapete dirmi se Ostrogoff ha fotografato anche gli occhi delle vittime di Whitechapel?»

«Intendete le donne uccise da Jack lo Squartatore? Sicuro. Le ha fotografate tutte. Sperava di scoprire il volto dell'assassino.»

«E ci è riuscito?»

L'uomo scrollò la testa e la pappagorgia pendente oscillò simile al bargiglio di un tacchino. «Non mi risulta.»

«Ma ci sarà un modo per parlargli, no?»

«Può darsi. Ma se c'è, io non lo conosco. E ora, se non avete altre domande, dovrei dare una pulita qui dentro» disse l'uomo mostrando il secchio e lo straccio accanto alla porta.

Sybil non insisté e prese congedo. «Grazie. Scusate se vi ho disturbato.»

Un altro vicolo cieco.

Esisteva realmente qualcuno convinto che, fotografando gli occhi di un morto, fosse possibile coglierví frammenti della sua ultima visione terrena? Sembrava qualcosa di cui poteva occuparsi un tipo come Blavatsky. A Sybil, francamente, pareva una teoria priva di senso.

Eppure era stata all'obitorio di St. George per avere notizie di lui, di Ostrogoff, e ora che le aveva trovate non sapeva come trovare lui.

Ma poi, cosa sperava di scoprire? Davvero credeva di poter vedere impressa su una lastra fotografica l'immagine dello Squartatore? E magari farne dei volantini da distribuire in tutta Londra per scatenare la più grande caccia all'uomo di tutti i tempi. Se così fosse stato, considerò, com'è che la polizia non aveva ancora arrestato nessuno?

C'era una sola risposta: non esisteva alcuna fotografia dell'assassino. Ecco perché nessuno, a parte il sagrestano che si occupava dell'obitorio, conosceva Michael Ostrogoff.

Tornò a casa ma, quando bussò alla porta, nessuno venne ad aprire.

Dall'appartamento accanto sbucò la vicina, la signora Trogdon. «Ah, siete voi» disse. «Sono andati via.»

«Com'è possibile?» Sybil era alquanto sorpresa. Harriet non portava quasi mai fuori i bambini.

Jospeh apparve da dietro le gonne della signora Trogdon. «Sybil!» esclamò correndo ad abbracciarla.

«Nellie ha avuto una crisi» spiegò la donna. «Una crisi grave. E Harriet l'ha portata in ospedale...»

«Quale ospedale?» volle sapere Sybil allarmata.

«Il St. Giles, ma ha detto di rimanere qui, ad aspettarla. Mi ha lasciato la chiave» disse tirandola fuori dalla tasca del grembiule. «Ha detto di avvertire suo marito, quando torna.»

Sybil annuì. «D'accordo. Grazie.» Prese la chiave e, preceduta da Joseph, entrò in casa.

Trascorsero il resto di quella interminabile giornata cercando di non pensare a quello che stava accadendo a Nellie. Jospeh sembrava addirittura contento di avere tutta la casa e Sybil a sua completa disposizione, senza interruzioni.

Giocarono a tutto quello che si poteva giocare in casa (e quando fu la volta di nascondino, Sybil ne approfittò per controllare il vano nel pavimento in camera da letto di Harriet e Charles, scoprendo che la sacca con i coltelli e il grembiule di cuoio erano spariti).

Poi scrissero, mangiarono e lessero, finché Joseph non cadde addormentato tra le sue braccia e lei lo depositò delicatamente nel suo lettino. Quindi, sentendosi esausta e non avendo ancora notizie di Harriet, decise di stendersi a riposare a sua volta.

Doveva essersi appisolata da poco quando udì qualcuno che si muoveva nel salotto, senza preoccuparsi di fare piano.

Si alzò e andò a vedere, pregando di non trovare Harriet portatrice di una ferale notizia. L'idea che Nellie non fosse sopravvissuta all'ennesima crisi l'aveva divorata per tutto il giorno.

Invece era Charles.

L'uomo alzò uno sguardo torvo e annacquato sulla ragazza. «Sei ancora qui?» sibilò ghignando.

Aveva bevuto.

Il cuore di Sybil, che già andava a pieno regime, aumentò la sua frequenza. «Harriet e Nellie sono all'ospedale» disse cercando di stare calma e tenendo un tono di voce basso, così da non svegliare Joseph.

«Ah, sì?» fu la risposta di Charles.

«E non sono ancora tornate.»

«Torneranno» replicò lui.

«Non sei preoccupato per tua figlia?»

«Perché dovrei? Nellie è destinata a vivere poco, è malata...»

«Come puoi dire una cosa del genere?»

«È la verità.»

Sybil era esterrefatta. Decise che non era il caso di insistere, dal momento che, a parte Joseph, era sola in casa con Charles. «Io vado a dormire» disse. E senza attendere risposta infilò il corridoio.

Ma allorché si accingeva a chiudere la porta, la mano di Charles si frappose a impedirlo.

«Che cosa...?»

«Che cosa cosa?» ridacchiò lui. «Non è questo che vuoi?»

«Di che parli?» Sybil indietreggiò, terrorizzata. Avvertiva

l'alcol nell'alito di Charles, un odore rancido, che sapeva di violenza e di disperazione.

«Non mi hai invitato a seguirti?» replicò l'uomo. «A venire in camera tua?» Spinse sulla porta e quando fu all'interno se la richiuse alle spalle.

«Sei ubriaco. Esci subito di qui!» Sybil cercava di mostrarsi forte e decisa, ma dentro sentiva il corpo farsi liquido e il pavimento vibrare. Indietreggiò ancora. Doveva esserci il candelabro da qualche parte dietro di lei.

«Uscirò, tranquilla. Quando avrò finito.» Si tolse le bretelle e prese a slacciarsi i pantaloni.

«Sei impazzito? Se mi tocchi mi metto a urlare!»

«Non è questo che fai quando vai a Whitechapel? Tu e le tue amiche. Non sei altro che una di loro, una puttana!» Gli uscirono schizzi di saliva dalla bocca, il volto deformato dalla rabbia e dall'alcol.

«Come mi hai chiamata?»

«Lo sai benissimo come ti ho chiamata. È quello che sei.»

«Sei stato tu a scrivere quella lettera» lo accusò Sybil. Cominciava a essere molto più che un sospetto.

«Quale lettera?» Charles parve a disagio pur continuando ad avanzare.

«Se ti azzardi a fare un altro passo lo dirò a zia Elizabeth!»

«Non ti crederà, perché sa che razza di persona sei. Avanti, non farti troppo pregare, vieni qui...» Le bloccò le braccia cercando di baciarla.

Sybil sentì che avrebbe potuto vomitare. «Mi fai schifo!» gridò cercando di evitare la sua bocca. «Lasciami!»

«Consideralo un regalino di addio» ansimò lui strusciandosi

addosso al corpo di lei, le mani che frugavano ovunque.

Sybil ricordò all'improvviso le parole di Leech e fece quello che lui le aveva consigliato. Sollevò una gamba con violenza e il suo ginocchio colpì in pieno le parti intime di Charles.

L'uomo si staccò da lei soffocando un'imprecazione.

Sybil lo guardò fiera.

Fu solo un breve istante. Charles tornò alla carica, furioso e violento come un animale. Le ghermì la gola e cominciò a stringere.

Sybil si aggrappò alle sue mani nel tentativo di liberarsi. Eppure, nonostante la sinistra mancasse di due dita, la morsa era solida e non sembrava cedere.

Dio, pensò con fuggevole lucidità, *mi sta strozzando.*

La testa prese a girarle e la gola andò in fiamme, come se al suo interno ci fosse una fiamma, viva, che bruciava. Cercò di tossire, ma ne uscì un convulso soffocato. Sentì le braccia perdere forza, dissolversi, così come le gambe e la stanza tutt'intorno.

«Papà!»

Joseph era sulla soglia. Aveva occhi enormi, grandi come scodelle, e la bocca aperta, di chi non capisce.

Sybil percepì la stretta allentarsi appena un po'.

«Papà!» ripeté Joseph. «Perché fai cosi?» Mosse qualche timido passo nella stanza.

Charles lasciò andare Sybil, che subito cominciò a tossire.

«Torna a letto, tu!» lo rimproverò l'uomo.

Ma il piccolo, ignorando il padre, puntò deciso verso la ragazza. «Stai male? Perché tossisci?»

Sybil cadde in ginocchio. Era livida e si massaggiava la gola prendendo l'aria a sorsate, come se fosse emersa dal fondo di un lago. «Non è... niente...» balbettò. «Tra... tra poco... starò... meglio...»

«Hai la malattia di Nellie?» continuò Joseph, il tono spaventato. «Tu non andrai all'ospedale, vero?»

Lei riuscì a posargli una mano sulla spalla, per confortarlo. «No...» disse accompagnando le parole a un gesto della testa. «Non... andrò in... ospedale... te lo prometto...»

Charles si voltò di scatto verso la porta e sparì nel corridoio. Lo sentirono uscire sbattendo la porta di casa, ma il bambino e la ragazza non si scomposero. Si abbracciarono, in silenzio e rimasero uniti in quell'abbraccio salvifico a lungo. Molto a lungo.

Venerdì, 9 novembre 1888
Ore 0.30

«*Only a violet I pluck'd when but a boy / And oft'time when I'm sad at heart this flow'r has giv'n me joy / So while life does remain in memoriam I'll retain / This small violet I pluck'd from mother's grave.*»

«La senti?»

«La sento, Olivia. Sta cantando.»

«A mezzanotte e mezza? Ti pare l'ora di cantare?»

«Sarà allegra, che vuoi che ti dica?»

«Allegra grazie al gin che si è scolata.»

«Olivia, Mary Jane è una donna sola.»

«Non mi pare troppo sola! Gli uomini vanno e vengono continuamente da quella stanza!»

«È il suo modo per guadagnarsi da vivere…»

«Bel modo! E comunque, da quando la chiami Mary Jane?»

«È il suo nome.»

«Lo so che è il suo nome, ma tu devi chiamarla signorina Kelly o, al massimo, Kelly.»

«Va bene, Olivia. Ora vieni a letto.»

Olivia Picket guardò dalla finestra. «Tra un po' si mette a piovere.»

«Vieni a dormire.»

«Perché invece non scendi e le dici di smetterla?»

Suo marito si rigirò nel letto dandole le spalle. «Fa' come ti pare. Io dormo.»

Ore 1.00

Mary Cox stava rientrando nella sua stanza perché aveva bisogno di un ombrello. Si era messo a piovere e lei non aveva alcuna intenzione di rovinare il suo cappellino nuovo.

Passando davanti alle finestre irregolari del primo piano della stanza di Mary Jane Kelly, notò che, nonostante le tende fossero tirate, dagli spiragli filtrava luce. L'aveva incontrata un'ora prima, in Dorset Street, ubriaca. Fu sul punto di bussare per chiederle se stava bene, ma poi la sentì cantare. Era quella canzone irlandese che a Mary Jane piaceva tanto perché le ricordava la sua terra natale: *Una viola dalla tomba della mamma*.

Fece dietrofront guadagnando il proprio alloggio al numero 5 di Miller's Court. Una volta dentro, recuperò l'ombrello, appeso dietro la porta, e tornò fuori. Mary Jane cantava ancora: doveva essere di buon umore. Buon per lei. In quanto a Mary Cox, doveva vedersi con un'amica e due suoi conoscenti al Frying Pan, un pub tra Brick Lane e Thrawl Street. Magari ci scappava qualche soldo. Il lavoro andava e veniva e il denaro non bastava mai. Aveva trent'anni ed era piacente, e il sogno di trovare un uomo che la sposasse, che si occupasse di lei, non era ancora svanito. Se fosse stata bella come Mary Jane, altro che la prostituta, avrebbe fatto! Ma ognuno era libero di condurre la propria vita come preferiva. Chi era lei per biasimare gli altri? Soprattutto considerando che era finita due volte in prigione, per aggressione a un poliziotto e per aver sfregiato una donna a causa di una faccenda da cinque scellini.

Ore 1.30

Elizabeth Prater abitava esattamente sopra Mary Jane Kelly, interno numero 20.

Da quando suo marito l'aveva lasciata, cinque anni prima, anche lei, come Mary Jane, a volte era costretta a vendere il proprio corpo, ad andare con gli uomini solo per potersi permettere quella stanza spoglia e qualcosa da mangiare.

Quel giorno aveva camminato avanti e indietro per Whitechapel, da Spitalfields a Limehouse, per cercare di raggranellare qualche scellino. La stanza gliene costava quattro a settimana e se voleva un po' di carbone per la stufa e delle candele ne servivano altri due. E poi c'erano il cibo e il bere, che a volte, oltre a far dimenticare le disgrazie, serviva pure a riscaldarsi in mancanza di meglio.

Era tornata a casa esausta, in piena notte, intorno all'1.30. Salendo le scale aveva sentito Mary Jane cantare.

Da quello che sapeva, oltre a essere alta e bella come un giglio, Mary Jane era di famiglia benestante, aveva studiato ed era una specie di artista. Per quel motivo, nella sua stanza al piano di sotto, teneva la riproduzione in bianco e nero di un quadro famoso appesa sopra il camino, *Alba disperata* del pittore Frank Bramley: una giovane donna ha perso il marito pescatore in mare e si dispera inginocchiata accanto alla suocera, che cerca di confortarla. Quando Elizabeth l'aveva visto, la prima volta, aveva subito pensato a lei, a Mary Jane, rimasta vedova giovanissima. Il suo primo amore, infatti, era stato un minatore, perito nell'esplosione di una galleria.

Diddles, il gatto di Elizabeth, venne a strofinare il musetto contro le sue gambe.

Non era difficile immaginare Mary Jane, nelle fredde e solitarie sere invernali, piangere sommessamente guardando quella riproduzione. Quante albe disperate doveva aver vissuto?

Alcuni anni addietro aveva perfino trascorso un breve periodo in Francia, e a ragione di ciò, e per scherzo, si faceva chiamare con il vezzeggiativo di Marie Jeanette. Sei mesi prima si era risposata, con un uomo di cui Elizabeth non sapeva nulla. Si diceva fosse un cronista, un tipo elegante e discreto. Ma era durata poco e quel matrimonio finito in fretta non aveva lasciato alcun buon ricordo nella giovane donna. Da allora Mary Jane viveva al piano di sotto. Sola.

Elizabeth si stese a letto vestita di tutto punto a parte le scarpe, tanta era la stanchezza che avvertiva. Pesante come a volte erano pesanti i corpi degli uomini sopra di lei.

Accarezzò Diddles finché non le parve di sentire silenzio: Mary Jane aveva smesso di cantare.

Pochi minuti dopo si addormentò.

Ore 2.00

Per quattro anni, George Hutchinson aveva fatto l'operaio in una fabbrica di tabacco, dove rollava cartine dalle 7 di mattina alle 8 di sera per tre scellini la settimana. L'aveva detestato, quel lavoro, ma ora che l'aveva perduto lo rimpiangeva.

Quella notte camminava con le mani ficcate nelle tasche e lo sguardo a terra in Commercial Street, immerso nei propri pensieri. Stava tornando a casa dopo una giornata passata a cercare un nuovo impiego. Purtroppo senza fortuna.

Aveva trascorso l'intera serata al bancone di un pub dalle parti di Wapping, seduto davanti a una pinta di birra, una soltanto, che aveva fatto durare fino alla chiusura perché non aveva soldi per ordinarne un'altra.

All'altezza di Flower e Dean Street vide avanzare nella sua

direzione Mary Jane Kelly, la bella Mary. Gli piaceva, anche se andava con gli uomini, ma lei lo considerava poco più che un conoscente, uno spiantato come lei.

«Salute, Mary!» la accolse con calore.

«Hutchinson! Chi si vede! Avresti sei pence da prestarmi?»

«Sei di nuovo al verde?»

«Come tutti, no?»

George rise. «Infatti. Ho le tasche vuote pure io.»

«Allora ti saluto. Devo trovare dei soldi.»

Si voltò a osservarla, quel suo incedere elegante, di chi aveva visto tempi migliori. Dicevano che parlasse francese e che avesse vissuto a Parigi. George non riusciva a capire come una donna bella e di classe quale era Mary Jane potesse ridursi a fare la prostituta.

Rimase a guardarla mentre si allontanava verso Thrawl Street e stava già per riprendere la propria strada quando notò un uomo che usciva dall'ombra e la avvicinava. Portava un cilindro ed era vestito in maniera elegante. Aveva qualcosa nella mano sinistra, un pacco o una borsa scura. Lei diede l'impressione di conoscerlo, perché George la udì ridere a una sua battuta. Poi lui le mise un braccio intorno alle spalle e si avviarono insieme.

Che ci fa un tipo del genere in un postaccio come Whitechapel?, si domandò.

Li vide entrare in Dorset Street e decise di seguirli.

I due sostarono alcuni minuti all'angolo di Miller's Court, sotto una lampada a gas. George li udì parlare e ridere ancora. Poi entrarono insieme nella stanza occupata dalla donna.

Sentì un moto di rabbia pervadergli tutto il corpo. Se solo

lei l'avesse considerato più di quello che le apparenze suggerivano. Se solo gli avesse dato una possibilità. Avrebbe presto trovato un nuovo lavoro e si sarebbe spaccato la schiena pur di rendere felice una donna come lei. Invece Mary Jane si buttava via, concedendosi a chiunque le desse in cambio del denaro. A lei, che era come una principessa.

Attese a lungo, mezz'ora, forse più. Dalla stanza di Mary Jane non usciva nessuno.

Infine, stanco, afflitto e infreddolito tornò sui propri passi.

Ore 2.45

La stanza nella quale viveva Sarah Lewis era piena di spifferi. Quella sera, dai numerosi pertugi che lei aveva cercato inutilmente di coprire con stracci e fogli di giornale, penetrava un'aria dal sapore invernale, cattiva, che mordeva la carne. Sarah non stava bene, forse aveva la febbre, e il freddo che avvertiva era più intenso di quello reale. Decise di uscire e di recarsi dai suoi vicini e amici, i Keyler, una famiglia che abitava al 2 di Miller's Court, per chiedere se, solo per quella notte, potevano offrirle ospitalità e magari una pasticca di chinino.

Si coprì per bene e attraversò il cortile camminando svelta. Non era abituata a trovarsi fuori a quelle ore della notte. Faceva la lavandaia, non guadagnava molto, ma riusciva a pagare l'affitto e a mangiare dignitosamente. Magari avrebbe cambiato stanza, prima o poi.

Scorse due uomini, in piedi, fuori dal pub Britannia, che aveva già chiuso i battenti. A giudicare dal cappello che portava, uno di loro sembrava un marinaio e sfoggiava vistosi baffi. Le sembrò che la osservassero sospettosi. C'era gente strana e pericolosa in giro di notte.

Spaventata, Sarah accelerò e quando fu di fronte all'uscio dei Keyler bussò con forza, più volte.

Mentre attendeva che le aprissero, intravide un terzo uomo, dall'aspetto robusto e abbastanza alto, nell'angolo più remoto del cortile. Fumava la pipa e restava fermo parzialmente nascosto nell'ombra.

Quando la porta si aprì, Sarah si gettò all'interno felice come mai di poter passare la notte con qualcuno.

Ore 3.00

Mary Ann Cox infilò la chiave nella toppa della serratura.

La serata non era andata come aveva sperato. Per niente.

I conoscenti della sua amica erano dei farabutti, che avevano cercato di approfittare di lei. L'avevano presa per una poco di buono, per una che viveva per strada e che si sarebbe concessa per qualche pence o per una bottiglia di gin. Be' avevano sbagliato, sbagliato di grosso. Uno aveva ancora i segni dei suoi graffi sulla faccia. Forse l'avrebbero denunciata. E così sarebbe stata arrestata per la terza volta. Poco male, la cosa non la spaventava affatto.

Dalle tende delle finestre di Mary Jane Kelly non trapelava alcuna luce. Né si udivano rumori o voci. Tantomeno canzonette.

Mary Cox si preparò una tazza di tè e si sedette al tavolo, a pensare quanto fosse deprimente e vacua la propria vita.

Ore 4.00

Diddles aveva fame.

Saltò con un agile balzo sul letto e cominciò a tastare il viso della sua padrona con i morbidi polpastrelli.

Anche Elizabeth, aveva fame. Quel giorno non aveva quasi toccato cibo e il suo stomaco vuoto aveva generato brutti sogni. Si destò di soprassalto pensando che qualcuno fosse entrato di soppiatto nella stanza e la volesse strangolare.

Quando capì che si trattava del suo gatto, sorrise sollevata. Lo colpì con un buffetto bonario sul sedere. «Accidenti a te, Diddles!»

Si alzò percependo il freddo della stanza che le ghermiva le membra e controllò che la porta fosse ben chiusa. Con quel pazzo a zonzo per Whitechapel c'era poco da stare allegri. Non si sentiva sicura. Nessuna donna poteva esserlo.

Da un vaso in dispensa tirò fuori un pezzetto di pesce secco e lo mise a terra, per Diddles. Il gatto vi si avventò facendo le fusa. «Sei un gran furbo, tu.»

Nel silenzio della notte le parve di udire una specie di

lamento provenire dal piano di sotto, la camera di Mary Jane Kelly. Rimase un po' in ascolto, ma il suono, qualunque cosa fosse stato, non si ripeté.

Capitava spesso, di notte, di sentire qualcuno che gridava o piangeva o altro. Non ci si faceva caso e il più delle volte si trattava di schiamazzi tra ubriachi o di liti familiari.

Tornò a letto, ritrovando il piacevole tepore delle coltri.

Meno di un minuto dopo Diddles zampettò accanto a lei acciambellandosi soddisfatto.

Ore 5.45

Mary Ann Cox non riusciva a prendere sonno.

Dopo aver bevuto il tè si era messa a letto, ma non aveva fatto altro che girarsi e rigirarsi per ore.

Le sembrava di sentire dei rumori, giù in cortile, ma ogni volta che rimaneva ferma, in ascolto, anche smettendo di respirare, non avvertiva nulla di strano.

Alle prime luci dell'alba udì qualcuno uscire dalla stanza di Mary Jane, chiudere la porta e allontanarsi velocemente. Pensò che fosse un cliente, oppure la stessa Mary Jane che si recava al Ten Bells per bere un goccio, uno dei pochi bar che apriva al sorgere del sole.

Poco dopo, però, cedette alla stanchezza scivolando finalmente in un sonno privo di sogni.

Ore 10.45

Thomas Bowyer bussò alla stanza numero 13 di Miller's Court.

Era un ex soldato, che ora sbarcava il lunario fungendo da assistente di John McCarthy, l'arcigno padrone di casa di Mary Jane Kelly. La ragazza era in debito di sei settimane con il pagamento dell'affitto e lui si era stancato di aspettare.

Nessuno gli rispose.

Bussò di nuovo.

Niente.

Infilò la mano attraverso un piccolo squarcio nel vetro di una delle finestre, scostò la tenda di mussola e sbirciò all'interno.

Quel che vide lo pietrificò dall'orrore.

La piccola stanza di forma quadrata era immersa nella penombra. Lo scarno arredamento era costituito da tre sedie e una tavola, un camino sopra il quale era appesa una stampa e il letto, addossato longitudinalmente alla parete.

Le lenzuola erano scure, quasi nere, e anche il pavimento sotto il letto era scurito, come se fosse bagnato.

Sopra il letto c'erano i resti di ciò che una volta era stata Mary Jane Kelly, ora ridotta a un cumulo sanguinolento di carne e organi, senza capo né coda, una massa informe uscita da un incubo.

Thomas Bowyer era stato in guerra e di corpi straziati ne aveva veduti parecchi. Eppure non ricordava niente del genere. Mai in tutta la sua vita. La colazione gli risalì in gola e si piegò per vomitare, accanto al bidone della spazzatura e al rubinetto dell'acqua, posizionati giusto sotto le finestre.

Sentì la fronte imperlata di sudore gelato.

Tornò a guardare, per essere sicuro di non essersi ingannato. Per un istante aveva pensato che quella cosa, lì sul letto, potesse essere un animale, magari un cane di grosse dimensioni. Ma era solo ciò che la sua mente gli suggeriva per non perdere del tutto il controllo.

No, quel corpo straziato, devastato, quella poltiglia irriconoscibile, era umano, indiscutibilmente umano.

Thomas Bowyer si lanciò fuori dal cortile e corse ad avvertire il suo titolare.

Ore 11.15

Dopo aver verificato le affermazioni del suo assistente, John McCarthy lo mandò alla stazione di polizia più vicina, in Commercial Street.

«Un'altra volta...» disse Bowyer senza fiato a causa della corsa e dell'agitazione all'ispettore di servizio in quel momento, Walter Beck. «Jack lo Squartatore... È terribile!»

Beck accompagnò Bowyer a Miller's Court informando dell'accaduto il chirurgo della polizia, George Bagster Phillips, e pregandolo di andare con loro.

Quello che trovarono andava oltre ogni peggiore immaginazione.

La gola di Mary Jane Kelly era squarciata, la faccia non esisteva più. I seni e le orecchie erano stati asportati e messi in bella mostra sul tavolo. Gli intestini erano arrotolati intorno alle mani e sparsi sul letto e il cuore non si trovava da nessuna parte.

L'odore ferroso e dolciastro del sangue era ovunque, sembrava uscire dai muri, impregnare le tende, ammorbare l'aria.

Arrivarono anche il dottor Thomas Bond, il sovrintendente Thomas Arnold della divisione H di Whitechapel e Frederick Abberline, rappresentante di Scotland Yard.

Ore 13.30

Dopo aver fatto fotografare i resti e averli esaminati sommariamente, Arnold ordinò che fossero portati all'obitorio più vicino, che risultò essere ancora una volta quello di St. George.

Intanto, una folla di oltre mille persone si era radunata in Dorset Street. Come sempre chiedevano che quell'orrore avesse termine.

L'assassino aveva colpito ancora, questa volta in modo più raccapricciante delle precedenti, poiché aveva avuto l'opportunità di lavorare indisturbato, all'interno di una stanza anziché in strada. La polizia si era messa subito in moto, perquisendo case, magazzini o singole stanze. Ma in ogni edificio potevano esserci dalle duecento alle trecento persone ed era impossibile interrogare tutti. E, a meno che non ci fosse un poliziotto in ogni strada o in ogni casa di Whitechapel, prevedere le mosse dello Squartatore risultava impossibile. La sua capacità di non lasciare dietro di sé tracce evidenti era strabiliante. La polizia insisteva poi nel convincere le donne del quartiere che avevano un atteggiamento più libero di non appartarsi con sconosciuti e di non invitarli nelle proprie stanze, e a tutti gli abitanti di fornire qualsiasi indicazione potesse condurre all'individuazione dell'omicida.

Confusa tra quella folla, c'era anche Sybil. Con lei, Joseph.

Quella mattina Charles non era rientrato e Sybil aveva pensato che fosse meglio così. Come avrebbe fatto ad affrontarlo dopo quello che era successo la notte precedente? E come spiegarlo a Harriet? Lei e la piccola Nellie erano tornate all'alba. Il dottore che aveva visitato la bambina le aveva somministrato del laudano e consigliato di fare impacchi sul petto con miele e melissa, stesi tra due teli di lino caldi.

Nellie ora sembrava aver superato la crisi, ma il medico era stato lapidario.

«Ha detto che la situazione è molto grave» aveva confessato Harriet a bassa voce per non svegliare Joseph. «Forse un anno...» aveva mormorato trattenendo a stento le lacrime. «Forse meno.»

Sybil era impallidita. «Cosa?»

«È così. Non possono fare niente.»

«C'è sempre qualcosa da tentare!»

«Non questa volta» aveva concluso Harriet affranta sedendosi ai piedi del letto. Si era passata una mano sugli occhi stropicciandosi la faccia. «Sono stanchissima...»

Sybil era stata incapace di aggiungere altro. Le sembrava impossibile che non ci fosse speranza, che Nellie fosse semplicemente destinata a morire. La medicina aveva fatto passi da gigante, doveva esserci una soluzione. Aveva pregato che la risposta alla sua lettera, inviata al dottor Cooper a Glasgow due settimane prima, giungesse presto. Sempre che l'avesse presa in considerazione.

Nel frattempo Harriet era andata a riposare insieme alla piccola e quando Joseph si era svegliato, a Sybil era venuta quell'idea, di recarsi a vedere la parata per il giuramento del Lord Sindaco di Londra.

Aveva bisogno di pensare a qualcosa di diverso che non fosse l'immagine terribile della cuginetta distesa in una piccola bara bianca con le braccia incrociate sul petto. E anche a Joseph, dopo la notte d'angoscia trascorsa in attesa di notizie, avrebbe giovato un po' di svago.

Il Lord Mayor's Day si teneva il 9 novembre di ogni anno, da almeno sei secoli, per ricordare il giuramento di fedeltà che il Sindaco di Londra, eletto dai cittadini, prestava alla corona.

Il corteo si snodava per circa un miglio, dalla Mansion House a Cornhill fino alla Corte di Giustizia, nello Strand, richiamando una folla festosa e bloccando, di fatto, il cuore della città per un paio d'ore.

Sybil aveva deciso di raggiungere il punto di partenza della parata, poche iarde dopo il London Bridge, e sebbene Joseph non avesse fatto altro che lamentarsi per tutta la strada, erano riusciti ad arrivare in tempo per vedere il cocchio del Sindaco (che si diceva costasse un migliaio di sterline) lasciare la piazza tra grida di gioia e il lancio di migliaia di coriandoli colorati.

La notizia era arrivata come un'onda anomala solo pochi minuti dopo che il cocchio era scomparso oltre la guglia di St. Mary-le-Bow, mentre la gente cominciava a disperdersi.

Jack lo Squartatore era riapparso. Un'altra donna era stata uccisa e orribilmente straziata a Whitechapel.

Fu come ricevere un pugno sul petto. Forse qualcuno, erroneamente, aveva pensato che l'orrore fosse terminato, che l'assassino, sentendo il fiato della polizia sul collo e la rete stringersi intorno a lui, avesse deciso di desistere. Si sbagliavano. E, a quanto si vociferava, questa volta si era impegnato come mai in precedenza.

Sybil decise di andare a Dorset Street, dove dicevano si stesse radunando una folla di curiosi.

Joseph ancora una volta era recalcitrante, ma Sybil non voleva tornare a casa. Non subito. Sperava di saperne di più, magari di incrociare l'ispettore Collard, oppure…

Non sapeva neppure lei cosa aspettarsi davvero.

Però voleva essere lì, voleva vedere il luogo dove quello spietato, folle criminale aveva colpito ancora. Voleva vedere con i suoi occhi, come se questo potesse in qualche modo servire a capire.

Mentre Joseph faceva mille domande per sapere dove stavano andando e perché (Sybil gli spiegò in modo vago che doveva fare una *certa* cosa in un *certo* posto), lei si chiedeva invece cosa volesse davvero capire. La mente dello Squartatore? Impresa impossibile. Nessuno era in grado di scendere in quel baratro nero di violenza inaudita, di disumana ferocia. Allora cosa? Forse come sceglieva le proprie vittime, cosa vedevano i suoi occhi quando decideva di porre fine a una vita. O quali erano le immagini che le vittime stesse percepivano prima di esalare il loro ultimo respiro.

Le tornò in mente Ostrogoff, l'uomo che fotografava gli occhi dei morti.

Quando lei e Joseph arrivarono a Dorset Street, Sybil si rese conto che ogni suo intento era semplicemente irrealizzabile.

Il numero 13 di Miller's Court, dove era avvenuto il delitto, era inavvicinabile.

La polizia aveva formato un cordone umano per tenere lontani i curiosi e tra Sybil e quel cordone c'erano centinaia di persone che si accalcavano, spingevano, allungavano i colli per vedere, per cogliere qualche particolare, per sentire i commenti degli investigatori. Molti gridavano parole come "giustizia", "vergogna", "sicurezza", "incompetenti", e si susseguivano voci che rimbalzavano da una persona all'altra, acquistando dettagli e perdendo in veridicità.

Dopo qualche minuto, capì che restare non avrebbe avuto senso. Joseph, inoltre, era spaventato da quella confusione e insisteva per tornare a casa.

Nel pomeriggio, mentre Sybil e Harriet si concedevano una tazza di tè, arrivò un nuovo telegramma.

Sybil andò ad aprire immaginando che si trattasse di notizie riguardanti il cugino Charles. Forse, ubriaco, era finito in una rissa ed era stato arrestato. O chissà che altro.

Invece era zia Elizabeth, che annunciava il suo arrivo l'indomani.

Sybil ne fu grata. Avrebbe potuto parlare subito alla zia dei rapporti tra Charles e Harriet, dell'aggressione da lei subita.

E anche della scuola di Joseph e della malattia di Nellie. Di molte cose, in verità. Forse la zia avrebbe messo le cose a posto. Magari non tutte, ma qualcuna sì. Se lo augurava con tutto il cuore.

Scoprì anche, stupendosene, che in quelle settimane la zia le era mancata.

Verso le 5 del pomeriggio scese in strada per comprare lo «Star», il primo quotidiano che usciva dando notizia del nuovo omicidio avvenuto a Whitechapel.

La vittima si chiamava Mary Jane Kelly, venticinque anni, irlandese, di professione prostituta.

Visti i precedenti, Sybil considerò quell'ultima informazione poco attendibile. Aveva imparato ormai che per l'opinione pubblica, così come per i poliziotti, qualsiasi donna che non si accompagnava ufficialmente a un uomo o che bazzicava strade e pub dopo il tramonto diventava senza appelli una prostituta.

Ma quello che la colpì quasi tramortendola fu quanto lesse nella riga successiva.

Mary Jane Kelly, sotto il falso nome di Elizabeth Weston Davies, era stata la moglie del giornalista Francis Craig.

Sybil era attonita.

La sua mente annaspava disorientata nel tentativo di mettere insieme i pezzi di quello che appariva un mosaico, ma privo di qualsiasi logica apparente.

Quando si era recata da lui, Craig le era apparso confuso, spaventato, sull'orlo della pazzia. Aveva balbettato qualcosa a proposito di qualcuno che sapeva tutto di lei, di Sybil, e che, soprattutto, non si sarebbe fermato, che l'avrebbe fatto ancora.

Si riferiva dunque a questo nuovo omicidio? Parlava di Jack lo Squartatore? Come sapeva che avrebbe colpito ancora? E perché la sua ex moglie? C'era un legame? O solo una incredibile, diabolica coincidenza?

E se Craig avesse sofferto di una doppia personalità?

Se si fosse riferito all'altro se stesso come a *lui*?

E Karpenko, allora, cosa aveva a che fare con tutto il resto?

Doveva assolutamente parlarne con Collard non appena fosse tornato in ufficio. Le avevano detto venerdì.

Oggi è venerdì, considerò. *Se domani non mi contatta, torno a Bishopsgate.*

Continuò a leggere.

Il giornale riportava le testimonianze di alcuni vicini di casa. Le abitazioni nei dintorni erano state perlustrate, compresi alcuni magazzini (di proprietà della Kearley e Tonge), e la polizia stava cercando l'uomo che negli ultimi mesi aveva vissuto con lei, un certo Barnett, facchino al Billinsgate Fish Market. L'articolo si chiudeva con un cenno al fatto che il corpo era stato portato all'obitorio di Whitechapel in attesa dell'autopsia.

Ancora una volta pensò a Ostrogoff.

E se la sua stramba teoria avesse avuto un qualche fondamento? Non valeva forse la pena di andare fino in fondo?

Scattò in piedi. «Harriet! Io devo uscire!» gridò rivolta verso la camera da letto.

«A quest'ora?» replicò la donna con voce assonnata. Se mai le era importato qualcosa di Sybil, ora sembrava aver perso ogni interesse. Aveva trascorso gran parte della giornata distesa sul letto, con la bambina in braccio, accarezzandola e fissando il soffitto, per nulla preoccupata dell'assenza prolungata del marito.

Era come se le parole di quel medico avessero cancellato un'intera porzione della sua vita.

Joseph, invece, aveva gironzolato per gran parte del pomeriggio annoiandosi poiché Sybil, presa da quella giostra di notizie, faticava a concentrarsi su quanto non attenesse all'omicidio o ai suoi confusi sospetti e di certo non aveva voglia di giocare alla macelleria Fernley.

«Devo assolutamente fare una cosa!» rispose contando freneticamente gli ultimi soldi rimasti. Bastavano a malapena per una corsa in carrozza. Poco male, l'indomani sarebbe arrivata zia Elizabeth. Ci avrebbe pensato lei al denaro.

Arrivò a St. George che era già buio.

Anche lì si era radunata una discreta folla di curiosi. Sybil si fece largo guadagnando l'entrata dell'obitorio, dove stazionava un poliziotto dall'aspetto arcigno, il berretto calcato sugli occhi come un Coldstreamer.

La porta era chiusa e anche le grandi finestre laterali erano state opportunamente oscurate con pannelli di legno. Dal lucernaio proveniva un debole chiarore di lampade a petrolio.

«Conoscete un certo Michael Ostrogoff?» chiese all'agente.

Lui le riservò un'occhiata torva. «Il fotografo?»

«Sì, sapete se oggi è stato qui?»

«È dentro. Che volete da lui?»

«È mio cugino» mentì Sybil.

«E allora?»

«Devo parlargli di una questione di famiglia...»

«Be', non si può entrare.»

«No, lo capisco, ma...»

«Potete mettervi lì, vicino a quell'albero. Quando esce gli dirò che lo state aspettando.»

Sybil non poteva credere alla propria fortuna.

Forse non sarebbe servito a nulla, forse tutta quella cosa di fotografare gli occhi dei morti era una emerita sciocchezza. Tuttavia il giorno seguente zia Elizabeth l'avrebbe riportata a Wolverhampton, dunque cos'aveva da perdere? Se davvero le ultime immagini fissate dagli occhi di sua madre erano state fermate su una lastra di cloruro e ioduro d'argento allora lei voleva sapere quali erano.

In quanto a Craig e ai suoi farfugliamenti sul misterioso individuo, ne avrebbe informato Collard al più presto, per quanto fosse più che sicura che la polizia stesse già interrogando il giornalista considerata la sua relazione con la vittima.

E a proposito di Collard, si disse che se aveva avuto fortuna una volta... «E l'ispettore Collard?» chiese.

«L'ispettore Collard?»

«Sì, sapete se c'è anche lui?»

«Siete cugina pure dell'ispettore?»

«Non direi... Ma devo parlargli.»

«Non c'è. È già andato via.» Quindi il poliziotto tornò a guardare davanti a sé, imperturbabile.

Sybil attese parecchio, o almeno ebbe l'impressione che il tempo non passasse mai.

Seminascosta dal grande tronco di una quercia, osservava le persone raccolte nel prato del cimitero antistante l'obitorio.

Cominciò a chiedersi se tra quei volti non vi fosse anche l'assassino. Si rannicchiò nell'ombra, sperando che nessuno la notasse.

E così, con la schiena sostenuta dall'albero, dovette assopirsi perché, a un certo punto, sussultò sentendo qualcuno che le toccava una spalla.

«Signorina.»

«Chi?»

Davanti a lei stava un tizio basso e quasi del tutto calvo, con orecchie grandi e un grosso naso. La osservava con curiosità e sorpresa. «L'agente Burns dice che siete mia cugina, ma io non credo di conoscervi affatto.»

«Perdonate la mia impudenza. Siete il signor Ostrogoff?» Vide l'apparecchio fotografico portatile montato sul cavalletto che l'uomo portava agganciato sulle spalle.

«E voi chi siete?»

Sybil uscì dall'ombra. «Possiamo parlare qualche minuto?»

Gli disse chi era e cosa cercava.

Lui rispose con garbo alle sue domande. Aveva effettivamente fotografato gli occhi di Catherine Eddowes. Lo sviluppo della lastra aveva prodotto immagini confuse, una sequenza di righe verticali. Impossibile capire cosa rappresentassero. Nessun volto, sfortunatamente. Ma questo non significava che la teoria fosse errata.

Sybil volle sapere quale era stato il risultato negli altri casi.

Ostrogoff disse che si trattava sempre di forme indefinite. Forse, aggiunse, servivano apparecchi più sofisticati, strumenti ottici di nuova concezione o tecniche che al momento erano in fase di studio, come le emulsioni. Ora ci aveva riprovato con Mary Jane Kelly. Sperava di avere più successo. E la polizia, per il momento, lo lasciava fare, gli accordava fiducia, per il semplice motivo che ogni possibilità veniva considerata come possibile, senza escluderne nessuna.

Tornata a casa vi trovò Charles.

In un primo momento rimase sulla soglia, indecisa sul da farsi. Non aveva idea di come Charles l'avrebbe accolta, né se Harriet avesse scoperto qualcosa circa la loro divergenza risalente alla sera prima. Le venne da pensare che Charles potesse anche aver dato alla moglie la propria (fasulla) versione, in tal caso Sybil sarebbe stata costretta a difendersi pur non avendo alcuna colpa.

I suoi dubbi, però, furono fugati dall'espressione della cugina, ancora una volta lontana e assorta, ma senza tracce di nuovi tormenti. E se anche Joseph aveva serbato il ricordo di quanto aveva visto entrando in camera di Sybil non doveva averlo considerato così importante da essere riferito.

I bambini stavano andando a letto e Sybil ne approfittò per baciarli entrambi e superare così il salotto evitando di restare sola con il cugino.

Charles le riservò un'occhiata accigliata.

«Ti conviene preparare la tua roba» borbottò mentre sfogliava distrattamente il giornale che Sybil aveva lasciato sul tavolo prima di uscire. «Domani tua zia viene a prenderti. Così la finirai di fare quello che ti pare in casa nostra.»

Sybil non rispose. «Non ho fame» disse soltanto rivolgendosi alla cugina e questa annuì senza fare domande.

Approfittando del disinteresse della donna e fingendo di versarsi un bicchiere d'acqua, Sybil sottrasse da un cassetto un coltello ben affilato e lo nascose nella manica della giacchetta. Fu sul punto di raccontare a Harriet quello che Charles le aveva fatto (o cercato di fare), ma si trattenne. Non aveva idea di come avrebbe reagito Charles e comunque zia Elizabeth sarebbe stata lì soltanto poche ore dopo. Tanto valeva attendere.

Chiuse a chiave la porta della stanza e si mise a letto, vestita, il coltello infilato sotto il cuscino. Rimase sveglia tutta la notte, in ascolto, pronta a balzare fuori dalla stanza se Harriet si fosse lamentata o se soltanto avesse udito rumori sospetti.

Era la sua ultima notte a Londra.

Sabato, 10 novembre 1888

Le sembrava di aver preso tutto.

Zia Elizabeth sarebbe arrivata con il treno delle 12.12, lo stesso che aveva condotto a Londra Sybil, qualcosa come mille anni prima.

Controllò ancora una volta la stanza che l'aveva ospitata per oltre un mese.

Incredibile che fosse passato così tanto tempo. Se pensava ai suoi primi giorni, a come si sentiva spaesata e piccola in una città tanto grande, vedeva un'altra persona al suo posto. Ora era capace di girare Spitalfields senza perdersi o quasi, e aveva conosciuto persone che fino a qualche settimana prima avrebbe considerato, probabilmente a torto, inavvicinabili e pericolose o, nella migliore delle ipotesi, poco raccomandabili.

Aveva anche scoperto che le donne, nel mondo degli uomini, erano considerate ancor meno di quanto pensava, e così i bambini, visti il più delle volte come forza lavoro. I poveri venivano bollati senza appello fannulloni, criminali o alcolizzati, a seconda della convenienza. Un mondo spietato e senza regole se non quelle che i ricchi e i potenti confezionavano a loro uso e consumo. Un mondo nel quale lo Squartatore si muoveva a proprio agio, con abilità, sfruttando a proprio vantaggio quelle regole o la mancanza di esse.

Karpenko, Hardiman, Craig... L'assassino poteva essere davvero uno di questi uomini? E Charles? Dov'era stato la notte prima?

Sybil aveva il sospetto che il cugino frequentasse delle prostitute. Le cose tra lui e Harriet, da quel punto di vista, non sembravano idilliache e il tentativo brutale che aveva compiuto con Sybil lasciava intendere che Charles nutrisse certi appetiti e che sapesse anche dove andare a soddisfarli.

Grembiuli, coltelli, orari di lavoro bizzarri, alcol e forse prostitute.

E se l'uomo che tutti gli agenti di Londra stavano cercando fosse stato proprio quello con cui lei aveva diviso il tetto per quattro settimane?

Un pensiero che, per quanto improbabile, la fece rabbrividire.

Schiuse la porta della camera quel poco che fu sufficiente per gettare un'occhiata oltre il corridoio.

Charles sedeva al tavolo della colazione, la testa china sul cibo.

Harriet passò davanti a lui con un piatto di uova. Joseph e Nellie non si vedevano.

Sybil tornò dentro e appoggiò silenziosamente la porta allo stipite. Aprì ancora una volta l'armadio per verificare di non aver lasciato nulla e si sedette sul bordo del letto.

Da sotto il cuscino spuntava il manico del coltello.

Lo afferrò e, non sapendo dove nasconderlo, lo infilò nella tasca della gonna. Poi gettò un'altra occhiata intorno.

Sul *bureau* che fungeva da comodino c'era il suo quadernetto, zeppo di appunti, commenti, punti interrogativi, scarabocchi.

Sfogliando le pagine le sembrava davvero di essere di fronte a un mosaico andato in pezzi. Forse, mettendo insieme le tessere in un ordine diverso, si sarebbe formata davanti ai suoi occhi un'immagine di senso compiuto. Ma per quanto leggesse e rileggesse, per quanto si sforzasse, non le pareva di cavare un ragno dal buco.

Provò a considerare un indiziato alla volta.

Di Ivan Karpenko non si sapeva molto.

La polizia non lo aveva ancora trovato, altrimenti i giornali ne avrebbero dato notizia. Restava il sospettato numero uno, soprattutto per la testimonianza davvero sconcertante di Mary Pearcey, la domestica di casa Bachert. Asciugamani e abiti macchiati di sangue, borsa nera dal contenuto sconosciuto, cilindro e vestiti eleganti, persona introversa che usciva di sera e rientrava al mattino e di cui si erano perse le tracce dopo l'omicidio di Catherine Eddowes.

E a proposito dei Bachert, il figlio della signora Georgina, Albert, era un personaggio ambiguo.

Testimone fantasioso, mitomane, desideroso di apparire, di essere al centro dell'attenzione, oppure complice dell'assassino?

Poi c'era Craig, il giornalista, che sapeva qualcosa o credeva di saperlo, Sybil a quel punto non si sentiva più sicura di nulla.

Perché le aveva detto che voleva scrivere un articolo su sua madre? E perché non l'aveva scritto? Non aveva alcuna intenzione di scriverlo fin dal principio? Era solo una scusa? Quel giorno le aveva chiesto se sapeva qualcosa dei sospetti di Catherine Eddowes sull'identità dello Squartatore. Era quello il motivo della sua visita? Craig aveva detto che *lui* l'aveva mandato da lei. Lui chi? Era l'assassino a voler sapere se Sybil era a conoscenza di qualche particolare che potesse identificarlo?

Tempo prima aveva anche pensato che Francis Craig potesse essere l'uomo con borsa e cilindro che aveva accompagnato sua madre da Aldgate a Mitre Square, prima di scoprire, però, quanti uomini con borsa e cilindro giravano di notte per le strade di Londra. Inoltre c'era quell'ultima incredibile circostanza: l'assassino aveva colpito una donna che era stata la moglie di Craig.

L'articolo spiegava che Mary Jane Kelly, era stata sposata sotto falso nome per soli tre mesi e che poi era tornata alla sua vita di prima. In passato aveva lavorato in uno dei più famosi bordelli del ricco West End guadagnando parecchio denaro. Poi l'alcol e un paio di arresti avevano fatto precipitare la sua carriera costringendola a trasferirsi a Whitechapel. Forse Craig aveva cercato di redimerla, di sottrarla a quella vita, e sposandola si era illuso di esserci riuscito. Mary era una donna molto bella e forse si era semplicemente servita di Craig finché lui le aveva fatto comodo. Lui poteva averla uccisa per punizione, per vendetta?

Collard, però, aveva detto che sia Francis Craig sia Albert Bachert avevano dei testimoni attendibili in almeno uno degli omicidi e quindi tutte le congetture di Sybil non portavano purtroppo da nessuna parte. Inoltre Craig era mancino e tutti i medici che avevano esaminato i corpi delle vittime erano unanimi nel dichiarare che l'assassino usava la destra.

In quanto allo strano, balbettante Billy Hardiman, possibile amante di una delle vittime – Annie Chapman, responsabile forse di avergli trasmesso la sifilide che aveva distrutto la sua giovane famiglia –, covava un rapporto di odio-amore per le donne, a cominciare da sua madre, che considerava ancora vivente sebbene fosse morta da tempo. Macellaio e consumatore di caramelle Cachou, le stesse trovate accanto al corpo di Elizabeth Stride.

Tuttavia, anche lui possedeva un alibi decisivo in almeno uno degli omicidi, la testimonianza di un poliziotto che l'aveva visto (e ci aveva parlato) mentre osservava un incendio a Shadwell alla stessa ora in cui moriva Polly Nichols. Dunque, se non aveva ucciso Polly Nichols con ogni probabilità non aveva ucciso nemmeno le altre donne.

E che dire del cugino Charles? Perfino lui poteva essere annoverato tra i possibili sospettati.

I coltelli da lavoro e il grembiule di cuoio sporco di sangue nascosti in un vano nel pavimento; le copie conservate del «Daily Telegraph» relative agli omicidi di Whitechapel; il disprezzo per le prostitute, sebbene non fosse escluso che lui stesso le frequentasse; la sua doppia natura, che nascondeva un lato violento, animalesco. Sybil ventilò l'ipotesi agghiacciante che Charles avesse ucciso Catherine perché era una parente di Harriet, la qual cosa, partendo dal presupposto che lui la considerava una poco di buono, poteva imbarazzarlo o farlo vergognare. Magari lei aveva chiesto del denaro anche a loro.

Non ultimo il fatto che avesse trovato un lavoro (dagli orari insoliti) in un magazzino a Buck's Row, esattamente nel luogo dove era stato trovato il primo cadavere, quello di Polly Nichols.

Ma anche Charles aveva degli alibi, uno in particolare: quando tutto era iniziato, il 31 agosto, lui era in ospedale per la perdita delle dita della mano sinistra.

E per finire c'era un altro aspetto curioso. Sybil, annotando ogni dettaglio, si era resa conto che ben tre dei cinque omicidi erano stati commessi in prossimità di magazzini appartenenti alla società Kearley e Tonge: Polly Nichols, sua madre e Mary Jane Kelly.

Di questo passo sarebbe arrivata a sospettare mezza Londra, ovvero tutti gli individui di sesso maschile.

Richiuse il quadernetto con un gesto di stizza. In testa le sembrava di avere un alveare che ronzava.

Le tornò in mente quello che le aveva detto il signor Wilkinson, il gestore del dormitorio di Flower e Dean Street, sul fatto che tutti pensavano, a torto più che a ragione, di sapere chi fosse Jack lo Squartatore.

Anche Sybil stava commettendo lo stesso errore. Tutti sembravano essere sospettabili, ma nessuno con prove certe. A parte forse Karpenko, che, al pari di Jack dai tacchi a molla, si era volatilizzato nel nulla come un fantasma.

Ripensò al dottor Blavatsky. Dottore in cosa? Cialtroneria?

Whitechapel era davvero una fucina di personaggi bizzarri e improbabili. E di misteri. Dietro ogni porta si celava una storia, un dramma o una farsa grottesca o chissà che altro. E lei, lei era solo una piccola estranea che si era messa in testa di ficcare il naso in faccende che non riusciva a comprendere.

Sospirò alla stanza vuota e si levò in piedi.

Sarebbe andata da Collard, per l'ultima volta, e gli avrebbe portato il quadernetto. A lei non serviva più. Se c'era qualcosa da capire, tra le sue pagine, lo avrebbe fatto lui, un poliziotto, una persona abituata a ragionare e a risolvere casi e misteri. E gli avrebbe chiesto ancora di Leech.

La lettera che aveva scritto per lui era ancora in quella stanza, anziché nella cella di una prigione. L'aveva ripiegata e infilata nella tasca della gonna. Stava lì da tre giorni. La mise nel quadernetto ripromettendosi di dare anche quella all'ispettore Collard affinché la consegnasse a Leech. O Archibald, come si chiamava realmente. Leech significava "sanguisuga". Perché aveva scelto un soprannome così disgustoso?

Sentì un vocio provenire dal salottino. Sbirciò nuovamente dalla porta giusto in tempo per scorgere Charles che usciva dall'appartamento. Disse che sarebbe andato a comprare del pesce per l'arrivo della suocera.

Sybil pensò che volesse ingraziarsela per rendere più credibile la sua versione. Avrebbe dovuto spiegare un po' di cose, invece.

Indossò la giacchetta e si presentò da Harriet.

«Stai partendo?» le chiese Joseph con gli occhi grandi e gli angoli della bocca tirati all'ingiù, pronti al pianto.

«Non ancora» rispose lei. «Devo uscire solo per poco. Poi sarò di ritorno e ci saluteremo come si deve.»

«Se puoi arriva prima che mia madre sia qui» la pregò Harriet. «Non voglio che si irriti più di quello che già sarà.» Il suo tono era piatto, come sempre. Nellie le penzolava dal collo, ignara della sorte che probabilmente l'attendeva.

Sybil provò una grande pietà per la cugina. E anche se sembrava che Harriet non volesse essere aiutata, lei lo avrebbe fatto, in qualche modo. Se possibile con il sostegno di zia Elizabeth.

Camminava svelta, camuffata sotto la mantella logora e stinta.

Era forse l'ultima volta che affrontava quelle strade ormai familiari. Tornava a casa, a Wolverhampton. Forse da lassù la vicenda dei delitti di Whitechapel avrebbe assunto una prospettiva diversa. Forse Sybil si sarebbe sentita meno coinvolta. O forse no. Solo il tempo l'avrebbe chiarito.

L'urlo di uno strillone di strada la riportò invece bruscamente alla realtà.

Un ragazzo che portava sul braccio una pila di giornali ripiegati come il tovagliolo di un cameriere in un ristorante alla moda, sventolava in aria la prima pagina del «Daily Telegraph».

Un altro fatto sanguinoso gettava nuove ombre sul caso di Jack lo Squartatore soltanto ventiquattr'ore dopo.

Francis Craig aveva tentato il suicidio.

Tentato, perché di fatto non era morto. Il suo maldestro tentativo di tagliarsi la gola aveva provocato un largo squarcio, ma non aveva reciso vasi vitali. Tuttavia la perdita di sangue era stata ingente e attualmente l'uomo era privo di conoscenza, in ospedale. Gli agenti l'avevano trovato agonizzante nel suo appartamento in Goulston Street, quando si erano recati da lui per interrogarlo.

I giornali ne parlavano diffusamente sia perché si trattava di un giornalista, sia per essere stato il marito dell'ultima vittima del pluriomicida di Whitechapel.

Perché l'aveva fatto?, si chiese Sybil. *Rimorsi? Sensi di colpa? L'estrema confessione del colpevole? O solo un gesto dettato dalla follia che lo aveva sommerso?*

Fu tentata di comprare una copia del quotidiano ma cambiò idea e accelerò il passo.

Se voleva conoscere i particolari li avrebbe appresi di prima mano, da Collard.

L'ispettore Collard giunse a Tooley Street in tarda mattinata. Quando scese dalla carrozza con lo stemma della polizia metropolitana sulla fiancata, incrociò un'anziana signora che gli passò davanti con aria flemmatica e un incedere autoritario.

Collard la riconobbe soltanto quando la vide entrare davanti a lui nel portone contrassegnato dal civico numero 3.

«Signora Cadman?» la chiamò.

Zia Elizabeth si voltò. «Chi siete, di grazia?» chiese con il consueto sussiego.

Sybil, naturalmente, non trovò Collard nemmeno quella volta, dal momento che l'uomo si trovava a casa della cugina Harriet in compagnia di zia Elizabeth. Ma lei non poteva saperlo.

Era adirata con il poliziotto. Possibile che fosse in ufficio una volta su tre?

Decise di lasciargli un messaggio, allegato al quadernetto di appunti e alla lettera per Archibald.

L'agente in guardiola raccolse il materiale, mise tutto dentro una busta e le fece firmare un foglio come ricevuta.

Quando fu di nuovo all'esterno, Sybil pensò a cosa fare. Tornare a casa era un'opzione, ma non si sentiva soddisfatta. Era come se le mancasse qualcosa, la sensazione di averlo perduto e di essere sul punto di ritrovarlo.

Ma poi si disse che erano tutte fantasie.

Si era lasciata prendere troppo la mano e ora si stava sopravvalutando. Sopravvalutava le proprie capacità di interpretare i fatti. In realtà di tutta quella storia non ci aveva capito nulla. Ecco come stavano le cose. E quel quadernetto (che ora un po' si vergognava di aver consegnato nelle mani di un professionista delle indagini) era la prova della sua arroganza.

Tuttavia.

Mitre Square era lì, a meno di un terzo di miglio.

Se avesse trovato il signor Morris, che una volta era stato un poliziotto, forse lui avrebbe potuto dare un senso alle idee vaghe e confuse che vagavano nel cervello di Sybil. Era l'ultima volta che aveva la possibilità di parlargli.

A Mitre Square, però, Morris non c'era.

Il suo turno iniziava solitamente alle 5 del pomeriggio e sebbene a volte facesse il giro dei magazzini per concordare con i facchini la disposizione della merce, quel giorno, sabato, doveva essere di riposo.

Sybil era delusa. Aveva sperato fino all'ultimo di poterlo incontrare.

Si sedette qualche minuto sulla panchina davanti al magazzino della Kearley e Tonge osservando la piazzetta semi vuota.

Uomini e donne, qualche bambino, un mendicante radente un muro, un venditore di stracci, una vecchia poggiata a un bastone col suo passo lento e claudicante. L'umanità varia di Whitechapel che ormai aveva imparato a conoscere.

Si stiracchiò sbadigliando. La stanchezza della notte insonne cominciava a farsi sentire.

Abbassò la testa, che sentiva pesante, come le palpebre, e i suoi occhi scivolarono sulle grate della canaletta che scorreva parallela al marciapiede.

Con il sole poco oltre lo zenit, i raggi si infilavano perpendicolari all'interno dello scolatoio facendo luccicare un piccolo oggetto che doveva essere caduto all'interno.

Pensò si trattasse di una moneta, forse una corona, per quanto solo una corona d'oro o una sterlina avrebbero potuto luccicare a quel modo.

Si sfilò la mantella e si accucciò sopra la grata per osservare meglio.

Immerso in un dito di acqua giallastra c'era effettivamente qualcosa. Non era una moneta, bensì un piccolo oggetto delle stesse dimensioni di uno scellino, completamente liscio, senza incisioni, e in apparenza dorato.

Sybil si guardò intorno. Nessuno faceva caso a lei. Se solo avesse avuto qualcosa per fare leva…

Si ricordò del coltello che aveva infilato nella tasca della gonna. Senza nemmeno rendersene conto era uscita di casa portandoselo appresso. Lo estrasse senza esitazioni e se ne servì per sollevare la grata. Quindi, vincendo un certo ribrezzo, infilò una mano nell'acqua putrida e afferrò l'oggetto.

Allorché lo ebbe in mano e poté osservarlo per bene, il suo

cuore mandò un colpo a vuoto. Subito dopo cominciò a battere come se qualcuno, rinchiuso al suo interno, cercasse disperatamente di uscire.

Era il pendente di una catenina, di cui restavano due o tre anelli ancora tenacemente aggrappati a esso. Il resto era stato strappato via.

Sybil sentì il bisogno di sedersi, non era certa che le gambe l'avrebbero sorretta a lungo. Si accasciò letteralmente sulla panca stringendo tra le dita il ciondolo come fosse una sacra reliquia.

E per lei lo era. Perché qualcosa le stava suggerendo che quello poteva essere il ciondolo perduto di sua madre.

Fece scattare il minuscolo meccanismo di sicurezza e lo aprì.

Dentro, nella metà di sinistra, c'era un ritratto in miniatura, un ovale sbiadito che mostrava una bambina con i capelli scuri che le arrivavano alle spalle, divisi da una riga al centro, un vestitino a quadretti con lo scollo alla marinara e il visetto imbronciato.

Dovette appoggiarsi allo schienale e riprendere fiato.

Ricordava perfettamente quel vestito e, soprattutto, ricordava perfettamente quella bambina. Era lei. Sybil.

Era stata Alice McKenzie a dirle quanto Catherine lo considerasse importante, non perché fosse prezioso, ma perché conteneva qualcosa che per lei aveva un grande valore. E quel qualcosa di valore era il ritratto di sua figlia.

Passò un dito tremante su quel volto stinto dal tempo, che pareva fissarla da dietro un vetro spesso e sporco. Quindi richiuse il ciondolo e se lo strinse al petto.

Le lacrime che non era mai riuscita a piangere per la morte di sua madre si fecero timidamente strada fino ai suoi occhi, finendo per tracimare in grosse gocce calde che scivolavano lente sulle gote e lungo il collo.

Forse Catherine Eddowes aveva compiuto scelte sbagliate, sicuramente era stata malata e negli anni, a causa anche dell'alcol, aveva sviluppato un pessimo carattere. Di lei si era detto che era instabile, lunatica, che alternava momenti di spensieratezza e allegria a scatti di rabbia e perfino violenza. Ma non aveva dimenticato di essere stata una madre. E quel ciondolo, con l'immagine di Sybil gelosamente custodita all'interno, ne era la prova.

Ma com'era finito nello scolatoio?

Asciugò le lacrime e cercò di ragionare.

Doveva essere in quella canaletta dal giorno dell'omicidio.

La catenina era stata strappata, forse durante l'aggressione. Ed era rimasto lì sotto per tutto quel tempo senza che nessuno se ne accorgesse? Un po' come in quel racconto di Edgar Allan Poe, *La lettera rubata*. E se si trovava nello scolatoio, significava che Catherine l'aveva perduto o le era stato strappato via lì, in quel punto, e non dove il corpo era stato trovato.

L'assassino di Whitechapel uccideva recidendo la gola delle sue vittime e solo in un secondo momento procedeva alle mutilazioni. Tuttavia alcuni medici avevano ipotizzato che prima le strangolasse. La prova certa non esisteva poiché le possibili tracce sul collo venivano dissimulate dalle lacerazioni.

Però, se Catherine Eddowes fosse stata strangolata davanti a quella panchina, sopra la grata di scolo, il suo ciondolo avrebbe potuto essere accidentalmente strappato per poi finire tra le grate. Il corpo avrebbe potuto essere trascinato all'altro lato della piazzetta e…

Sybil scacciò dalla mente l'immagine di un uomo curvo sul corpo di sua madre che manovrava un coltello da macellaio con furia belluina.

Ricordò tuttavia un particolare relativo agli stivaletti: oltre ad aver perso dei bottoncini, le punte erano consumate. Solitamente si consumavano i tacchi. A meno che non si venisse trascinati a faccia in giù.

Potevano le cose essere andate a quel modo? Poteva l'aggressione essere avvenuta davanti al magazzino custodito dal signor Morris e proseguita accanto allo steccato di legno, dal lato opposto?

Le entrò in testa prepotentemente un'altra idea. Senza dubbio bizzarra, eppure non del tutto improponibile. Michael Ostrogoff sosteneva che l'ultima immagine catturata dagli occhi di Catherine prima di morire era data da una sequenza di righe verticali. Sybil stava osservando le grate dello scolatoio.

Righe verticali.

E se sua madre fosse morta proprio lì, in quel punto, per strangolamento, e i suoi occhi, pochi attimi prima di spegnersi, avessero fissato il marciapiede e la grata?

Righe verticali.

Dicevano che le teorie di Ostrogoff non avevano fondamento. Ma se invece lui avesse avuto ragione? Se davvero gli occhi avessero posseduto quella facoltà, di fissare le ultime immagini della vita?

Si chiese se le sue non fossero solo fantasie, il desiderio di dare un senso a cose che senso non ne avevano.

Avrebbe voluto chiedere al signor Morris cosa ne pensava. Lui quella notte era lì, a pochi passi di distanza. Se Catherine era stata uccisa davanti alla panchina, su quel marciapiede, come aveva potuto non accorgersi di nulla?

Le parve di udire uno scricchiolio alle sue spalle.

Si voltò in direzione del magazzino e notò che la porta era solo accostata. Non se n'era accorta in precedenza. Anzi, le era sembrata chiusa.

Si alzò avvicinandosi all'uscio. «Signor Morris?» chiamò. Spalancò la porta. «Signor Morris? C'è nessuno?»

Un corridoio in penombra percorreva l'edificio fino a una rampa di scale che scendeva di sotto. Ai lati alcune porte a doppio battente, chiuse a chiave.

Sybil avanzò di qualche passo, fino all'imbocco delle scale. Dal fondo di esse proveniva una debole luce. «Signor Morris! Sono Sybil Conway!»

Sei, sette gradini e una stanza scarna, essenziale, illuminata da una lanterna a petrolio.

Una panca, un armadio, una scrivania con una pila di registri, penne e inchiostro e altri oggetti. Addossata alla parete di fondo, una branda da campo, come quelle dei soldati. Nell'angolo una stufa di ghisa che mostrava i segni del tempo.

Il locale del custode.

Sybil sapeva che non avrebbe dovuto trovarsi lì sotto.

Non era una cosa buona. Al contrario, era pericolosa.

Chi aveva acceso quella lampada? Chi aveva aperto la porta se poco prima era chiusa? Dov'era il signor Morris?

Si pentì di essere scesa. Fece per voltarsi quando qualcosa attrasse la sua attenzione.

Sulla scrivania c'era un vaso, di vetro, del tipo usato per conservare i sottaceti.

Ma all'interno non c'erano sottaceti o altro del genere.

Immerso in un liquido torbido c'era un pezzo di carne, i cui brandelli, biancastri, lessati, fluttuavano pigri.

Sybil guardò meglio.

Un organo grosso come un pugno. Un cuore.

La sua mente logica collegò immediatamente quel macabro reperto all'articolo del «Daily Telegraph» relativo all'omicidio di Mary Jane Kelly, il cui cuore, asportato dall'assassino, non era stato ancora trovato.

Morris?

Elizabeth Stride aveva avuto una relazione con un poliziotto quando viveva a Bow, un poliziotto che aveva lasciato il servizio a causa di una qualche malattia e che la donna aveva ingannato a lungo per via di un figlio mai nato. Rose Mylett aveva detto che se lui l'avesse scoperto l'avrebbe di sicuro ammazzata, che aveva già ucciso qualcuno, che era un uomo violento. Morris aveva lavorato a Bow e aveva dato le dimissioni per problemi di salute. Era lui l'amante misterioso di Long Liz?

Hardiman, socio di Morris, possedeva le chiavi del magazzino. Un uomo fragile, facilmente manipolabile da qualcuno più scaltro e anziano di lui. Forse la figura paterna che Billy non aveva avuto. Se Hardiman era coinvolto nell'omicidio di Annie Chapman, Morris avrebbe potuto aiutarlo a nascondersi.

Cos'era quel pezzo di carne che Hardiman aveva consegnato a Morris il giorno in cui Sybil si era recata a Mitre Square per la prima volta? Era il 15 ottobre, lo stesso giorno in cui George Lusk aveva ricevuto per posta il rene che si supponeva essere di Catherine Eddowes.

Quella carne, quella *cosa*, le era finita sulla gonna. Era un pezzo del rene di sua madre?

Morris, quand'era poliziotto, poteva aver conosciuto Craig. Aveva detto lui stesso di aver avuto a che fare con molti giornalisti. Quel giorno Sybil aveva confuso i numeri civici. Pur non sapendolo, Morris le aveva indicato il palazzo e addirittura l'interno corretti. E com'era a conoscenza del fatto che Craig aveva lavorato allo «Star»? Lei gli aveva detto soltanto che faceva il giornalista. Se Morris sapeva di Craig ma negava di conoscerlo, allora aveva qualcosa da nascondere. Come il fatto che sapesse che Sybil alloggiava a Bermondsey. Non era stata certo lei a dirglielo. Craig aveva affermato che *lui* sapeva tutto di Sybil.

Lui era Morris?

Prove indiziarie, le avrebbe definite Collard, non certe, ma in grado di spiegare i fatti.

E ancora, tre delle cinque vittime erano state uccise in vicinanza di uno dei magazzini Kearley e Tonge (come quello dove lei stessa era stata trascinata). E Morris aveva le chiavi di tutti quei magazzini.

Se l'assassino era sempre riuscito a far perdere velocemente le proprie tracce, proprio come un fantasma, a meno che non fosse davvero uno spirito, significava che abitava da quelle parti oppure che utilizzava dei nascondigli sicuri nelle vicinanze. Perché non nei magazzini adiacenti i luoghi degli omicidi?

Infine, se Catherine era stata aggredita davanti a quella panchina, com'è che Morris, che solo pochi minuti più tardi stava spazzando il pavimento con la porta socchiusa, non aveva udito nulla?

Morris conosceva le ronde dei poliziotti, per essere stato lui stesso un poliziotto e, forse grazie alle amicizie che ancora coltivava, poteva avere facile accesso a simili informazioni.

Morris fumava la pipa.

«So fingere molto bene» le aveva detto una volta.

E Karpenko? Poteva essere stato lui a uccidere sua madre? Perché aveva scoperto qualcosa nella sua stanza? In tal caso, Morris avrebbe potuto offrire rifugio anche a lui, come agli altri. Ciascuno di loro aveva un alibi per uno degli omicidi, ma ciascuno di loro avrebbe potuto compierne almeno uno. E Morris era il filo che li legava, che li teneva tutti uniti.

Morris.

La chiarezza di quei collegamenti le apparve fulgida, chiara, quasi accecante. Come aveva potuto non capirlo? Come aveva potuto essere stata tanto cieca?

Avrebbe voluto avere il suo quadernetto, lasciato a Bishopsgate. Avrebbe voluto rivedere alcune note, controllare se le date corrispondevano, se quelle teorie stavano in piedi. Possibile che avesse svelato il più grande mistero criminale inglese degli ultimi anni?

La sua mente brulicava riflessioni convincendosi che tutti i pezzi di quel complesso mosaico stavano andando al loro posto. Era una sensazione fuori dall'ordinario, che le faceva battere il cuore e avvampare il volto.

Ma poi, inaspettatamente, tra tutti quei pensieri ce ne fu uno che ebbe il potere di cancellare gli altri, di annullarli, ricacciarli in fondo a un pozzo nero e profondo, un brevissimo istante in cui la logica lasciò il posto alla consapevolezza del pericolo che stava correndo.

Era entrata nella tana del lupo, un lupo molto, molto cattivo.

Fu invasa da un freddo glaciale, la percezione di essere immersa nelle acque dell'Artico, proprio come quel cuore, che, ora, sembrava deriderla, pulsando di vita propria.

Indietreggiò maldestramente, incespicando.

Poi, qualcosa di pesante la colpì alla nuca.

Un colpo sordo, violento, un lampo che si disintegrò in mille luci puntiformi. E immediatamente dopo il dolore, che dalla testa si propagò in un istante al collo, alla schiena, perfino ai denti.

Cadde in avanti senza un lamento, stordita, rovinando sullo scrittoio e tirandosi dietro tutto quello che vi era sopra, compreso il vaso con il cuore, che al contatto del pavimento esplose in mille pezzi spruzzando ovunque il liquido in esso contenuto.

Sybil ne fu investita in pieno e le schegge di vetro le si conficcarono nel viso mandandolo in fiamme. Con la vista annebbiata dal dolore, scorse il cuore rotolare sotto la stufa lasciando dietro di sé una traccia scura e bagnata.

Cercò il coltello nella tasca della gonna, ma una mano possente la afferrò per i capelli e la trascinò attraverso la stanza, scagliandola addosso alla branda. Batté un fianco contro il bordo in ferro e le uscì un gemito misto a un getto di saliva.

Non riusciva a reagire, intontita dal colpo ricevuto.

Percepiva il gusto del sangue e un calore diffuso dietro la testa e sul viso, che pareva gonfio. Le immagini le apparivano sfocate, irreali. Le pareti si muovevano intorno a lei, come se respirassero, avanti e indietro.

Provò nuovamente a tastare la gonna, alla ricerca del coltello che avrebbe potuto salvarla. Lo trovò, sotto le gambe.

Tuttavia, nel momento in cui le sue dita strinsero il manico, lo sconosciuto le fu di nuovo addosso. Sybil sferrò un colpo, alla cieca. Udì un gemito roco, simile al ringhio di una bestia ferita. Poi una morsa ferrea le ghermì il polso facendo cadere a terra il coltello, mentre l'altra mano le serrò la gola impedendole di respirare. Sybil annaspò nel goffo e inutile tentativo di liberarsi. La testa le girava, le mani erano scosse da un tremore incontrollabile e le forze la abbandonavano.

Avrebbe desiderato stendersi e riposare, un pensiero assurdo in un simile momento. Eppure, con sconvolgente lucidità, considerò che stava per morire e che i suoi nervi ottici avrebbero registrato, come ultima immagine, quella del suo assassino.

«Sybil!»

Qualcuno chiamava il suo nome. Una voce che proveniva da lontano, forse da un'altra dimensione, quella del mondo dei morti. Forse era sua madre, la donna in bianco.

Sorrise, senza sapere perché.

La morsa sulla sua gola si allentò e poi smise, improvvisamente.

Sybil prese a tossire, a rantolare, piegata su se stessa.

A breve distanza il suono di passi concitati, sulle scale. Poi una porta che si apriva e si richiudeva con fragore.

«Sybil!»

Altri passi, nella sua direzione.

Non vedeva. Cercò di pulirsi la faccia, con quelle mani che non la smettevano di tremare, di saltare, le odiava quelle mani che non le ubbidivano, e la gola che pareva aver ingoiato un tizzone ardente e che la faceva tossire, vomitare quasi, e intanto le sue gambe scalciavano il vuoto, temendo una nuova aggressione, ma la vista restava offuscata, come sott'acqua. Non vedeva e non capiva.

«Sybil! Dio mio! Che ti hanno fatto?»

Non fosse stato impossibile avrebbe detto che quella era la voce di… Leech.

Archibald era accanto a lei. Le teneva la testa e la aiutava a respirare. «Coraggio, Sybil! Dai! È tutto finito!»

E l'unica cosa che Sybil riuscì a mormorare, tra un colpo di tosse e l'altro e mentre il mondo intorno a lei si spegneva inesorabilmente, fu: «Che diavolo ci fai… tu… qui?»

Quindi svenne.

Domenica, 11 novembre 1888

Le mani avevano smesso di tremare.

Questo fu il primo particolare che notò svegliandosi. Era una bella cosa.

Aprì gli occhi.

Non riusciva a mettere a fuoco gli oggetti. Ancora quella sgradevole sensazione di stare dietro un vetro appannato dall'umidità. E questa non era una bella cosa.

Le avevano fasciato la testa e parte del viso, che percepiva turgido e caldo, pulsante. E dolente, molto dolente. Altra situazione non buona.

Le sembrò di riconoscere la stanza. Era la sua, quella dove aveva dormito per circa un mese, a Tooley Street.

«Si è svegliata!» disse qualcuno. Era in piedi accanto a lei, poco più alto del materasso. Joseph.

Lo sentì correre fuori dalla stanza chiamando a gran voce gli altri.

Gli altri erano Harriet e zia Elizabeth.

Zia Elizabeth si sedette sul bordo del letto e le prese la mano. «Come ti senti, tesoro?»

Non l'aveva mai chiamata tesoro. Forse non aveva mai chiamato tesoro nessuno in tutta la sua vita, nemmeno Harriet, sua figlia.

Sybil annuì lievemente e subito le sue labbra si contrassero in una smorfia di dolore.

«Non ti devi affaticare» disse la donna. «Ora devi soltanto riposare. Siamo stati tanto in pena per te, sai?»

No, Sybil non sapeva. L'ultima immagine che ricordava era la faccia deformata dai suoi occhi di Archibald che la sosteneva e le parlava. Poi c'era stato il buio, un buio denso e nero come quello di una bara chiusa e sepolta sotto due metri di terra in una notte senza luna. Un buio che sapeva orribilmente di atto conclusivo, di sipario calato. Di morte.

Invece era viva. Un'altra figura entrò nella stanza.

«Aspettate» disse zia Elizabeth. «Forse non è il momento.»

«Credo che desideri avere delle spiegazioni» replicò la figura. Si stagliava sulla soglia, ma i suoi bordi erano incerti, tremolanti, come quelli di un miraggio nel deserto. La voce, però, era reale, distinta. Quella dell'ispettore Collard.

«Mia nipote deve riposare. Cercate di capire.»

Sybil sollevò un braccio e una fitta le si scaricò lungo il collo e la schiena. «No...» sussurrò. «Voglio... voglio sentire...»

Zia Elizabeth chiese a Harriet di portare Joseph e Nellie fuori dalla stanza.

L'ispettore prese una sedia e la posizionò vicino al letto. «Siete stata coraggiosa» esordì. «E allo stesso tempo incredibilmente avventata.» Sorrise.

Anche Sybil tentò di sorridere, ma il dolore fu più forte e vi rinunciò. Aveva mille domande da fare e altre mille cose da dire. Ma non ci sarebbe riuscita. Non quel giorno. Dunque lasciò che fosse Collard a parlare.

«Quando sono venuto qui a cercarvi» disse l'uomo «voi eravate già uscita. Credo di avervi mancata per pochi minuti. Vostra zia era molto preoccupata per tutto quello che avevate combinato qui a Londra durante la vostra rocambolesca permanenza, e devo dire che ne aveva motivo.» Sollevò un piccolo oggetto rettangolare e scuro davanti agli occhi di Sybil. «Questo mi è stato estremamente utile.»

Sybil cercò di mettere a fuoco.

Era il suo quaderno di appunti, quello che aveva lasciato alla stazione di polizia.

«Le vostre annotazioni sono degne di un investigatore di Scotland Yard. Dico davvero. E dopo averle lette, io e i miei uomini abbiamo messo insieme alcuni pezzi e verificato i fatti e, insomma, ero venuto per l'appunto a dirvi quanto abbiamo scoperto.

«Partiamo dalla vostra ipotesi che Polly Nichols, la prima vittima, fosse stata uccisa dalla stessa persona che aveva assassinato Martha Tabram. Ricordo che alle mie obiezioni circa il fatto che le modalità dell'omicidio fossero differenti, avevate replicato: "Potrebbe essere stata una specie di prova". Be', sentite qui. Il fratello di George Morris, Thomas, si suicidò a causa di una serie di gravi accuse mosse contro di lui da Martha Tabram, sua cognata, accuse che si dimostrarono infondate e che la Tabram montò perché Thomas, già sposato, aveva rifiutato le sue *avances.* Dai verbali della polizia risulta che Morris si dichiarò convinto a più riprese che la donna fosse responsabile della morte del fratello e che, se la giustizia non avesse fatto il suo corso, Dio gliela avrebbe fatta pagare. Pochi mesi più tardi Martha Tabram ricevette trentanove coltellate e morì. Quei verbali erano sepolti negli archivi e solo la solerzia di uno dei miei agenti ha compiuto il miracolo di farli riemergere. George Morris, dunque, è a ragione il primo dei sospettati per l'omicidio di Martha Tabram. Non capisco ancora come all'epoca ci si sia concentrati soltanto sull'ipotesi di una gang… Tuttavia, se è vero che Polly Nichols aveva raccolto i timori dell'amica relativamente al fatto che Morris covava propositi di vendetta, è plausibile che anche lei sia stata uccisa da Morris, utilizzando questa volta una… chiamiamola *tecnica* differente.

«Esistono assassini che ci prendono gusto a uccidere, che affinano le loro procedure, per così dire.»

Sybil annuì. La testa le doleva e gli occhi tendevano a chiudersi.

Collard se ne accorse. «Se preferite, ne parliamo un'altra volta» disse facendo cenno di alzarsi.

«No… vi prego. Che altro avete scoperto?»

L'ispettore si riaccomodò. «Un'altra brutta notizia. William Hardiman, il socio di Morris, è stato trovato morto stamattina. Si è impiccato nel suo negozio in Heneage Street.»

«Ispettore» lo interruppe zia Elizabeth. «Non vi sembra di esagerare? Perché sottoporre mia nipote a queste orribili cose? Sembra quasi che vi divertiate!»

«Non mi diverto affatto, signora Cadman. È stata vostra nipote a parlarmi di questa persona. Lei aveva motivo di ritenere che...»

«Be', adesso questa persona è morta. L'avete detto voi, non è così? Dunque che importanza può avere?»

«Zia... ti prego» Sybil si sollevò dal letto poggiandosi sui gomiti. «Lascialo parlare. Non credo che... dopo quello che ho passato...»

«Appunto» insisté la donna. «Dopo quello che hai passato adesso è tempo di dimenticare.»

«Io non voglio dimenticare!» Sybil ebbe la forza di ribattere. «Voglio sapere cos'è successo... E se non ti sta bene... mi spiace, ma è un problema tuo.» Ricadde pesantemente sui cuscini. «E adesso» aggiunse «per favore... non interrompere.»

Collard trattenne a stento un sorriso e riprese la sua narrazione. «Hardiman ha lasciato un biglietto in cui cita una certa Annie e chiede perdono per le sue colpe. Non era sua moglie, né sua figlia. Abbiamo motivo di ritenere che fosse proprio Annie Chapman. Morris deve averlo convinto a disfarsi di lei. Devono aver agito in due, sfruttando il fatto che lei si fidava di Hardiman. Perquisendo la sua abitazione abbiamo trovato baffi finti e un berretto da marinaio.

«Morris e Hardiman potrebbero essere i due uomini visti con Elizabeth Stride da Israel Schwartz la sera del 30 settembre. Il loro operato venne interrotto dall'arrivo del calesse di Louis Diemschutz. Morris, però, doveva aver programmato un secondo omicidio nella stessa nottata, forse per dare l'impressione che Jack fosse ovunque e imprendibile. Così, poco dopo, approfittando della copertura offerta dal magazzino della Kearley e Tonge, lui e Hardiman potrebbero aver atteso in Mitre Square vostra madre, Catherine, accompagnata da un uomo distinto con cilindro e borsa nera che fungeva da esca. Abbiamo motivo di ritenere che quell'uomo fosse Francis Craig e tra breve vi dirò perché.

«Per risolvere il mistero delle deposizioni dell'agente Watkins, il quale dichiarò che all'1.30 non vide nessuno in Mitre Square e soltanto quindici minuti più tardi rinvenne il corpo esanime di vostra madre, non serve scomodare spiriti, fantasmi o altro, ma ipotizzare che all'1.30 vostra madre fosse, perdonate se mi trovo costretto a ripeterlo, già morta, forse per strangolamento, all'interno del magazzino e quando l'agente di ronda si allontanò lei fu trascinata all'angolo opposto della piazza e... voi sapete cosa accadde dopo.»

Sybil socchiuse gli occhi e annuì.

Collard fece una pausa e si guardò intorno cogliendo l'espressione stizzita della signora Cadman, che scuoteva il capo contrariata.

«Andate avanti...» lo esortò Sybil.

«Forse Craig desiderava vedere morta l'ex moglie ma non aveva il coraggio di ucciderla. Così avrebbe potuto farlo fare a Morris, il quale, in cambio, potrebbe avergli chiesto di agganciare e consegnare vostra madre nelle sue mani o in quelle di Hardiman, in Mitre Square.

«Un esame calligrafico della scrittura di Craig sembra dimostrare che possa essere stato lui l'autore di almeno una delle lettere di Jack e non escludo che sia stato lo stesso Craig, con l'arguzia tipica dei cronisti, a suggerire a Morris di utilizzare le lettere e, soprattutto, quel nomignolo.

«Riguardo al suo presunto tentativo di suicidio, tutte le vittime dello Squartatore, aggredite alle spalle, avevano la gola tagliata da sinistra a destra, il che significa che l'assassino o gli assassini erano tutti destrorsi. Anche Craig presenta un taglio da sinistra a destra, ma Craig è mancino e un mancino avrebbe tagliato da destra a sinistra, il che lo esclude dall'aver compiuto materialmente uno degli omicidi e getta l'ombra del dubbio sul fatto che abbia davvero cercato di darsi la morte.»

«Intendete dire che...»

«Che qualcuno, forse Morris, potrebbe aver cercato di ucciderlo affinché non parlasse. Nel vostro quaderno avete descritto molto bene lo stato di confusione e nervosismo in cui trovaste Craig quando vi recaste da lui. E se volete la mia opinione, anche il suicidio di Hardiman mi lascia piuttosto perplesso.»

Sybil si passò la lingua sulle labbra, secche, e prima di parlare si fece aiutare da zia Elizabeth a bere un sorso d'acqua. «E Karpenko?» chiese infine.

Collard, che aveva atteso paziente che Sybil ponesse la sua domanda, prese un profondo respiro e si sistemò meglio sulla sedia. «Questo è il punto» ammise.

Sybil lo guardò meravigliata.

«Abbiamo confrontato la firma e la data di nascita apposte da Karpenko nel registro di casa Bachert con alcuni documenti di proprietà di George Morris e quello che risulta è a dir poco sconcertante. Morris e Karpenko sono la stessa persona.»

Sybil ebbe un sussulto.

«Nel sotterraneo del magazzino in Mitre Square non abbiamo rinvenuto soltanto il cuore che pensiamo appartenga a Mary Jane Kelly, bensì coltelli di varie dimensioni, abiti macchiati di sangue e, sepolta sotto un'asse del pavimento, una cassetta con un kit da trucco, baffi e sopracciglia finte. Oggetti che aveva portato via dalla stanza che Karpenko occupava dei Bachert e di cui non si era ancora disfatto.»

«Ma perché crearsi una falsa... identità?» domandò Sybil.

«Al momento buono Karpenko gli sarebbe tornato utile per sviare le indagini da se stesso. Ma grazie a voi, alla vostra perspicacia, è stato mascherato. Sareste molto utile a Scotland Yard. Se solo foste un uomo...»

Sybil non ebbe la forza di ribattere a una simile affermazione. Forse ne avrebbero riparlato, in un altro momento. Ora le interessava saperne di più su Morris, sull'uomo che a lungo aveva considerato un alleato. La realtà era ben diversa.

Morris era una persona spaventosamente normale, ma dotata di una crudeltà straordinaria.

«Dov'è?» volle sapere.

Collard scosse la testa amareggiato. «Non lo sappiamo. L'avete ferito, c'era del sangue sulle scale, ma all'arrivo di Archibald si è dato alla fuga. Lo stiamo cercando ovunque. Non può andare lontano.»

«Archibald» ripeté Sybil. «Perché si trovava lì?»

«Lui e io abbiamo parlato a lungo» confidò Collard con l'aria di un cospiratore. «Ha denunciato Gafin e i suoi loschi traffici. In cambio gli è stata accordata la libertà condizionata. Se continuerà a comportarsi bene, resterà fuori da quella cella.»

«Ma come... come faceva a sapere che io... che ero là sotto?»

«È venuto a cercarvi dopo che eravate uscita di casa. Ha gironzolato intorno ai luoghi dove vi siete intrattenuta durante queste settimane e, giunto in Mitre Square, ha notato quella vostra strana, sudicia mantella abbandonata sopra una panchina. È grazie a lui, e solo a lui, se siete viva.»

Quell'ultima frase rimase a lungo sospesa nella stanza senza che nessuno aggiungesse alcunché.

Era innegabilmente vera e altrettanto innegabilmente grave.

Lunedì, 12 novembre 1888

Il treno scivolava veloce lungo i binari attraversando campi coltivati e macchie boscose, villaggi e ponti sospesi, sotto un cielo uggioso e plumbeo. Al di là della coltre si intuiva il disco bianco di un sole che cercava disperatamente di farsi largo. Non era facile, ma forse ci sarebbe riuscito. Magari all'arrivo a Wolverhampton.

Sybil, la fasciatura occultata convenientemente da un cappello a tesa larga, il viso coperto da un foulard, guardava dal finestrino, più che altro per non dover sopportare le occhiate di riprovazione della zia, seduta di fronte a lei.

Erano partite contro il volere dell'anziana donna, che insisteva affinché la nipote si rimettesse completamente prima di affrontare il viaggio.

Ma Sybil desiderava andarsene, lasciarsi tutto alle spalle, sebbene, per il resto dei suoi giorni, sarebbe stato impossibile dimenticare quanto era accaduto in quelle settimane. E poi non voleva scontrarsi nuovamente con Charles. I deprecabili comportamenti del cugino nei suoi confronti e nei confronti di Harriet non erano stati valutati, secondo Sybil, con la dovuta considerazione da zia Elizabeth, la quale li aveva sminuiti e in parte giustificati. Un uomo aveva il dovere di guidare la propria famiglia come meglio riteneva e la moglie, in quanto tale e dipendente da esso, aveva il dovere di ubbidire. Esattamente come i figli. In quanto al tentativo di violenza subito da Sybil, zia Elizabeth lo aveva liquidato come l'eccesso di un uomo che aveva semplicemente alzato un po' il gomito.

Anche in questo caso, Sybil aveva preferito rimandare il proprio dissenso a circostanze più opportune.

Era partita da Wolverhampton avendo perduto una madre.

Stava tornando a Wolverhampton dopo averla ritrovata.

Questa era la cosa più importante, la sola, al momento, di cui le importasse davvero.

E poi c'era Archibald, che era stato a salutarla alla stazione di Paddington e che le aveva promesso che sarebbe andato a Wolverhampton, a farle visita, non appena Collard, certo della sua buona fede, l'avesse lasciato libero.

Anche di lui, di quello strano, borioso, sensibile ragazzo le importava. Così come del piccolo Timbley e di zia Eliza Gold.

Non aveva soltanto ritrovato una madre, ma un'intera famiglia.

Quel lunedì mattina, poco prima di lasciare la casa di Tooley Street, un portalettere aveva recapitato un telegramma. Proveniva da Glasgow ed era stato inviato dal dottor Alistair Cooper in persona. Si diceva felice di poter visitare la piccola

Nellie, e a proprie spese. Si offriva anche di pagare il viaggio fino a Glasgow per lei, la madre e il fratellino. Sulla base dei sintomi, perfettamente descritti da Sybil nella sua lettera, si dichiarava ottimista di poter fare qualcosa per la bambina.

Harriet aveva abbracciato Sybil per un tempo che era parso infinito, piangendo e ripetendo più e più volte quanto le fosse grata e debitrice. Non appena le due donne fossero partite, avrebbe fatto a sua volta i bagagli per Glasgow. E una volta tornata, avrebbe deciso il da farsi con Charles. Una delle opzioni possibili era che lei e i bambini si trasferissero a Wolverhampton, dove Joseph avrebbe potuto frequentare una scuola e pensare a un futuro diverso da quello che suo padre aveva previsto per lui.

Harriet non sarebbe stata un'altra donna disperata, una reietta, un rifiuto della società.

Sarebbe stata semplicemente una donna. Libera.

Anche questo era qualcosa che Sybil riportava con sé da Londra e che, in qualche modo, la riguardava da vicino.

Wolverhampton.
Sabato, 22 dicembre 1888

Sybil si guardò allo specchio. Le ferite sul volto causate dalle schegge di vetro si erano completamente rimarginate. Restava qualche piccola cicatrice biancastra, qui e là, nulla che non si potesse nascondere con un po' di farina di riso o di cipria.

Natale era alle porte e lei era semplicemente euforica. Le muffole di lana rosse appartenute a sua madre erano in un cassetto nella sua stanza. Le avrebbe messe presto, non appena fosse scesa la neve.

La signora Hoghart si era fatta viva chiedendole se aveva voglia di riprendere il suo vecchio lavoro come dama di compagnia e lettrice, ma Sybil non le aveva ancora dato una risposta. Era indecisa se accettare o meno. Avrebbe voluto fare altro nella vita, anche se non sapeva bene cosa.

Ripensava spesso (in verità quasi ogni giorno) al periodo trascoro a Londra e soprattutto a sua madre.

Da un baule pieno di cianfrusaglie di zia Elizabeth aveva recuperato una vecchia litografia, un'immagine di Catherine con i suoi figli. L'aveva sistemata sul comodino, accanto al letto, e ogni sera, prima di dormire, si rivolgeva a lei come se fosse lì accanto e potesse ascoltarla.

La donna vestita di bianco non era più tornata nei suoi sogni, sempre se di sogni si era trattato.

Il ciondolo, invece, lo portava al collo, con una catenina nuova di zecca.

Si sistemò un ciuffo di capelli ribelle e scese di sotto.

Zia Elizabeth ricamava davanti al fuoco, accanto a un modesto albero di Natale.

Qualcuno bussò alla porta.

«Vado io» disse Sybil, che non voleva far scomodare la zia.

«Buon pomeriggio» disse l'uomo che stava oltre la soglia. Indossava la divisa della Royal Mail e il classico berretto con frontino. «Devo consegnare una lettera per Sybil Eddowes.»

Sybil si sorprese. Il suo cognome, anche se, come aveva

scoperto a Londra, i suoi genitori non si erano mai sposati, era Conway. Chi pensava che si chiamasse Eddowes?

«Grazie» disse soltanto.

«Chi era?» domandò zia Elizabeth dal salottino.

Sybil non rispose. Strappò la busta velocemente, avvertendo un filo acuminato di inquietudine attorcigliarle le viscere.

La lettera era scritta con inchiostro rosso.

Il suo cuore piombò in fondo allo stomaco con un tonfo che parve rimbombare in tutta la casa.

La voce di zia Elizabeth ripeté: «Sybil? Chi era alla porta?»

La casa si strinse su di lei e le mani presero a tremare.

Sybil lesse.

Carissima,
sono felice che alla fine ti sia salvata. Mi sarebbe dispiaciuto farti quello che ho fatto a tua madre, benché non possa dire che in quell'occasione non mi sia divertito. E molto.
Ma non mi avevi lasciato altra scelta.
Per il momento non sei in cima ai miei pensieri. Ho altro di cui occuparmi.
Tuttavia non sentirti nemmeno troppo al sicuro. Potrei sempre cambiare idea.

Rispettosamente tuo,
Jack lo Squartatore

Una terribile storia vera

Quello che avete appena letto è un romanzo, una storia frutto della fantasia, ma si ispira a fatti documentati, realmente accaduti a Londra nel 1888. Anche i personaggi che avete conosciuto sono realmente esistiti, a eccezione di alcuni come la signora Hoghart, Charles Robinson, Leech, il dottor Adrianus Blavatsky, Michael Ostrogoff (anche se esisteva davvero tra i sospettati un certo Michael Ostrog) e Ivan Karpenko (ispirato al pittore e attore Walter Sickert, realmente sospettato di essere il killer).

Nella realtà l'assassino chiamato dai giornali "Jack lo Squartatore" non è mai stato identificato, anche se, come vedremo, nel corso dei successivi 130 e più anni, numerosi sono stati i sospettati.

Oggi, gli studiosi ritengono che sia pressoché impossibile riuscire a dare un'identità al serial killer, anche se è probabile che all'epoca qualcuno lo conoscesse e, proprio come la Sybil del romanzo, abbia sospettato di lui. Peccato solo che questi sospetti non siano mai stati comunicati alla polizia. O, se lo furono, non siano stati presi abbastanza sul serio da portare all'identificazione e all'arresto di Jack.

Sibyl Conway... è esistita

La protagonista del romanzo, Sybil Conway, è una persona realmente esistita. Il suo vero nome era Catherine Annie Conway e la scelta di chiamarla Sybil è stata fatta per evitare sovrapposizioni con nomi di altri personaggi storici che compaiono nella vicenda.

Sybil (Annie) era la figlia maggiore di Catherine Eddowes e Thomas Conway e fu realmente testimone dell'inchiesta per l'efferato omicidio della madre. Nacque nel 1863 e al tempo degli eventi legati agli omicidi di Jack lo Squartatore il personaggio storico era più adulto di quello ritratto nella finzione narrativa, era una donna sposata e aveva due figli.

Anche nella realtà, però, Annie aveva due fratelli e un fratellastro e viveva una complicata situazione famigliare. La ricostruzione narrativa che riguarda i rapporti di Catherine con Thomas Conway e poi con John Kelly è basata su fatti reali. Realmente la protagonista, al tempo degli eventi narrati, non aveva quasi più alcun rapporto con la madre, che vedeva unicamente quando bussava alla sua porta per chiederle denaro.

Non sappiamo se Annie si sia mai trovata a faccia a faccia con Jack lo Squartatore, ma certamente era una donna dal carattere forte e determinato, che non ha avuto paura di farsi avanti testimoniando durante l'inchiesta alla madre.

La nostra Catherine Annie morì il 15 luglio 1943, all'età di ottant'anni, all'Ospedale di Lambeth.

La Londra di Whitechapel

La Londra raccontata nel romanzo corrisponde in modo fedele alle condizioni sociali e igieniche della realtà storica. La capitale del Regno Unito era all'epoca letteralmente divisa in due, da una parte i ricchi, che si godevano la vita nell'elegante West End, e dall'altra i poveri, immersi nella sporcizia dell'East End.

«L'immondezza di questo luogo» scrisse un contemporaneo «è inimmaginabile: case in rovina con finestre dove la carta sostituisce il vetro; ogni anfratto è sovrappopolato; mercanti di frutta e verdura nelle cantine, barbieri e pescivendoli a pianterreno; cadaveri ambulanti nei solai, irlandesi famelici stravaccati nei corridoi, immondizie dappertutto, cenci stesi all'aria aperta, ragazze di quattordici o quindici anni che si aggirano a piedi nudi con addosso solo un mantello rattoppato, ragazzi di ogni età quasi nudi e tutto un mondo brulicante, che strilla, litiga, gioca e fuma.»[2]

A causa della mancanza di igiene e della cattiva alimentazione, la morte faceva strage tra i bambini poveri della città, il 35% in media non superava i cinque anni.

È lo stesso personaggio di Leech a rinfacciare la dura realtà in cui vive a Sybil, che viene da un ceto più elevato rispetto alla popolazione del quartiere di Whitechapel.

A Whitechapel, nello specifico, le strade erano tortuose,

---

2 Andrew Mearns, *The Bitter Cry of Outcast London with leading articles from the Pall Mall Gazett of October 1883*, Leicester University Press, 1970

le corti scure e offrivano spettacoli allucinanti. Pullulavano le taverne, le bettole di ogni tipo e le fumerie d'oppio. Le prostitute erano ovunque ed erano disposte a vendersi per pochi spiccioli.

All'epoca, erano anche particolarmente in voga i medium, persone che affermavano di poter comunicare con gli spiriti dell'aldilà. Adrianus Blavatsky, il ciarlatano a cui Sybil e sua cugina si rivolgono a un certo punto della storia, ne è un tipico esempio: utilizza il gioco della *ouija board*, una tavola con le lettere dell'alfabeto su cui si pone una moneta sulla quale ciascun partecipante appoggia un dito. Senza rendersene conto, le persone spingono la moneta per via dei movimenti muscolari involontari e toccano le diverse lettere formando parole. Altre volte, è il falso medium a spingere per formare le parole che desidera. Inoltre, il medium finge di andare in trance e di parlare con la voce dello spirito evocato, ma ciò che dice sono frasi generiche o dettagli che può avere acquisito leggendo i giornali o informandosi in anticipo per vie del tutto normali. Nella realtà storica di Jack lo Squartatore, non è esistito un Adrianus Blavatsky, ma il personaggio ricorda nell'aspetto un autentico medium vittoriano, Daniel Dunglas Home, e il suo nome è preso a prestito dalla celebre esoterista e fondatrice della Teosofia, Madame Blavatsky.

Cartolina d'epoca raffigurante un vicolo di Whitechapel.

Il primo serial killer della storia

Nel 1888 Scoltand Yard si ritrova a dare la caccia a un "mostro" inedito. Jack è infatti il primo esempio eclatante di quelli che oggi definiremmo serial killer, una "creatura" che però la polizia dell'epoca, come del resto i loro colleghi nei successivi cento anni, non era minimamente preparata ad affrontare.

Un esame complessivo della vicenda porta a concludere che le vittime dello Squartatore sono state sicuramente quattro: Polly Nichols, Annie Chapman, Catherine Eddowes e Mary Kelly. Tutte e quattro hanno ricevuto un trattamento simile, taglio della gola, apertura dell'addome e, in tre casi (tranne Nichols), asportazione di alcuni organi.

Quasi certamente vanno incluse nella lista anche Martha Tabram, come giustamente intuito da Sybil, sulla quale l'assassino forse non infierisce come farà in seguito solo perché è il primo delitto (o uno dei primi) e la sua tecnica non si è ancora affinata, e Liz Stride. A quest'ultima viene "solo" tagliata la gola, ma quasi sicuramente ciò dipende dal fatto che l'arrivo di un venditore ambulante, con carretto trainato da cavallo, ha disturbato l'assassino e questi è stato costretto a fuggire e a sfogarsi su un'altra vittima, la sfortunata Catherine Eddowes, madre di Sybil.

È possibile, poi, che anche altre due donne uccise in quel periodo, Alice McKenzie e Frances Coles, siano da considerarsi vittime di Jack lo Squartatore. Le loro ferite sono simili a quelle dei delitti precedenti, ma la Polizia registra diversi tentativi di imitazione dopo gli attacchi del 1888 e, quindi, non si può escludere che anche questi lo siano. Una curiosità: nel romanzo Alice McKenzie è viva e vegeta, ed è uno dei personaggi che aiuta Sybil a raccogliere indizi.

Prima pagina del «Famous Crime Magazine»
che illustra il ritrovamento della prima vittima.

La polizia e il suo metodo investigativo

A capo della Polizia metropolitana che dà la caccia allo Squartatore è Sir Charles Warren, un individuo arrogante e aggressivo, poco amato tra i colleghi, che facilmente ricorre alla violenza, e che nel romanzo incontriamo solo di sfuggita, quando si parla delle sue dimissioni. Nella finzione narrativa la Polizia è rappresentata invece dall'ispettore Collard, uno dei poliziotti realmente in servizio la mattina del 30 settembre, alla stazione di polizia di Bishopgate, quando viene rinvenuto il corpo di Catherine Conway, madre di Sybil.

Le tecniche investigative del tempo sono molto limitate: l'esame delle impronte digitali, per esempio, non è considerato una pratica attendibile, lo diventerà solo diciassette anni più tardi, mentre i rilievi sul sangue per effettuare confronti sui gruppi sanguigni non esistono ancora.

Al contrario, spesso si dà credito a pratiche che oggi consideriamo pseudoscientifiche e prive di valore. Un esempio è la tecnica a cui si fa cenno nel romanzo, quando si parla delle fotografie di Ostrogoff ai cadaveri. A quel tempo è piuttosto diffusa la credenza secondo cui, nei casi di morte violenta, le ultime immagini viste dalla vittima rimanessero impresse sulla retina dell'occhio; quindi, fotografando gli occhi del defunto, diventerebbe possibile scoprire l'identità dell'assassino. Nella realtà storica, gli occhi dell'ultima vittima, Mary Kelly, vengono fotografati proprio a questo scopo, ma si scoprirà che la credenza è falsa e quelle foto inutili andranno perse. Nel romanzo invece, per una fortuita e sorprendente coincidenza, Sybil crederà che l'immagine fotografata da Ostrogoff abbia una reale connessione con quanto visto dall'ultima vittima.

Per svolgere il suo lavoro, dunque, la Polizia, che ancora non dispone di mezzi scientifici adeguati, il più delle volte si basa sull'aiuto di informatori di varia natura e attendibilità, con lo scopo di concretizzare un arresto il prima possibile. Più passa il tempo, più i ricordi si fanno rarefatti e le prove vengono inquinate, e risolvere il caso diventa ancor più difficile.

SEPTEMBER 22, 1888.

BLIND-MAN'S BUFF.

(*As played by the Police.*)

"TURN ROUND THREE TIMES,
AND CATCH WHOM YOU MAY!"

Cartolina satirica d'epoca che sbeffeggia le forze dell'ordine, accusandole di brancolare nel buio nelle indagini su Jack lo Squartatore.

Identikit del killer

Ma chi era Jack lo Squartatore? L'identikit dell'uomo visto con Catherine Eddowes fatto da un testimone, il signor Joseph Lawende, è il seguente: «Sui trent'anni, alto un metro e sessantacinque; carnagione chiara, baffi chiari, struttura del corpo media; giacca sale e pepe, cappello con visiera grigio, fazzoletto rossastro legato intorno al collo, aspetto da marinaio». Ecco il probabile aspetto dell'assassino di Whitechapel.

Secondo i medici presenti all'autopsia, l'assassino ha probabilmente strangolato la donna, forse nascosto nell'androne di uno dei magazzini vuoti, a pochi passi dal punto in cui è stato trovato il cadavere. Quindi, l'ha adagiata in terra e le ha tagliato la gola. Poi è passato alle mutilazioni. Il killer deve essersi servito di un coltello affilato e appuntito, lungo almeno quindici centimetri, e verosimilmente ha completato l'opera in pochi minuti.

Nelle fasi iniziali delle indagini, i sospetti cadono su un losco calzolaio soprannominato "Grembiule di cuoio", per via dell'indumento che indossava sempre. Doveva essere un soggetto pericoloso che nelle fonti è descritto come un uomo dal ghigno repellente, con capelli neri e baffi, sui quarant'anni e collo taurino. Da anni "Grembiule di cuoio" frequenta le bettole in cui si intrattengono le prostitute, poi le aspetta in strada e, senza farsi sentire, si avvicina loro alle spalle aggredendole. Le colpisce a suon di calci e pugni, ma non usa mai coltelli per ferirle. Tuttavia, si sa che gira tenendo sempre in tasca un'affilata lama per il taglio del cuoio.

Il sospetto nasce dal fatto che un grembiule di cuoio viene trovato accanto a una delle prime vittime, ma dopo le opportune verifiche l'uomo sarà scagionato completamente. Nel romanzo questo personaggio non compare, ma il riferimento al "grembiule di cuoio" non è stato tralasciato: si parla infatti più volte del grembiule di cuoio del cugino di Sybil, Charles Robinson, un personaggio verosimile, ma del tutto inventato.

Su Jack lo Squartatore negli anni si dice tutto e il contrario di tutto: i pochi indizi raccolti portano la polizia a perquisire oltre duecento persone nell'area di Whitechapel, ma dell'uomo non si trova traccia. Dopo due arresti a vuoto, il primo il 10 settembre 1888, gli investigatori si trovano punto e a capo. Tuttavia, la polizia continua a raccogliere preziosi indizi. Durante l'inchiesta del *coroner* emergono elementi che permettono di formulare un'idea più chiara su chi sia l'assassino. Un uomo o una donna che:

1. ha una tecnica particolare per far perdere coscienza alle vittime (forse le strangola prendendole alle spalle);
2. ha una notevole abilità chirurgica;
3. ha colpito Annie Chapman con l'unico scopo di "rubarle" gli organi interni.

Il fatto che quattro dei delitti siano stati commessi nelle prime ore del mattino di un venerdì, sabato o domenica induce alcuni a pensare che forse l'assassino è un marinaio. I battelli che viaggiano tra Londra e il Continente, lasciano il Tamigi ogni domenica e tornano durante la settimana, una circostanza che potrebbe spiegare tanto la scelta dei giorni in cui i delitti sono stati commessi quanto le misteriose sparizioni dell'assassino.

Un'altra ipotesi induce invece a pensare all'assassino come a un macellaio, a un medico, un chirurgo o a una levatrice... qualcuno che possa avere le competenze anatomiche dimostrate dallo Squartatore. È questa un'ipotesi che vede concordare molti, ma non il dottor Thomas Bond, che ha lavorato con George Bagster Phillips, il medico di divisione della polizia, alle autopsie sulle vittime.

In una perizia ritrovata solo nel 1987, Thomas Bond dichiara che: «le mutilazioni sono state inflitte da una persona che non aveva conoscenze scientifiche o anatomiche. Secondo la mia opinione non possiede neppure le conoscenze tecniche di un macellaio o di una persona abituata a tagliare animali morti».

Nella realtà, come nel romanzo, gli indizi sono tanti e la confusione della polizia è totale, e ogni strada sembra portare le indagini a un nuovo vicolo cieco.

Non si riesce nemmeno a comprendere il motivo degli omicidi e delle mutilazioni. Il desiderio aberrante di possedere qualcuno degli organi interni delle vittime non spiega le altre ferite, i tagli violenti al volto e al resto del corpo. Si diffonde così l'ipotesi che l'assassino sia semplicemente un folle, per quanto abile e scaltro. Un matto, magari vittima di una delusione d'amore, oppure un fanatico religioso convinto di essere in missione per conto di Dio con il compito di estirpare il vizio.

Le lettere di Jack

In quello che si rivela un autunno terribile, tanto la stampa quanto la polizia si vedono recapitare migliaia di lettere da parte di persone che sperano di potere fornire indizi utili alla cattura dell'assassino. Si tratta più che altro di gente che accusa propri rivali o fornisce idee e suggerimenti del tutto improbabili. Come una signora che, evidentemente impressionata dalla lettura de *I delitti della Rue Morgue* di Edgar Allan Poe, suggerisce che il colpevole sia un grosso scimmione armato di coltello (come accade anche nel romanzo).

Tra le tante lettere ce ne sono tuttavia alcune che potrebbero provenire dall'assassino stesso. Molte in realtà risulteranno scritte da giornalisti pronti a tutto pur di avere qualche notizia, non importa se falsa. Altre sono opera di mitomani e squilibrati. Se ne salvano però tre che, per alcuni tra i massimi esperti di questa vicenda, potrebbero essere autentiche.

In particolare, la missiva più inquietante è quella spedita presso la Central News Agency e scritta con inchiostro rosso. Il testo è riportato su una cartolina postale e il timbro del 1° ottobre rivela che è stata spedita il giorno stesso dei delitti a cui fa riferimento:

Non scherzavo vecchio Capo quando ti ho dato l'imbeccata, sentirai parlare del lavoro di Jacky lo Sfacciato domani, duplice evento questa volta, la numero uno ha gridato un po' e non ho potuto finire subito. Non ho avuto il tempo di prendere le orecchie per la polizia. Grazie per non avere diffuso l'altra lettera finché mi sono rimesso al lavoro.

Jack lo Squartatore

Chi considera questa cartolina autentica, ritiene che solo l'assassino poteva sapere del duplice omicidio, del taglio dell'orecchio e di un'altra lettera, del 27 settembre, in cui effettivamente l'autore chiedeva di non diffonderne il contenuto prima che avesse compiuto un nuovo delitto. È vero però che anche un burlone con uno spiccato senso del macabro avrebbe potuto conoscere tutti questi dettagli semplicemente bazzicando per le strade di Whitechapel la mattina seguente ai delitti, oppure leggendo un'edizione mattutina dei giornali del 1° ottobre e imbucando subito dopo la cartolina. Anni dopo circolerà il forte sospetto che a creare tanto le due lettere quanto il "nome d'arte" dell'assassino sia stato un non meglio identificato cronista che, come tale, avrebbe avuto facile e immediato accesso ai dettagli sui delitti.

In ogni caso, nei primi giorni dell'ottobre 1888 la polizia decide di far pubblicare sui giornali la cartolina e di riprodurre sia questa sia la lettera precedente su alcuni manifesti diffusi in tutta la città. La speranza è che qualcuno possa riconoscere la calligrafia.

Passano due settimane in cui "Jack lo Squartatore" diventa il nome ufficiale con cui la stampa chiama l'assassino, e da quel momento in poi ispira decine di mitomani e imitatori che con le loro lettere, tutte firmate allo stesso modo, inondano polizia e giornali. Naturalmente le forze dell'ordine non possono prenderle sottogamba e sono costrette a leggerle tutte, cosa che finì per rallentare le indagini. Alla fine le lettere si rivelano tutte false, tranne una.

Si tratta di una lettera contenuta in un pacchetto quadrato di otto centimetri di lato, che il 16 ottobre arriva a George Lusk, impresario edile e capo del Comitato di Vigilanza costituito dai commercianti dell'East End subito dopo l'omicidio di Annie Chapman. Il Comitato, preoccupato dagli sforzi inconcludenti della polizia, intendeva offrire un premio in denaro a chiunque avesse potuto fornire informazioni sufficienti ad assicurare l'assassino alla giustizia.

Ma dentro il pacchetto Lusk trova una sorpresa orribile: mezzo rene accompagnato da una lettera.

Dall'Inferno

Mr Lusk
Signore, vi invio metà di un rene che ho preso da una donna, l'ho conservato per voi, l'altro pezzo l'ho fritto e mangiato, era molto buono. Potrei mandarvi il coltello insanguinato che l'ha tagliato via se aspettate solo un altro po'.
Firmato

Prendetemi se vi riesce, Signor Lusk

La lettera "dall'inferno", a differenza delle altre due, è ancora oggi considerata come quella che ha più probabilità di essere autentica, visto il macabro "allegato". Dal corpo della Eddowes, infatti, era stato proprio prelevato un rene, quello sinistro. Dopo averne parlato con gli altri membri del Comitato, Lusk si decide a portare il reperto alla polizia che a sua volta chiede un parere ai più eminenti specialisti della professione medica. Secondo alcuni si tratta di una beffa, il rene può essere stato tolto a un cadavere per autopsie da uno studente di medicina, o addirittura a un cane.

Diverso il parere del dottor Openshaw, curatore del Museo ospedaliero di Londra. Secondo lui si tratta del rene sinistro di una donna sui quarantacinque anni, alcolizzata, rimosso nelle ultime tre settimane. Tanto questo rene quanto quello rimasto nel corpo della Eddowes, inoltre, si trovano in uno stadio avanzato della malattia di Bright. Come se non bastasse, il dottor Sutton, uno dei più autorevoli chirurghi anziani dell'Ospedale di Londra, si dice pronto a giocarsi la carriera sul fatto che il rene in questione è stato certamente conservato sotto spirito a partire da tre ore dopo l'asportazione. Il che farebbe piazza pulita di qualunque ipotesi su possibili scherzi. Tanto più, viene fatto notare, che i corpi sottoposti ad autopsia (da cui eventualmente potrebbe averlo sottratto uno studente burlone) vengono trattati con la formalina e il rene in questione non è stato trattato in questo modo ma, appunto, conservato sotto spirito.

Particolare interessante: la lettera che accompagna il rene non è firmata "Jack lo Squartatore", come se l'autore, nel caso si trattasse davvero dell'assassino, volesse prendere le distanze dal soprannome affibbiatogli dalla stampa.

Lettera scritta con inchiostro rosso, indirizzata al "Boss" e autografata "Cordialmente, Jack lo Squartatore", spedita nel settembre 1888 alla sede del «Central News Office» di Londra.

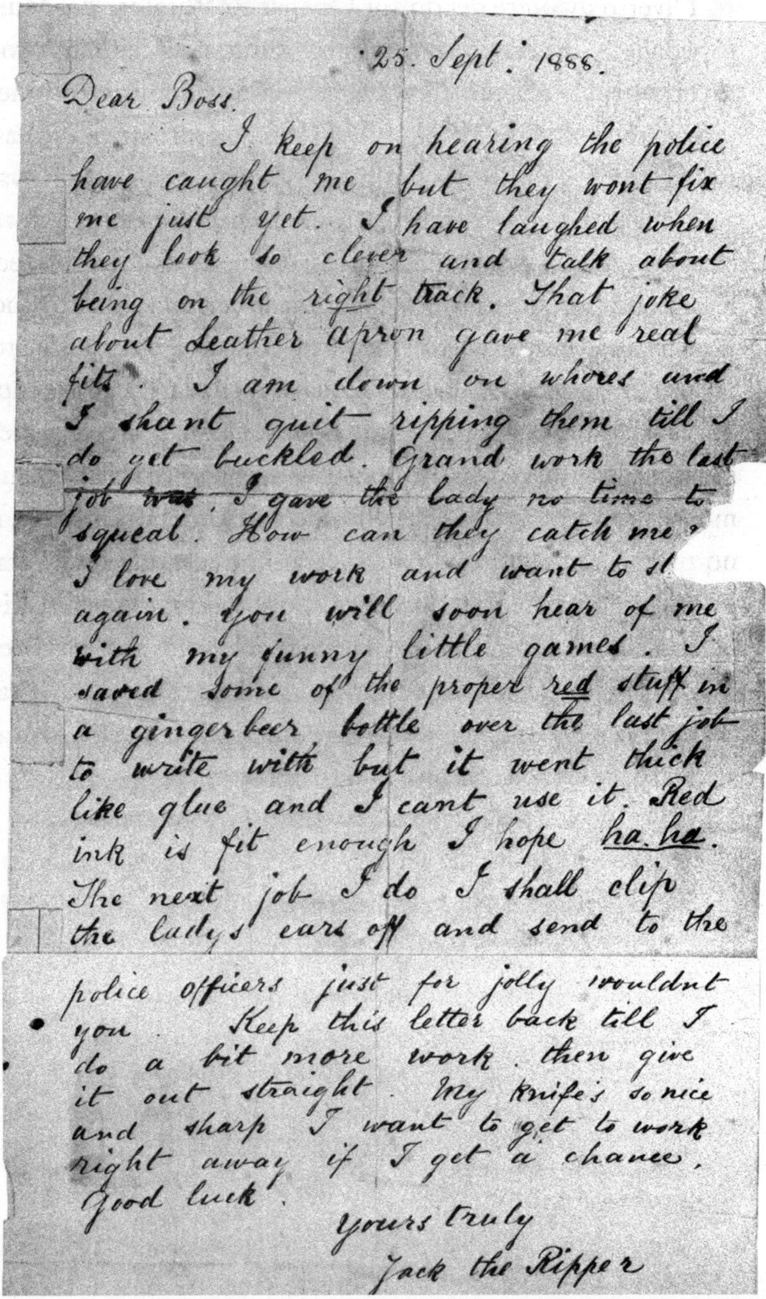

25. Sept. 1888.

Dear Boss.

I keep on hearing the police have caught me but they wont fix me just yet. I have laughed when they look so clever and talk about being on the right track. That joke about Leather Apron gave me real fits. I am down on whores and I shant quit ripping them till I do get buckled. Grand work the last job ~~was~~. I gave the lady no time to squeal. How can they catch me. I love my work and want to st[art] again. You will soon hear of me with my funny little games. I saved some of the proper red stuff in a ginger beer bottle over the last job to write with but it went thick like glue and I cant use it. Red ink is fit enough I hope ha. ha. The next job I do I shall clip the ladys ears off and send to the police officers just for jolly wouldnt you. Keep this letter back till I do a bit more work. then give it out straight. My knife's so nice and sharp I want to get to work right away if I get a chance. Good luck.

yours truly

Jack the Ripper

Una curiosità sulle vittime

Nella tradizionale narrazione dei delitti di Jack lo Squartatore le sue vittime sono tutte prostitute, ma in realtà c'è ben poco che lo confermi. La storica Hallie Rubenhold, infatti, ha potuto accertare che tutte le donne tranne una furono uccise all'aperto, con la copertura dell'oscurità, ed è questo fatto ad avere indotto la polizia a presumere che si trovassero lì perché si prostituivano, anche se le indagini del medico legale hanno accertato che Jack lo Squartatore non fece mai sesso con le sue vittime.

Tre delle donne, in realtà, dormivano spesso per strada perché non avevano soldi per pagarsi un letto in una pensione.

Le indagini del medico legale dimostrarono che tutte le sventurate erano state uccise in posizione sdraiata e non c'erano segni di lotta. Ma invece di giungere alla conclusione che forse Jack lo Squartatore uccideva le donne mentre dormivano, la polizia abbracciò la teoria secondo cui le malcapitate fossero prostitute, e i giornali, desiderosi di speculare, alimentarono questa leggenda.

Anche per questo motivo, la scelta nel romanzo di affidare a un punto di vista femminile la narrazione della storia.

La voce di Sybil è un omaggio alle donne che non hanno avuto parola, né allora (perché tacciate di prostituzione), né negli anni a seguire, quando troppo spesso è stata celebrata la prodezza dell'imprendibile Squartatore e la cattiva fama delle vittime.

I sospettati

Di gente che è convinta di sapere come andarono veramente le cose ce n'è davvero tanta, basti pensare che negli ultimi cento anni sono stati pubblicati oltre 500 libri in cui si dichiarava che il caso era stato "finalmente chiuso" e si avanzavano "soluzioni conclusive" di ogni tipo. Jack lo Squartatore è stato identificato con oltre cento persone diverse, compresi Oscar Wilde, lo scrittore Lewis Carroll, creatore di *Alice nel paese delle meraviglie*, il pittore Walter Sickert, Lord Randolph Churchill, padre di Winston Churchill, e il Duca di Clarence, erede al trono d'Inghilterra.

Non è possibile esaminarli tutti, e non avrebbe neanche senso visto che nella maggior parte dei casi si tratta di supposizioni totalmente infondate, ispirate magari da qualche ipotesi più o meno suggestiva ma priva di qualunque riscontro pratico.

Tra quelli che compaiono nel romanzo, George James Morris, il guardiano notturno dei magazzini Kearley e Tonge, fu effettivamente sospettato da uno scrittore di essere il killer, ma senza sostanziali prove. Anche il giornalista Francis Spurzheim Craig fu sospettato di essere l'assassino a causa dell'erronea convinzione di uno studioso che riteneva Craig il marito dell'ultima vittima, Mary Kelly.

Le indagini storiche hanno anche portato a sospettare che dietro gli omicidi ci fosse in realtà una gang di criminali, proprio come quella (fittizia) che compare nel romanzo e a cui appartiene Leech.

Come non sono mancante ipotesi su un possibile Jack lo

Squartatore donna, magari una levatrice, e che in quanto tale avrebbe potuto tranquillamente camminare di notte, con gli abiti sporchi di sangue, senza destare sospetti.

Oppure, proprio come nel romanzo, anche nella realtà c'è chi ha immaginato che il killer possa aver agito non singolarmente ma aiutato da qualcuno. Casi di assassini seriali che lavorano in coppia o in gruppo sono piuttosto rari, ma non impossibili.

Molti romanzi e film hanno poi ricamato sull'idea che Jack fosse in realtà il Duca di Clarence, cioè il Principe Alberto Vittorio, nipote della Regina Vittoria, ed erede al trono. Un complotto Reale, dove ovviamente non mancano i Massoni e voluto nientemeno che dalla regina stessa, avrebbe fatto in modo di nascondere ogni cosa per salvare il buon nome della famiglia Reale. Peccato non esista nemmeno l'ombra di una prova attendibile che sostenga questa tesi.

C'è stato inoltre il tentativo dello stesso killer di sviare l'attenzione da sé incolpando gli ebrei. Proprio dopo l'omicidio di Catherine Eddowes, infatti, viene ritrovato un pezzo del grembiule che la donna indossava, sporco di sangue, in un androne poco distante, ai piedi di un muro su cui qualcuno aveva scritto con il gesso la frase: GLI EBREI NON SONO UOMINI CHE SARANNO ACCUSATI SENZA COLPA. Lo studio della calligrafia avrebbe potuto fornire dettagli sull'identità dell'assassino; tuttavia, preoccupato dall'idea che se fosse stata vista avrebbe provocato sicuramente tumulti, Sir Charles Warren, allora ancora capo della polizia, ordinò che fosse cancellata.

Chi era l'assassino?

Al di là della scelta narrativa adottata in questo romanzo, e delle numerose ipotesi avanzate dalla polizia nel corso degli anni, possiamo desumere che:

1. Aveva probabilmente un lavoro regolare, che lo teneva impegnato durante il giorno per tutta la settimana (dal momento che tre dei sei probabili omicidi a lui attribuiti si svolsero nei fine settimana, e due in occorrenza di festività di altro tipo, sempre tra la mezzanotte alle sei del mattino).
2. Era probabilmente uno scapolo: non aveva cioè una famiglia cui rendere conto delle sue uscite notturne.
3. Abitava verosimilmente in Whitechapel. Il fatto che tutte le vittime siano state uccise in un'area non più grande di 1600 metri quadrati, un labirinto di stradine, passaggi, cunicoli e vie buie o male illuminate, suggerisce che l'assassino conoscesse bene la zona e sapesse come muoversi.
4. Era quasi certamente destrimane e doveva possedere un certo livello di conoscenza dell'anatomia femminile.

Per quanto riguarda l'aspetto del nostro uomo, le varie testimonianze oculari vanno prese con le pinze. Le circostanze di quasi tutti gli avvistamenti non erano ottimali: era sera, le strade erano male illuminate, l'uomo visto in compagnia delle vittime spesso era di spalle, o con il cappello calato sugli occhi. Ciononostante, un esame delle migliori testimonianze suggerisce che l'assassino fosse un maschio bianco, di altezza nella media per l'epoca (circa un metro e sessanta) o di poco inferiore, con un'età tra i venti e i trent'anni e di aspetto forse straniero.

All'improvviso Jack lo Squartatore sparì dalle scene. Si sospettò che fosse morto, oppure arrestato per altri motivi, o rinchiuso in un manicomio, o trasferitosi all'estero, oppure dopo un interrogatorio della polizia potrebbe avere smesso di uccidere per paura di essere effettivamente scoperto.

Non c'è molto altro di concreto che si possa dire sull'assassino. Troppo poco? È vero, ma purtroppo questo è il massimo che si può fare con gli elementi a nostra disposizione, anche dopo oltre cent'anni. Molti sperano che prima o poi salti fuori un documento, una fotografia, un diario, una lettera... qualcosa rimasto sepolto per oltre un secolo e che possa dimostrare in maniera inconfutabile la vera identità di Jack lo Squartatore. Chissà, potrebbe anche succedere.

A meno che...

A meno che Jack lo Squartatore non fosse invece una nullità. Uno di quegli uomini grigi e anonimi, che attraversano la vita senza lasciare traccia di sé, ma che un giorno si accendono come una lampadina. Qualcosa si guasta nella loro testa e decidono di portare la morte a persone che nemmeno conoscono. Così, solo perché è quello che a loro sembra giusto in quel momento. Poi, prima ancora di potersi vantare di quello che hanno fatto, della facilità con cui si sono presi gioco della polizia, prima insomma di riuscire a dimostrare che sono vissuti e hanno lasciato un segno, per quanto orribile, del proprio passaggio… muoiono. Magari hanno un infarto, o magari si svegliano una mattina, pensando che forse è arrivato il giorno della loro riscossa, quello in cui si presenteranno alle forze dell'ordine dicendo: «Jack lo Squartatore sono io. Ecco il coltello con cui le ho uccise. Ecco i vasetti con gli organi che ho rubato loro. Vi ho preso in giro tutti quanti!»

Scendono in strada sollevati per la propria decisione e magari si stanno dirigendo proprio verso Scotland Yard, immersi nei loro sogni malati di gloria. Quando, ecco, attraversando la strada non si accorgono che una carrozza, sfuggita al controllo del vetturino, sta venendo loro incontro e li investe uccidendoli.

E tutto finisce lì.

«Peccato, era un uomo tranquillo» dirà la padrona di casa. «Non usciva mai, non parlava mai. Buongiorno e buonasera. Uno come tanti.»

Già, forse proprio uno come tanti.

Ringraziamenti

Uno speciale ringraziamento va a Valentina Manzetti, che ha avuto la sconsiderata idea di proporci una storia nella quale ci fosse Jack lo Squartatore non sapendo forse a cosa andava incontro. Il libro così come l'avete letto è molto diverso, infatti, da quello che doveva essere in origine. Ma proprio per questo motivo desideriamo ringraziare sia Valentina, che ha accettato le nostre modifiche con curiosità e grandissimo entusiasmo, sia Annachiara Tassan, la quale fin dall'inizio ha capito dove volevamo andare a parare e ci ha assecondato in tutto. Grazie infine a Valentina Deiana, che ha sistemato perfettamente testo, inserti, grafica, immagini, e insieme a Marco Santini e Fabio Mittini ha dato una veste estremamente elegante al libro, e grazie ad Alessia Casali, per una copertina così intrigante e magnetica.

Guido e Massimo

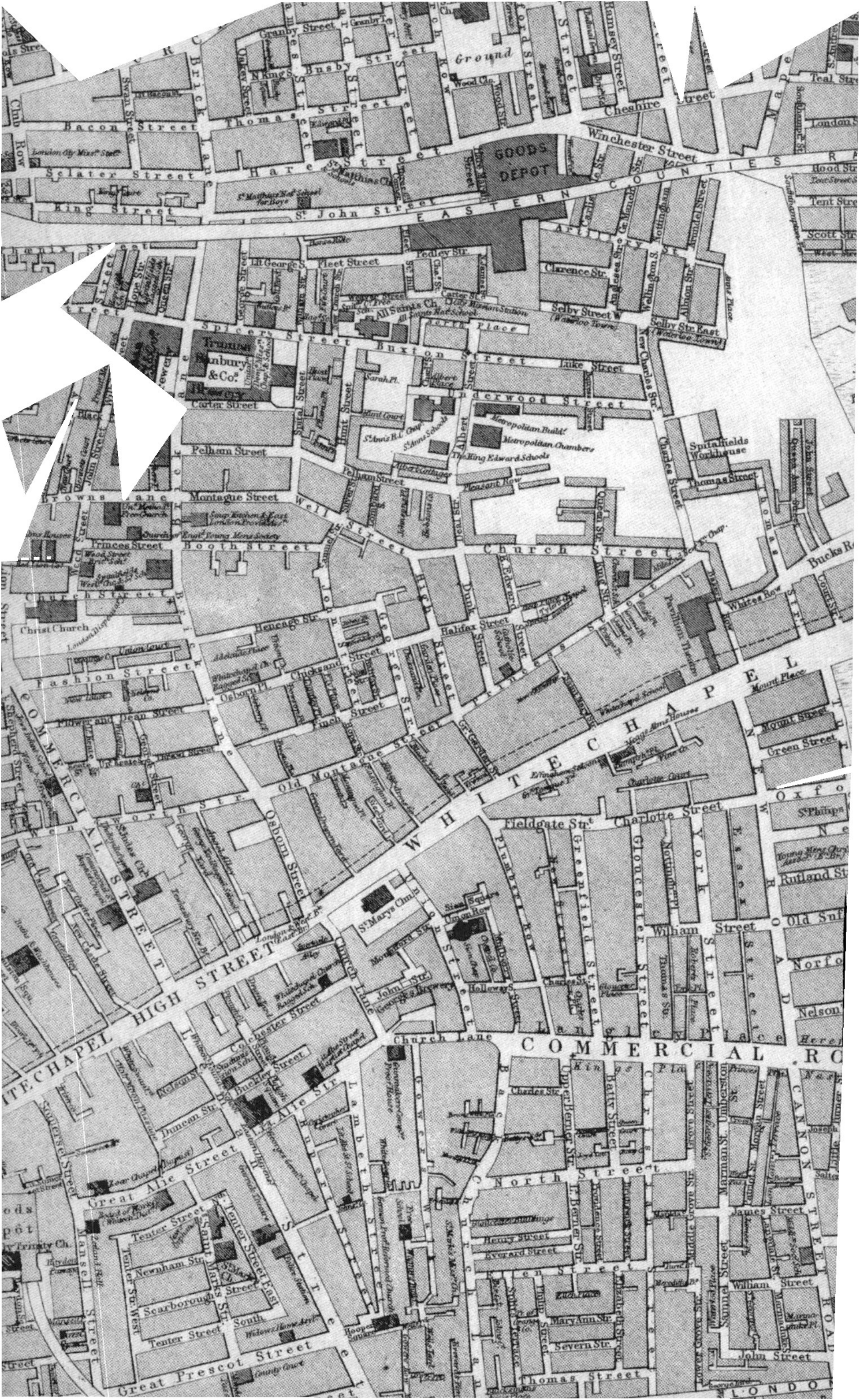

Granby Street
Busby Street
Ground
Cheshire Street
Bacon Street
Thomas Street
Swan Street
Club Row
Brick Lane
Sclater Street
Hare Street
Winchester Street
GOODS DEPOT
EASTERN COUNTIES
King Street
St. John Street
St. Matthews Ch.
Hood Str.
Tent Street
Scott Str.
Pedley Str.
Fleet Street
Clarence Str.
Selby Street
Selby Str. East
Spicers Street
Buxton Street
Luke Street
Truman Hanbury & Co.
Carter Street
Underwood Street
Metropolitan Chambers
Spitalfields Workhouse
Pelham Street
Montague Street
Browns Lane
Thomas Street
Well Street
Booth Street
Church Street
Princes Street
Bucks Row
Christ Church
Heneage Str.
Halifax Street
Whites Row
Union Court
Fashion Street
Flower and Dean Street
Finch Street
WHITECHAPEL
COMMERCIAL STREET
Old Montague Street
Mount Place
Green Street
Charlotte Court
Charlotte Street
Fieldgate Str.
Osborn Street
St. Marys Ch.
Rutland Str.
William Street
WHITECHAPEL HIGH STREET
Church Lane
COMMERCIAL RO
Colchester Street
Buckle Street
Alie Str.
Duncan St.
Nelson St.
Great Alie Street
Mansell Street
Tenter Street
Newnham Str.
Scarborough Street
Tenter Street South
Great Prescot Street
Holy Trinity Ch.
North Street
Henry Street
Everard Street
CANNON STREET ROAD
James Street
Mary Ann Str.
Severn Str.
Thomas Street
John Street